修竹園詩前集

陳湛銓 著　陳達生 編校

商務印書館

修竹園詩前集

陳湛銓 著
陳達生 編校

商務印書館

本書由伍福慈善基金贊助出版

修竹園詩前集

作　　者　陳湛銓
編　　校　陳達生
責任編輯　甘麗華
封面設計　涂　慧
出　　版　商務印書館（香港）有限公司
香港筲箕灣耀興道三號東滙廣場八樓
http://www.commercialpress.com.hk
發　　行　香港聯合書刊物流有限公司
香港新界大埔汀麗路三十六號中華商務印刷大廈三字樓
印　　刷　中華商務彩色印刷有限公司
香港新界大埔汀麗路三十六號中華商務印刷大廈
版　　次　二〇一九年二月第一版第一次印刷

ISBN 978 962 07 4584 3
Printed in Hong Kong

庚辰（1940 年）與夫人陳琇琦合照

辛戊（1951 年）青漪雅集合照
左起：劉草衣、梁簡能、李研山、曾希穎、作者、湯定華、譚以宏

戊戌（1958 年）春節攝於香港九龍大磡村
左次女香生，右幼女麗生

壬辰（1952 年）生朝攝於
香港九龍衙前圍村寓樓

戊戌（1958 年）春節全家福，攝於香港九龍大磡村流香園
前排左起幼子達生、三子海生。中排左起次女香生、幼女麗生。
後掛左起長女更生、陳夫人、長子樂生、作者、次子赤生。

癸卯（1963 年）夏全家福，攝於香港九龍城七喜酒樓
前排左起陳夫人、幼女麗生、作者、次女香生。
後排左起三子海生、長女更生、長子樂生、次子赤生、幼子達生。

乙巳（1965 年）夏全家福，攝於香港九龍城七喜酒樓
前排左起次女香生、陳夫人、作者、幼女麗生。
後排左起幼子達生、長女更生、長子樂生、次子赤生、三子海生。

己酉（1969 年）夏全家福，攝於香港九龍何文田寓樓
左起次子赤生、三子海生、長女更生、陳夫人、作者、幼女麗生、幼子達生、次女香生、長子樂生。

癸丑（1973 年）夏全家福，攝於香港九龍何文田長子寓樓
前排左起長媳翟友坤、孫女貞慧、陳夫人、作者、外孫張浩文、長女更生。
後掛左起次女香生、長子樂生、幼子達生、次子赤生、長婿張漢先、三子海生、幼女麗生。

丙辰（1976 年）攝於香港九龍何文田寓樓

癸丑（1973 年）春節攝於香港九龍何文田寓樓

丙辰（1976 年）攝於香港九龍何文田寓樓

丙辰（1976 年）攝於香港嶺南書院

丙辰（1976 年）攝於香港嶺南書院

丙辰（1976 年）攝於香港嶺南書院

庚申（1980 年）攝於香港太古城寓樓

癸亥（1983 年）攝於香港太古城寓樓，為孫兒貞信開筆。

癸亥（1983 年）生朝與三孫兒攝於香港太古城寓樓，
左起外孫女黃師堯、孫男貞義、孫男貞信

乙丑（1985 年）生朝攝於香港太古城寓樓

乙丑（1985 年）夫婦七秩雙壽與兒女媳婿攝於香港銅鑼灣珠城酒樓

己丑（2009 年）冬編者攝於嶺南之風園林（香港荔枝角公園）內作者所書七言聯語旁

丙寅（1986 年）春節攝於香港太古城寓樓

·第二十四卷·第一期·

遷校紀念碑

粵自蝦夷構禍變起蘆溝蚌目不明羣飛江滬本校道以待士義不帝秦爰從匡廬再轄黔筑發書河上卜宅城南棫樸菁莪造賫世用鳴鷄不已於風雨貞幹無憚於雪霜學道悉人尼父化乎言偃撫心高蹈師塞悅乎鄭文得難之明體乾之健七閱于歲一以貫之亦謂不作於人無負於國矣循至三十三年自秋徂冬窮寇失道南國飛埃殘燈迴將息之光穽虎奮戶搏之勢延壽桂北旋虐黔南我故校長王公伯羣忠國護校敵愾彌深知胡命之不能久長而士心之不可波動也屬意赤水易地其綏三年友生聿來胥宇夫何旻天不弔殲我良人其年十有二月我故校長竟以痛敵徹髓撒手渝州于時部署未定變故陡生萬緒重棼九原莫作今校長歐公元懷副校長王公毓祥遂勉從衆心董理其事內脊在校賓友扶將之力外承地方賢達慈惠之誠立校于此又歲半矣今者胡塵掃絕神宇重光長河高流大江東注代馬思躍於北土越鳥冀巢於南枝會子人師待修毀傷之室黃童國士須讀未見之書歸夫中江情理宜也然顧遠傷離文通恨別厚風雖遷於鯤鵬雪泥終留其指爪擬卿禁客醉桃笑人之水方滋來禽鼓響對此景光寧無眷介而況炙於其人屢受其惠振振君子秩秩德音舍宅指囷供其困乏者乎用是粗紀大端勒諸貞石求著其事並旌厥心民國三十五年六月一日大夏大學立石

1947 年 6 月大夏大學編輯室出版
《大夏周報》刊登作者所撰之
〈遷校紀念碑〉一文

私立大夏大學聘書

復字第一〇二號

茲聘

陳湛銓先生為本大學文學院中國文學系專任教授

聘約時限自三十五年八月起至三十六年七月底止

此聘

校長 歐元懷

副校長 王毓祥

中華民國三十五年七月 日訂

1946 年 7 月上海大夏大學
專任教授聘書

2012 年 10 月 16 日華東師範大學
〈大夏大學遷校碑重鐫記〉

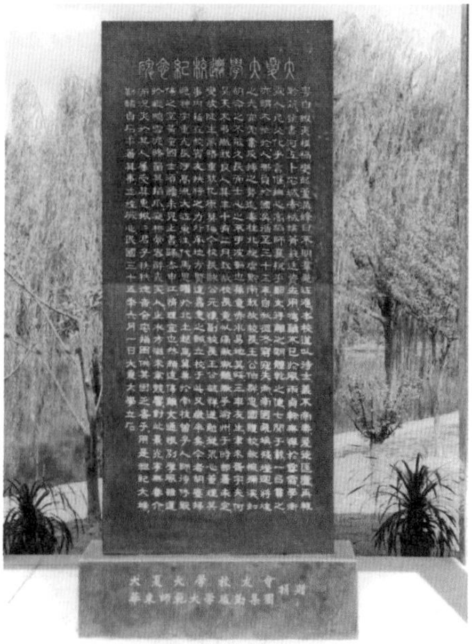

2012 年 10 月 16 日大夏大學校友會及
華東師範大學重鐫作者所撰之〈遷校紀念碑〉

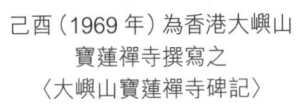

丙子（1996 年）幼孫女貞穎攝於
〈大嶼山寶蓮禪寺碑記〉旁

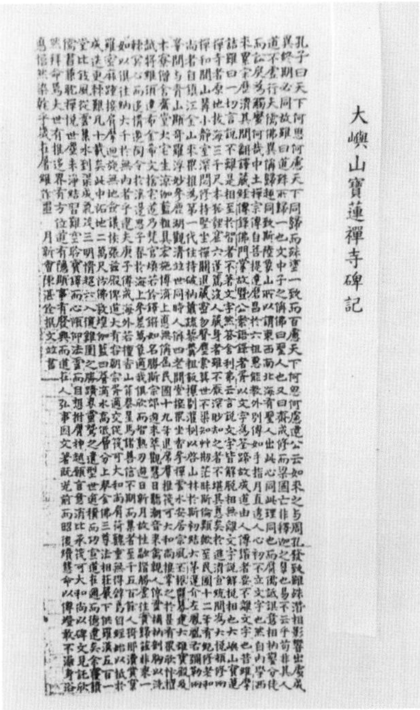

己酉（1969 年）為香港大嶼山
寶蓮禪寺撰寫之
〈大嶼山寶蓮禪寺碑記〉

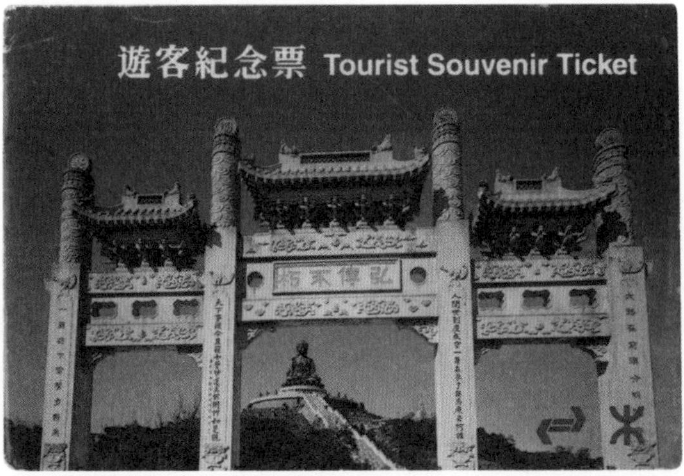

香港地下鐵路 1994 年推出之「天壇大佛」遊客紀念票套，載有
作者於辛亥（1971 年）為香港大嶼山寶蓮禪寺牌樓所撰寫之楹聯
「人間世，到底成空，一身在夢了無憑，應云何住；天下事，從今且罷，七聖皆迷奚所問，作如是觀。」

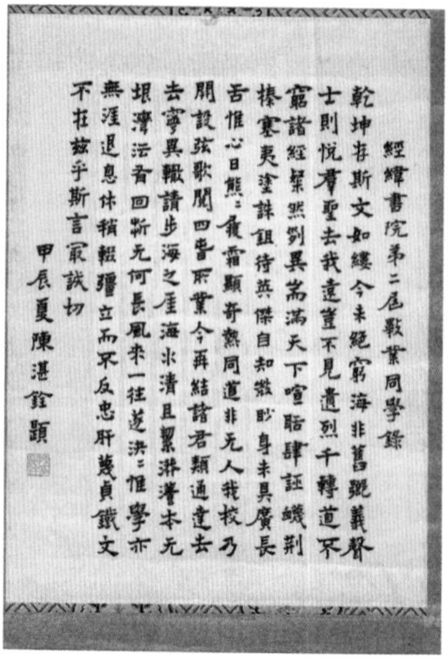

甲辰（1964 年）經緯書院
第二屆畢業同學錄題耑

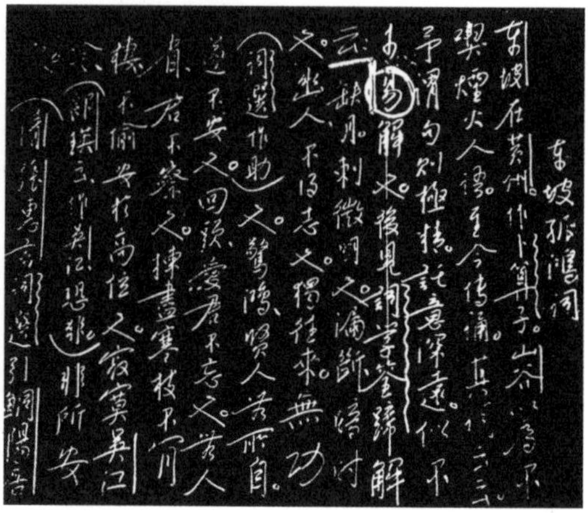

20 世紀 70 年代於學海書樓講學時板書

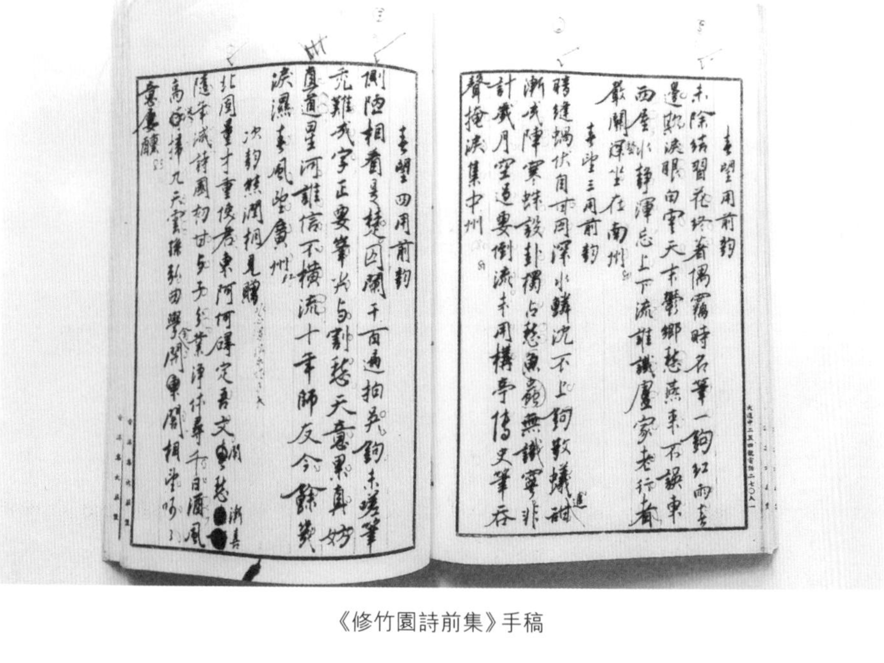

《修竹園詩前集》手稿

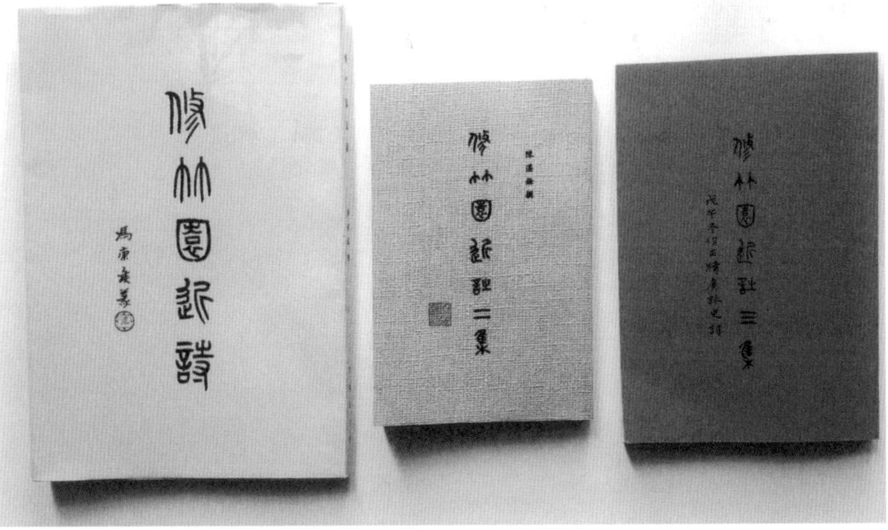

20 世紀 70 至 80 年代門人刊行之三本《修竹園近詩》

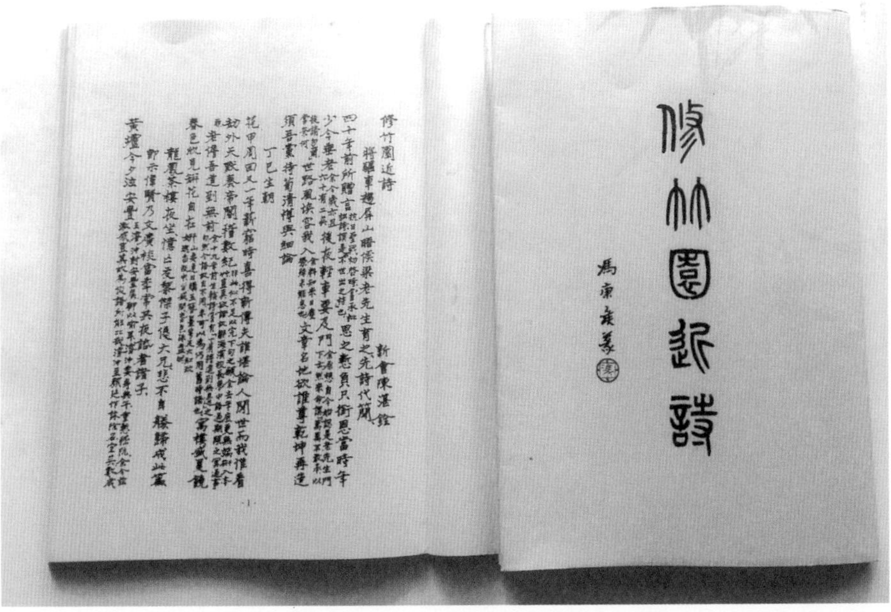

戊午（1978 年）刊行《修竹園近詩》封面及內頁

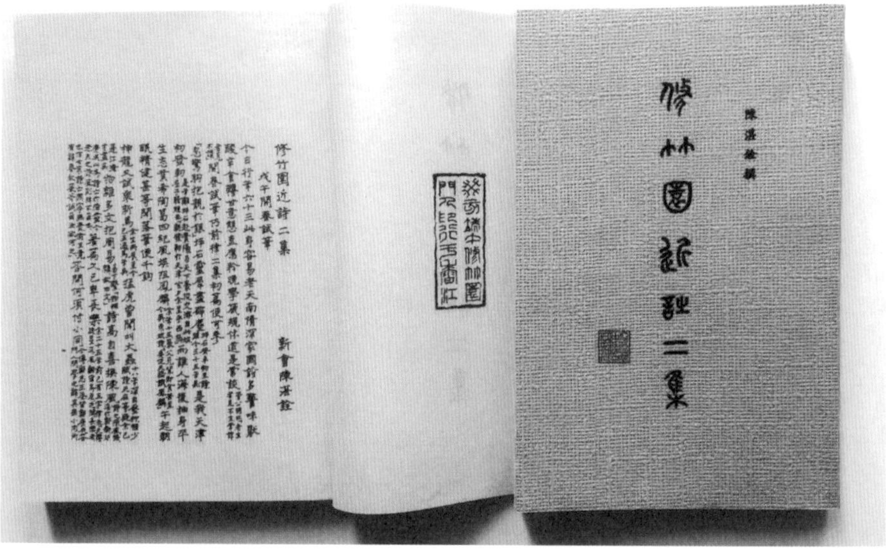

癸亥（1983 年）刊行《修竹園近詩二集》封面及內頁

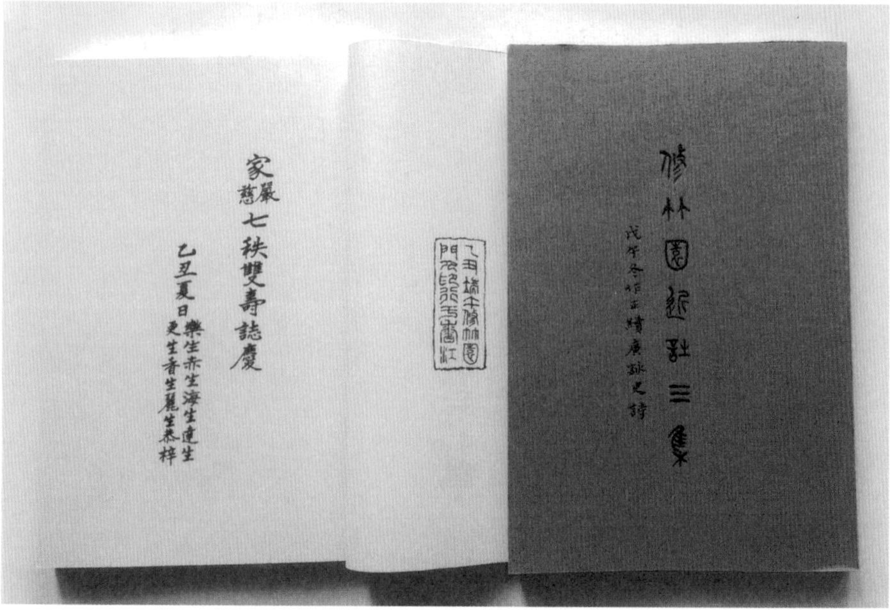

乙丑（1985 年）刊行《修竹園近詩三集》封面及內頁

20 世紀 50 至 60 年代遺墨

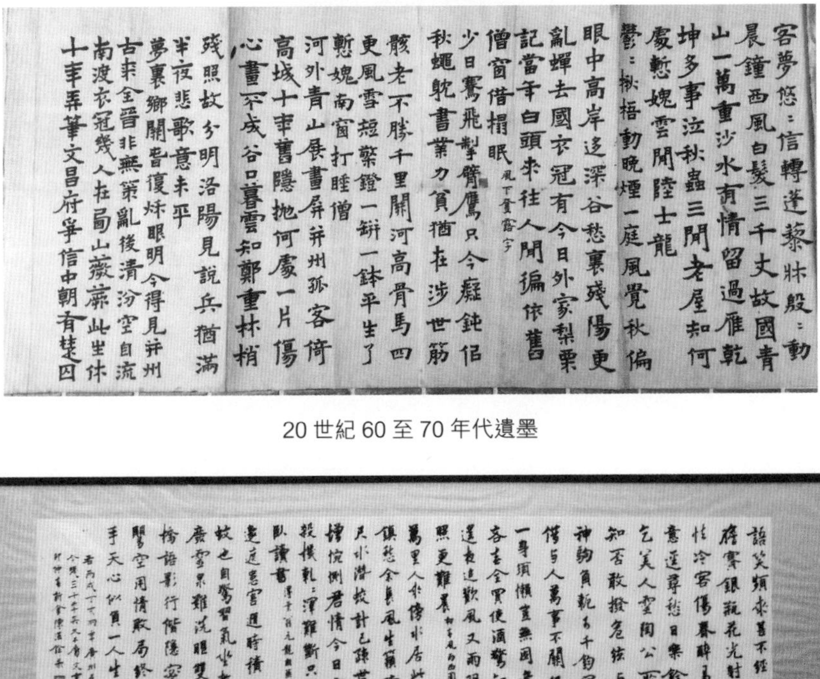

20 世紀 60 至 70 年代遺墨

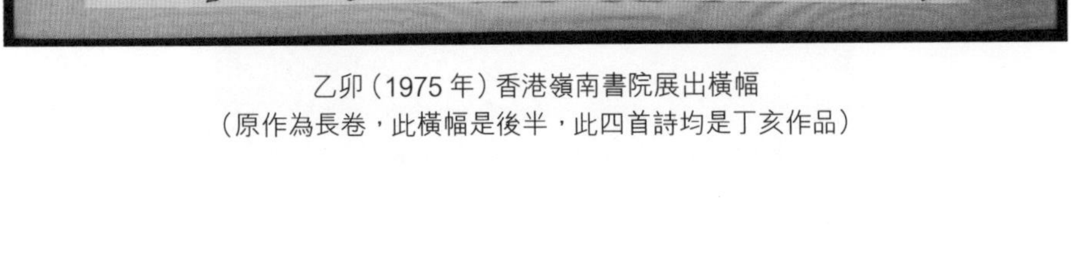

乙卯（1975 年）香港嶺南書院展出橫幅
（原作為長卷，此橫幅是後半，此四首詩均是丁亥作品）

丙辰（1976 年）生朝再度試筆

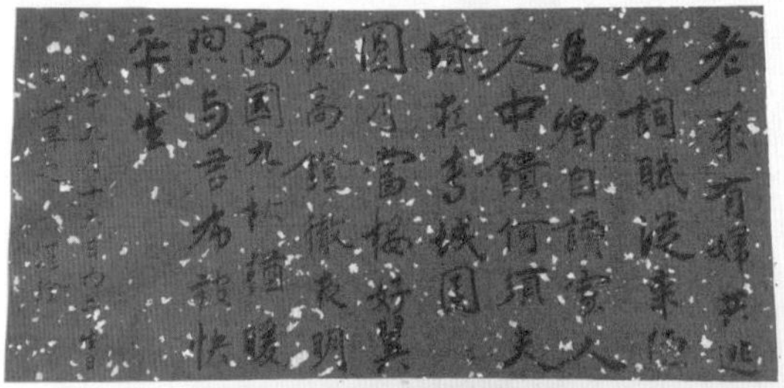
戊午（1978 年）賀夫人生朝橫幅

乙丑（1985 年）人日贈兒自勉聯

陳湛銓教授事略

陳教授諱湛銓，字青萍，號修竹園主人。廣東新會縣人。民國五年丙辰生於縣之外海鄉松園里。考諱旭良，字佐臣。居港經商。平生輕財仗義，急人之急。月入雖甚豐，而到手輒盡。鄉里皆稱善人。及下世，囊中遺財僅七十元耳。

教授少聰慧，從鄉宿儒陳景度先生受經學、詩、古文辭及許君書，並隨伍雪波習技擊。十五歲失怙。越年，赴穗垣入讀禺山高中。此前並未接受新式學校教育，遑論初中矣。於時家道中落，寄食七叔父家。教授出身苦學生，每每晨起至夕始得一飯。雖則飢腸轆轆，然益自奮厲，每試必超優，屢得獎學金並免學費。高中教育因以完成。弱冠投考國立中山大學，本欲研物理。會回鄉省親，茶座中與景度師偶及此事，為師所止。謂吾道賴汝昌，姦凶奮誅鋤。因改弦易轍，攻讀中國文學系。師事大儒李笠雁晴、詹安泰祝南、古直公愚、陳洵述叔、黃際遇任初。抗心希古，出入經史百家。詩則取徑於陶、杜、蘇、黃、放翁、遺山諸大家。既學積而氣雄，人豪而材大，所為詩已橫絕不可當。自弱冠而越壯年，諸同學並前輩均以「詩人」見呼。雖師輩亦嘉為江有汜、真宗盟也。畢業後即獲張雲校長器重，聘為校長室秘書兼講師，此殊榮為該校畢業生之第一人。時年二十五耳。

抗日軍興，教授隨校轉進坪石、瀓江等地。越二年，任教貴陽大夏大學文學院。明年，避兵離貴陽至赤水。於時見知於陳寂園、尹石公、葉元龍、孫亢曾諸前輩。煮酒論詩，時多唱和。石老自恨其晚，葉公尊之為天下獨步。及勝利回粵，本以歷數年抗戰奔波，不再擬遠行，然終以難卻大夏大學之再三催促而赴滬。及後，廣東教育耆宿黃麟書先生籌創廣州珠海大學，乃慕名遠赴上海聘其返穗。教授亦冀能多造福桑梓，毅然辭退大夏大學教席，返穗任珠海大學中文系教授。民國三十八年，神州易手。隨校轉遷香港，並講學於學海書樓。迨蔣法賢先生籌辦聯合書院，禮聘教授規畫中國文學系。及蔣氏去職，教授激於義憤，接淅而行。於時兒女成行，家累奇重，倉卒離校，實朝不謀夕者也。而惟義是重，一切不之計。其高風亮節，足以振末世而起頑愚。

教授專力於羣書六十餘年，以國學為終身事業。積學既厚，真氣彌充。乃於民國五十年創辦經緯書院，宣揚國故，恢開義路，嘉惠來士，力迴狂瀾。宿儒曾希穎曾稱經緯為「國學少林寺」。今港中後輩治國故之真能拔乎其萃者，多出其門下，誠無愧此錫號矣。惜時地未便，雖艱苦支撐，亦七年而止。嗣先後任浸會書院、嶺南書院中文系主任。迨八年前因健康欠佳而辭退所有教席，惟仍講學於學海書樓，潛心述易賦詩。其著述計有周易乾坤文言講疏、周易繫辭傳講疏、莊學述要、詩品補注、陶淵明詩文述、元遺山論詩絕句講疏、杜詩編年選注、蘇詩編年選注、修竹園叢稿、讀書劄記及修竹園詩都三萬六千餘首。

教授一生，肩擔大道，既儒且俠，嚴霜烈日，積中發外，故多行負氣仗義之事。視己所當為，恒不顧人之是非。尤恨偽學，輒痛斥之。下筆萬言，廉礪剽悍，銛於干莫。嘗謂在今日橫流中，如出周、程、朱、張之醇儒，實不足以興絕學。要弘吾道，都須霸儒。蓋遏惡戡姦，似非天地溫厚之仁氣所能勝也，故自號霸儒。平素以拘謹勝縱恣，爭萬古，不爭朝夕。教子姪勉諸生，謂仲尼稱射且必爭，況名山真事業耶。至塵俗間之浮名虛位，如不忽之浮塵，視同土梗。且不足以論事功，何文辭之精聖賢之學所以發揮哉。以故教授不甘挫志損心，折腰於廊廟。於衣、食、住三者幾不知享用。斯君子固窮，道勝無戚顏之真儒也。民國七十五年十二月二十日以疾卒，春秋七十有一。

夫人陳琇琦淑德賢良，通曉文墨。教授詩所謂「老萊有婦共逃名，詞賦從來陋馬卿。自讀家人久中饋，何須夫婿在專城」者也。子樂生、赤生、海生、達生，女更生、香生、麗生並研習國故，紹其家學。

（原載於一九八七年五月三日「陳湛銓教授追思大會」場刊）

目錄

序

夫溫柔敦厚之教，興觀羣怨之旨，匪詩莫屬焉。蓋詩以言志，大抵《三百篇》《楚騷》皆古聖賢積乎內而發乎外之所作也。人之內發者曰情，外觸者曰感。當其感深，其情切，其志一，心畫心聲之所發，足以驚天地，泣鬼神，訴真宰，傳之於無窮，世歷萬古而常新。後之繼作者，必明乎《詩》，辨乎《騷》，通其變。寫之者必能善於刻畫入微，讀之者宜能體貼入微，庶幾引起共鳴，悲喜與共。江山代有才人，《詩》《騷》之後而兩漢，而魏晉，而唐宋，而明清，而現代。其間詩風迭變，作家竝出。此吾國詩歌之所以不衰，亦足以自豪者也。其間或有鄭衛之音，惑乎朱紫，亂乎風雅。然必有豪傑之士挺生，為之摧陷廓清，正聲未嘗斷絕。自從建安來，綺麗不足珍。蓋正聲崩壞於陳朝，唐之陳子昂出，斥偽聲，倡古調。王、孟、李、杜繼起，詩極盛於唐。宋初西崑之體泛濫，待歐陽修、石介諸公振臂高呼，宋詩遂脫穎而出，與唐詩分流竝行而不悖。

迨至近代，五四新文化運動，胡適、陳獨秀之輩，排正聲，斥傳統，廢格律，倡為語體之所謂新詩。嗚呼！豈詩文之將淪亡邪！幸天降修竹先生，先生廣東新會人氏，得南離之正氣，五嶺之奇橫，珠江怒濤之洶湧澎湃。積學以儲寶，酌理而富才，作〈伐胡篇〉。聲色俱厲，雷雹竝響，若鷹隼之盤空，野狐狡兔皆懼，紛紛逃竄於巖穴之間。先師之詩，聲大氣雄，若一鶴唳空，萬鳥皆瘖，雄獅怒吼，羣獸皆寂。清代陳其年詞詠鷹一闋，足以狀吾先師之雄鷙氣勢。其詞曰：「寒山幾堵，風低削碎中原路，秋空一碧無今古。醉袒貂裘，略記尋呼處。　男兒身手和誰賭，老來猛氣還軒舉。人間多少閑狐兔，月黑沙黃。此際偏思汝。」

先師挽狂瀾於既倒，於海濱闢栁經緯書院及國學研究所，宣揚國學，力弘風雅。遂使絃歌載道，正學勃興。平生寫詩以數萬首計，其才學橫溢，筆健情深，一時殆無以抗手者。肇平慶幸得列門墻，接謦欬，聆教誨，得其培植灌溉，略有所成。感師恩之浩浩莽無涯際，若葵藿之傾太陽也。

先師丁巳開篇，其詩筆已到得心應手，往無不利之境。每有新篇，必邀集茶敘，高唱入雲，注釋紛披。余時得親近，故其詩作，耳熟能詳。《修竹園近詩》一、二集及三集詠史詩，蚤付之剞劂，行之於世。然先師前集之篇，諸弟子渴念能得窺全集之心願由來已久。戊戌年夏日，先師哲嗣達生兄邀余茶敘，出示其所編輯錄之《修竹園詩前集》之積稿，謂將刊行以廣流傳，竝索序於余，余喜而承諾。頓念先師弱冠之時，游學於中山大學，其詩蚤為校中師友所亟賞，見面皆呼之「詩人」。夫詩有別才，先師夙具詩才，而平生讀書之多，用力之勤，其詩之成就，足以睥睨騷壇，傲視時流，無可疑也。先師前集之詩起自戊寅，時為公元一九三八年，迄於丙辰，時為公元一九七六年。戊寅秋，先師時年二十三歲，適逢日寇侵華，廣州陷敵，南學遷滇。先師避亂入西南，其足跡遍歷昆明、澂江、桂林、貴陽、赤水、西蜀諸地。所遭所遇，哀樂無端，悲天憫世，誦之使人有惘惘不甘之情者在。抗戰勝利後，先師執教滬上，領略東南湖山之美。再南下廣州，重返故里。己丑歲移居香港，教學以終老。

先師少年之詩，氣盛而句奇，有干將莫邪之利，芳香通體之美。使人迴腸盪氣，傾倒不已。中年之詩，羣書堆胸，精力充沛，波瀾壯闊，使人驚心動魄。晚年之作，薑桂之性，老而彌辣。筆力之遒勁，有如拔木破山風到處，翻江倒海雨來時之勢，天地為之低昂。雄霸之氣，足以傲視古今，開後世之詩風，傳之千秋萬歲。戊戌年夏日弟子洪肇平敬撰。

洪肇平呈稿

家學淵源，書香世代，修竹園清芬。幼承庭訓，積學定超羣。培育英才善德，滋蘭處，桃李紛紛。榮休後，專心輯錄，周易照乾坤。

奇珍，當此際，蘇元意境，得解迷津。歎文選光華，注疏尋根。還有詩歌兩集，芳洲上，燦若星辰。念兄臺，弘揚父著，使我感精神。

滿庭芳　贈達生兄並乞

斧正

字旁有圈者是《修竹園近詩・修竹園詩前集摘句圖》摘句

修竹園詩前集

戊寅秋，廣州陷敵。余倉皇歸里，蟄居彌月。聞寇踪已近，南學(一)遷滇，乃折道赴港，詩以紀行。斯明夷之垂翼也，故以仄字韻之

戊寅（一九三八年） 時年二十三

長雲據山固，風葉呼我住。昨夜待天曙，繞室自踵武。憶事心莫主，即物悲去故。交親多在戶，相望不得語。為客我已屢，何事用猶豫。我人行復盼，國破待速補。望雲欲高舉，攬樹倏回顧。抽身出大路，問船入江滸。安排好詩句，指點閑鷗鷺。日月望來去，山川對吞吐。鼓枻去容與，凌波

向海嶼。舉目天半覷，星火耿交互。莫言行役苦，且覓安心處。

（一）編者案：南學，即中山大學。

將自港如滇，諸朋好招飲市樓，賦此為別（一）

己卯（一九三九年）　時年二十四

世路平陂早已詳，不於今日決行藏。乍明鐙火矜初服，如此江山要一匡。容我摶雲九萬里，還身揮翰十三行。瀕行時，交親多授紙求書，未暇盡應。臨杯共有微茫意，莫笑癡兒吐語狂。

（一）先嚴於一九七八年刊行之《修竹園近詩・修竹園詩前集摘句圖》注云「此是前集之第二首。首篇是五言古，句句韻者，前此一年作。余存詩自二十三歲始。」

西行途次　以下入滇作　己卯〔一九三九年〕

紅棉邈不見，惘惘攜春行。換船遠浮海，忽復雙眼明。千鷗競帆飛，無乃來會盟。迢迢青嶂失，列列長雲橫。心勅毒龍伏，手批奔浪平。天海供頫仰，空闊堪平生。快然佈筆陣，發我胸中兵。

浮海遽信宿，維舟越南陲。衣冠尚我似，日月今何時。父老盡凋喪，童獃何所知。與言略不解，相對徒啞咿。憐渠甚顛沛，無復人扶持。容余厚風積，攜汝咸來綏。閑訪古祠廟，累撫同文碑。鬧市鑿陂塘，脈脈涼風吹。倒影水邊行，沈吟自覃思。何日王師來，隨風揚一麾。

驅車去南國，悠然地行仙。來禽鳴向人，勸我車回旋。揮手謝之去，我頃難留連。微風蕩野草，叢樹藏寒煙。薺麥亦已茂，操守吾能堅。人稀路入荒，巇險言難傳。雷聲殷國土，一水橫淪漣。嶕嶢石林聳，滋漫藤蘿妍。

飄枝拂我鬢，疾風搶我氈。懸崖瀉飛瀑，白練通漏天。洞察黃塵底，竦立青雲巔。穹窿百七二，明晦驚流遷。雙峯天半立，連橋人字然。覩物生內熱，炳炳心難宣。

昆明大觀樓　己卯（一九三九年）

挾策攜壺過野橋，一襟塵累欲全消。水磨明鏡春魂盪，風熨金隄柳影嬌。多難登樓天遣恨，萬花圍客氣如潮。行人未了心中事，不要紅妝出見招。

滶江清明　己卯（一九三九年）

掬肝持淚客何為，又向蕭辰恣酒悲。舉目忽驚天慟去，還鄉須待日沈時。

時故鄉已陷敵　長空久默飲雨血，亂草無情侵上碑。凍坐庵前望行客，時

余寓山中之翠竹庵　山南山北拜爺誰。

絕句　己卯（一九三九年）

平湖一霎茫無邊，撫仙湖在城外十里　桃樹初花紅欲然。林下幺絃纔觸手，亂鴉啼急與呼天。

枯坐閑窗欲著文，雲林凝凍出紅裙。向來別恨如能寫，不惜千章寄與君。

好夢侵尋盡化煙，亂書圍裏過年年。長房應解離人苦，為縮相思路幾千。

茫茫湖海經時別，折得奇花待贈誰。欲學騷人作天問，星辰如淚月如眉。

翠竹庵夜步　己卯（一九三九年）

此世春胡至，看天我欲啼。心驚拈韻險，風烈壓頭低。漉酒多沈恨，將詩又失題。無人知客感，城野起鳴雞。

懷遠　己卯（一九三九年）

故國誰猶好，窮山月不明。人禽同此劫，胡虜用驕兵。墜夢下無底，一心東向橫。憑高閑觸物，千里有啼聲。

山城晚眺　己卯（一九三九年）

向晚登臨一縱橫，湖光浮蕩野煙生。殘陽返照紅侵鬢，叢竹搖風綠鎖城。有天地來無此日，負親朋望不能聲。年年飲墨牢憂積，未信彼蒼知我情。

澂江北城樓　己卯〔一九三九年〕

山城荒寒羅百憂，隄柏徑竹風颼颼。屢自澆腸惟飲淚，不應摩眼獨登樓。
傷時苦觸年年淚，對景從生面面愁。環郭峯巒齊頫伏，孰教來拜此詩囚。

別夜　己卯〔一九三九年〕

華堂別夜太淒涼，何必隴頭纔斷腸。階草仰承瀕去淚，詩心猶冒舊時香。
一書不達憑夢乞，中心藏之何日忘。漫道澂江小住好，黃雲紫水憶吾鄉。

封詩　己卯〔一九三九年〕

展翼何當矜羽儀，風多寧遣上高枝。立殘桐影無家別，誅盡奇愁有所思。
幾見杜郎開笑口，自甘貧女斷長眉。孤城天雁飛難到，猶在題封別後詩。

使酒　己卯〔一九三九年〕

南風吹我落天涯，使酒常令客盡譁。蹴斷巔峯傾落日，飲殘升墨薦新茶。縱橫氣逆心頻盪，長短潮翻春已賒。掉臂歸來枕窗坐，凝神看到月西斜。

中秋雨晴無月　己卯〔一九三九年〕

扶筇軟飽城南行，雲屏淒凍難為情。乍晴孤郭有寒意，試倚新詞非雅聲。幾夜未舒天外眼，一盤誰要客邊明。鄉愁苦在懷中盪，奈汝秋蟲不絕鳴。

秋懷五首　己卯〔一九三九年〕

閑居少生趣，研墨寫新愁。無事可措意，與花同帶羞。萬蟲齊振響，一室坐憐秋。斷簡清斑滿，湘篁得似不。

追歡尋好夢，扶氣更無瘳。悶雨秋彌厲，傷時首獨搔。兵塵還在滾，民事一何勞。古戍疾風起，遠翻湖上濤。

高吟驅瞰鬼，閑夢墮澂江。幽恨添幾許，繡禽眠一雙。思深疑滅性，林黑又鳴尨。露冷蟲亂咽，夜遙心自撞。

道阻徒張目，山深不放雲。平情刪妄念，排日定吾文。野草因風瑟，寒禽怨夕曛。沈吟聲頓挫，人遠欲誰聞。

風動天頓盪，夢空歸去來。疏林露秋月，凍坐撥寒灰。地僻花遲放，狂成日幾回。開門呼酒客，隨我去謀杯。

九日　己卯〔一九三九年〕

萬里孤行暗自傷，今朝何以遣重陽。城南山氣能推客，眼底秋花欲改妝。詩自供人多用怨，士今懷土已其常。風前袖手淒吟望，鳳嶺低層亦小霜。

秋夕客懷　己卯〔一九三九年〕

秋事已凋疏，秋風淒以厲。孤雁鳴空林，明月照憔悴。春去久不還，桃李欲愁死。物亦不勝情，況我廬中士。胡牀默抱膝，燈花燼落子。夜雨生鳴潮，懷遠不及寐。起坐繞室行，看劍屢吹氣。難問我江鄉，故人今餘幾。

重寒　己卯〔一九三九年〕

重寒霜雨迫青衫，繭紙詩成細細喃。行樂已慚桃畔牧，小杜詩：昔年行樂濃桃畔，醉與龍沙揀蜀羅。

高情未挈竹林咸。梅邊月笛人難喚，客裏魚函淚與緘。安得酒壚生眼底，豔紅日日解吾饞。

虹梁　己卯（一九三九年）

虹梁扶淚濕嬌春，別館寒回默損神。絕徼風霜欺短夢，異時花月屬何人。
事隨雲往頻摩索，酒引愁來數欠伸。一夜殘燈照幽獨，欲刳肝膽向誰陳。

平湖　己卯（一九三九年）

平湖橫眼水粼粼，孤郭天高未返春。擲筆低吟時惴惴，批風東望隔塵塵。
辭枝別葉淒涼味，息影澄潭渴病身。脫口欲論家國事，從吾遊者更無人。

坐曉　己卯（一九三九年）

獨行天遠失故步，多事歲闌還北風。幾日捫心疑失墜，一年歸夢不能東。傾愁付與日同沒，抱影時思簾乍烘。撲落疏櫺開曉色，清樽孤館更誰同。

歲闌五排二十韻　己卯（一九三九年）

永日搔蓬鬢，輕身怯度林。湖橫棲望眼，地僻少來禽。疏竹還飄響，清樽苦費斟。川原盡冥漠，蟲鼠兀咿喑。凍坐支長夜，孤絃發邃忱。夢空寒壓枕，簾動月移陰。念往心頻癢，期春瘦不禁。冥濛悲短影，歷落只淒吟。過客時相謔，高標浪自尋。追攀窮百態，渴病更交侵。欲往巒嵐阻，溯遊江海深。憑誰消客悶，不自展蕉心。野哭連南北，高歌慨古今。詩成猶悵惘，意懶廢登臨。歲暮嗟淹忽，鄉遙苦滯淫。朅來何所似，蕭索斷難任。回首憐今我，供愁有遠岑。虞淵終薄日，讒口漫銷金。妙質思名世，蒼生待作霖。那堪龍尚蟄，惟有淚沾襟。

絕句　己卯〔一九三九年〕

去國歲幾改，截天山萬堆。懷歸身未乞，揮夢款春來。

殘書隨手擲，山月向人明。倦闔愁時眼，猶聞搖落聲。

逐客雙蓬鬢，孤窗十載燈。離憂欲幾匝，綺障疑千層。

射虎屠龍手，如絲似線心。暝尋經過地，還費短長吟。

綠水淘沙白，青睛歷劫紅。側身湖上望，吹斷錦帆風。

野蔓纏斷屐，霜風穿入肌。手無千日酒，誰惜我寒時。

山城喧敗葉，哀角送殘年。短榻沈沈坐，行雲續續前。

含筆毫欲腐，御窮天與奇。甚時妃子笑，來對虎頭癡。

聞粵北大捷　己卯（一九三九年）

擊水摶雲看莽蒼，文鱗坐損幾年芳。偶然一夢攀天去，失覺千花送我香。

山鳥巡簷呼客起，胡塵無勢得詩狂。還鄉有日扁舟快，待與春風仔細商。

奔母喪回港，以故國寇滋，未容逕行，盡哀不及長歌當哭　己卯（一九三九年）

此生沈恨將何極，兩月椎心索淚窮。母在遠遊枯盡血，兒身狂躍抓無風。

原知死我只增罪，極要即今僵化蟲。此隔重泉路多少，一聲予季耳雙聾。

重返滇南憶母　庚辰（一九四零年）　時年二十五

去歲瀕征猶面命，重尋客路我行遲。難知來日將焉遣，除死吾身未了悲。

欲罷不能人正苦，戒之在得路多歧。狂歌激烈聲誰遞，萬事何如有母時。

寄兩兄景康劍鋒　庚辰（一九四零年）

稍容雁集又鳧飛，異縣他鄉兄弟違。謀夢奮飛回母日，側身誰與破愁圍。

十年心鐵捫猶鈍，一角斜陽望到微。抱恨投荒神屢脫，冥行寧識我安歸。

生朝　庚辰（一九四零年）

世路驍騰浪自期，及親三釜語何悲。去年此日猶能醉，明月好花今向誰。
病手支牀艱一夢，狂心搔首脫千絲。指天誓報年時命，黯黯焚香告母知。

雜詩　庚辰（一九四零年）

幾日流雲飄別館，一天行雨起微吟。寒蟬振響聲終殺，濁酒忘身怨已深。
客路難矜獨行屐，劫光來鍊不祥金。閑窗闔眼支短榻，小坐便成無水沉。

別澂江　庚辰（一九四零年）

嘶戶羸騾向客催，寒籐蟠屈鳥飛迴。閑踪追認知何日，鄰叟忘情亦放哀。
左鄰李叟，八十獨居，余瀕別招與共飲，竟痛哭失聲。　着力移身疑負重，
此行除夢更難來。吟鞭錯指故園路，妄道梅花已爛開。

中秋後一日，赤柱小集，同无盦師、家五兄劍鋒、饒伯子宗頤，即席賦詩。是夕與五兄下榻水榭（一） 庚辰（一九四零年）

絕徼初回渴病身，芳洲臨眺眼猶塵。不須簫管來催夢，未老秋光大勝春。
碧海逢辰在舒氣，青山離市各能神。夜遊幾似今時好，走筆題詩氣象新。
萬竅驕囂孰與嬉，姮娥羞怯故來遲。欲排詩句閑邀月，可惜晶盤不療飢。
肝膽逢人恆歷落，星辰於我獨迷離。浮漚異日知何處，且向雲鄉一展眉。

（一）先嚴於〈修竹園詩前集摘句圖〉注云：「无盦，先師詹安泰祝南先生嘉號也。」

香港九日 庚辰（一九四零年）

漫嗟湖海經年別，同氣重逢意更傷。旅雁追雲纔并影，蓼莪吟血又重陽。

遙山滅沒人難往，窮罰交關不自當。誰省後園園外墓，橫碑宿草極荒涼。

答无盦師饒平　庚辰（一九四零年）

追攀容易雜羣狙，道已云遙意更疏。行後風光都一瞬，急誰消息割雙魚。
力進漸知詩筆苦，面承難耐歲時除。滇南影事頻回首，未必傳燈亦子虛。

征颿夕照圖　庚辰（一九四零年）

江國無端物象殊，夕陽紅閃片颿孤。了知金谷摽瓊樹，休向臨邛問酒壚。
眼底煙波輕一眺，愁邊時鳥莫相呼。樓臺寂靜秋心冷，慵倚闌杆孰與扶。

除夕　庚辰〔一九四零年〕

夢破滇南歸去來，紅梅紅藥盡情開。放顛不是兒童日，名世容伸割裂才。
開口欲呼天萬遍，塞胸猶有恨千堆。好春未到先回暖，且與家人快一杯。

辛巳初旦　辛巳〔一九四一年〕　時年二十六

客路春歸歲一遭，春雲勢壓海門濤。靜看紅藥還明媚，不道吾心正鬱陶。
出水檣桅齊柄日，忍寒身手欲操刀。三年京國烽煙裏，須信人間要我曹。

薄遊小西湖在九龍山間　辛巳〔一九四一年〕

海國晴回春意濃，趁閑容我認前蹤。自君之出愁誰料，有女橫陳適為容。
時有女橫陳橋上，掬湖水以滌飯器。花氣不知人冷暖，湖光同在夢惺忪。

洄波委曲如存問，此去蓬萊路幾重。

已聞歌詠過人傳，萬里回車又放顛。花鳥逢辰俱作態，林泉小隱不知年。
行雲經眼成孤往，落日無言下遠天。拾得春紅快歸去，閑鷗來逐過江船。

夜雨　辛巳（一九四一年）

觸事無端一惘然，可堪風雨響春邊。欲羅今古開孤抱，誰分文章屬少年。
失路江湖征夢寐，行天日月與沈緜。明朝野水橋頭上，驢背誰知雙聳肩。

景度老師挽詩　辛巳（一九四一年）

三年萍梗直沈冤，萬里春風不及門。已分江河俱是淚，豈應桃李獨無言。
耳提面命人何在，地僻天荒日易曛。一事先生最難了，王師猶未定中原。

騰身掠影過滇南，回首真成百不堪。亂裏烽煙書斷絕，歸來風雨夢呢喃。

一升凝墨難為字，千里濃雲欲化闇。舉目橫流逾怒溢，問天吾道更誰擔。

長歌哀極有誰知，散髮看天欲放辭。海外風波翻地軸，胸中戈戟迫人詩。

平生許我心徒湧，短袖籠寒手竟垂。他日還鄉過闕里，彤檐怕見淚漣洏。

將赴粵北，留別饒宗頤　辛巳（一九四一年）

滇南遯影苦稽淹，窮索叢殘孰與忺。天道知還任來去，春江如此莫沈潛。

長懷入酒詩初熟，一別憑誰韻鬥尖。便恐因風驀回首，鷗盟鴛侶有猜嫌。

御寒初借大言炎，宜若涪翁得子瞻。坐我胡牀擲雙舄，盼誰清影撤重簾。

卜居近市寧求利，煮韻烹詞得養廉。此去煙波千萬里，江湖吟望失樟楠。

集玉谿生句　辛巳（一九四一年）

欲為平生一散愁，江間亭下悵淹留。可憐萬里堪乘興，只有空牀敲素秋。
神女生涯原是夢，月娥霜獨好同遊。巖花澗草西林路，懷古思鄉共白頭。
短翼差池不及羣，羈雌長共故雄分。謝郎衣袖初翻雪，荀令香爐可待熏。
檢與神方教駐景，夢來何處更為雲。嗟予久抱臨邛渴，徒望朝嵐與夕曛。

紀行詩十九首　辛巳（一九四一年）　以下赴粵北作

赴廣州灣舟中遇雨　辛巳（一九四一年）

春風怡人人北征，檣桅如楝雲如屏。我曾兩度飛萬里，擊水能使蛟龍驚。
今駕大樽浮大海，恍風可御心泠泠。伊我平生怯塵垢，追逐久厭同癡蠅。
及此拏騰向天日，頑身歷落雙睛青。俯視亂鷗啄明鏡，鏡底翼翼長雲橫。

方爾年時萬念失，忽乃海水含天蒸。長雲合圍怒化墨，風烈雨暴波千層。
商短於財未辨蓋，天漏須洞愁難名。同行諸子共此遇，蝨立入夜天方晴。
腳底流水欲透髓，席不可臥昏無燈。乃砌行囊作牀枕，下聽猛浪推舟行。
幸而困極轉小寐，平旦天海雙清明。豈知六龍再失馭，遽肆涕沫來相淩。
以視日昨勢益惡，萬刃入頂僵股肱。信哉此雨至可畏，庾子因以奔秦庭。
少陵亦嘗歌茅屋，惟有高鳳為不情。書古可讀今大異，我視此雨如視兵。
待佈奇陣禦醜虜，怒發萬弩無留情。

寸金橋　辛巳（一九四一年）

椎心甚擣吐高吟，一寸山河真寸金。鶉首賜秦天幾醉，連城非趙陸應沈。
居人為說年時事，風木全歸變徵音。留此詩篇當發願，吾儕來日更重臨。

赴廉江道中　辛巳（一九四一年）

夜未成眠犯曉行，廣收文字賦西征。更無餘事能諧俗，正覺蒼天共此情。
河嶽藏胸無盡物，原林一路可憐生。沈吟不省日早晚，錯被山禽呼我名。

赴石角道中　辛巳（一九四一年）

雲氣迷天不出日，天心恐被我識察。出行那似在家時，不畏龍蛇畏蟣蝨。
長雲黯慘路陂陀，腰腳疲羸類跛鼈，鞋囊沙石為轆轤，使我頑膚欲龜裂。
上山猶有山崢嶸，安得神工與力拔。手攀弱枝踰弱泥，下有熊羆仰肉吃。
賤子纔從虎口來，豈容汝輩再搖舌。待我鐵筆擔道還，多縛窮胡送汝窟。

盤龍墟赴良田道中用轆轤格　辛巳〔一九四一年〕

墟有龍盤似我胸，都休長蟄到冬蟲。此行欲款春萬日，舊往不知山幾重。
豈用寒儒誇筆墨，極知天漢有窮通。詩成欲就真君品，眼底春光著意濃。

赴陸川道中　辛巳〔一九四一年〕

招攜小隊過山村，煙樹連雲白日昏。入屋買茶惟我渴，國情天道更誰論。
風松中有無窮淚，居人刀斫松皮，松脂自內流出。　率土同深未雪冤。汗
漫放歌聲一概，已涼懷抱得重溫。

赴鬱林道中　辛巳〔一九四一年〕

天道每遲明，約略聞雞起。萬里賦同遊，所惜在之子。同遊二十許人，內

子亦偕行。　日月不人情，風塵迫憔悴。未旦裹創行，漏夜蝨身止。今日東風狂，時時傾意氣。層陰生殊寒，將詩自尋味。一任破憂懷，並與洗塵眯。雄心思搏虎，運斤待劈鼻。振臂力不窮，射日事亦易。何用苦行路，江山可恣志。

鬱林中山公園同琇琦、冠羣、妙清、蓮仙

辛巳（一九四一年）

累歲江湖汗漫遊，當春吾問此何秋。水亭壁立過殘雨，蓬梗羣來賸半甌。失怪來人皆滯相，誤疑此水有沈憂。綠萍瑣瑣棲吟望，倚竹無言入暮愁。

折道赴蒲塘　辛巳〔一九四一年〕

井井平田春水盈，欲逢沮溺耦而耕。我人雖未辨五穀，田事究輸功幾成。
已涉羣經知小大，倘容雙眼看澄清。浴鳧似解行人意，拍翼昂頭荅荅鳴。

赴大灣塘　辛巳〔一九四一年〕

蒲塘徹夜眠難安，撲落風雨生奇寒。日來頗覺腳力劣，用乃買馬凌晨趲。
天雨初閣路詰屈，山面貼松誰氏瘢。稀落人家未開戶，按轡四顧心暫閑。
稍陪山妻相語笑，拈紅拾翠歡連豜。不道行行日過午，驟爾雲湧風飄山。
征衣吟袖冷於雪，手僵馬滑經千艱。灣塘尚距十許里，暮色四合春殘頑。
越嶺穿嶂目欲裂，久久乃悟身臨灣。問門乞火憊下馬，眾噤不語憐相看。
差幸居人有雞酒，一索醉飽皆酡顏。明旦當有舟代步，今夕得夢應無難。

桂平舟中　辛巳（一九四一年）

花鳥依人好，積陰今向晴。看山張盡目，臨水悟雙清。抽葉千樹綠，生江初日明。流舟須暫緩，容我小詩成。

潯舟渡舟宿困雨　辛巳（一九四一年）

維舟江上臥，如夢十年遊。急雨篷底落，詩心絲樣抽。攀天成獨往，倚枕語同儔。明旦跨潮去，魚龍莫攪愁。

舟赴石龍　辛巳（一九四一年）

明發不及寐，水雲升降龍。江風無影像，天雨有針鋒。舟與詩共險，功俱侯可封。眼前山出沒，一霎過重重。

石龍雨晴　辛巳（一九四一年）

泛宅忽二夕，浮嵐天四圍。草疏山露骨，雲漫水披衣。石卵何年產，林皋落日微。馳情向家國，真擬翼而飛。

石龍柳州車中　辛巳（一九四一年）

此來行路真知難，握拳危坐雙眉攢。左右堆阜工幻化，似耳似鼻千百盤。車行疾甚肆顛簸，父母之遺不可墮。欲登蒼莽臨無窮，掇拾萬殊作詩課。

夜赴桂林車中　辛巳（一九四一年）

阻道已過十之九，一往顛連欲誰咒。巖壑嶔崎殊駭人，潑潑寒風割吟袖。去心似矢初離弦，欲與飛鱗爭搶先。坐感重寒更遙夜，使我兀兀如支年。

桂林逆旅中作　辛巳〔一九四一年〕

夙聞桂林山水甲天下，我今歷亂而來乃天赦。但苦塵事不吾閑，空過屠門思膾炙。屋後横塘春日中，細柳綠淨千花紅。靜憑山水養心眼，勝賞便與登臨同。偶然出戶看行客，埃塵漠漠車馬塞。紅妝盡有比肩人，趕場無我行身隙。吾生雖料塵緣多，奈此腰腳初羸何。明朝重有蚊蠅役，憶我故園蜂蟻窠。

車赴衡陽　辛巳〔一九四一年〕

日已將沈矜火箭，心焉遠走入雲層。千林撲地鴉摽影，一月生山天上燈。怒叱驪龍騰折坂，倒無閑夢到觚稜。川原起伏金湯似，儘覺穹蒼不負丞。

南發坪石　辛巳（一九四一年）

一車雷動過衡陽，心上神弓與怒張。於此人天同憤慨，亂鳴風雨助顛狂。
人誰堪入少年眼，花不敢生今夕香。徹夜凝神念家國，渾疑撐直九迴腸。

坪石水牛灣金雞嶺下　辛巳（一九四一年）

逢花錯覺我來遲，夾路梅桃已改枝。漸老春魂酣靜水，欲尋芳緒豈其時。
停車息影心在動，絕嶺眠雞頭未垂。待乞靈泉洗塵土，層陰積慍與俱披。

坪石清明賦示諸友　辛巳（一九四一年）

梗泛萍飄苦不支，君休重道我愆期。向徙漵江，余到甚遲。詩書虛逗癡兒
夢，天地難貞絕世姿。鳴鶴在陰誰與和，蘼蕪拾得已如遺。閑門坐憶塵塵

事，嗒喪無因似子綦。

清洞雜詩　辛巳〔一九四一年〕

緣塵無定所，隨風行四隅。伊予于役身，三年九移居。閑花意不屬，置酒誰與娛。望雲羨鴻冥，臨河慨魚枯。時鳥鳴春林，積愠不得舒。居貧要能樂，而乃仰天噓。

蓬累怯道遙，牢落傷晝永。明明眼中桃，恍恍年芳景。不道國情非，一士久墮穽。抽身出大路，誰可同馳騁。萬松呼風來，天意亦豈靜。物物本有宰，時復失其正。感此不能言，心目徒耿耿。

清晨抛夢起，凍坐衣苦單。清簾洩山色，羣蛙撾曉寒。雲霞生喘息，左右堆叢殘。情至思有詩，落墨良復難。沈吟起倚戶，一忽心眼酸。

濃霧見日消，出手捫春心。鳳凰邈高蹈，鴟鴞欲啄人。琴音苦不發，眼中生凝塵。年少走萬里，劫裏江山新。日望風力足，吹我回龍津。余新會龍津陳氏也

嗚雞叫我起，出戶無所親。山花忽改色，而我猶驚春。荒墟鬱朝寒，行人嗟隱淪。臣今雖未壯，哀樂常無因。去來怨莫訴，解我知何人。

歲時不待命，春意漸晼晚。清清溪澗泉，嗚聲何委婉。旁有羨流人，感逝發浩歎。飲水欲澄心，卻減懷中暖。歸去日昏黃，重寒入孤館。

弱蘿繞磐石，引蔓春葳蕤。野葵向斜日，敷抹矜奇姿。磐石長磊砢，斜日終沈微。弱蘿故自好，野葵將安依。消息萬物理，可以知天機。

絕句　辛巳（一九四一年）

一夜寒蟲訴哀怨，晨興思見好春心。人前不說愁滋味，自倚閑門苦苦吟。

心欲攀天未有梯，長松高與嶺雲齊。年來緣物多生悟，不佩秋蘭獨佩觿。

萬里孤行世與違，時時身被亂愁圍。瀰襟塵土千歡墜，山月無端欲上衣。

斜枝掛日紅於染，倒澗無風自作聲。待向王門叩消息，世間安有董雙成。

冥想昨宵初着夢，樓臺金碧日黃昏。熱場竟爾閑難入，壁上寒梅不忍看。

簡饒伯子香江　辛巳（一九四一年）

永憶江皋小住佳，更無餘夢到深街。同君癡抱還分道，入眼勞生可有涯。
亂裏詩篇多涕淚，明時花月幾安排。旗亭總是安心所，走馬何年與子偕。

衡戡曩拈南國無春二語，邀余足之。時余以即遠行，未有報也。客中無賴，忽復憶起，為成一律，即寄香江　辛巳（一九四一年）

南國無春春可知，一春無俚惜春遲。獨攜瘦影難為賞，不道靈風浪解吹。
往日箏琶餘掩抑，後期桃李卻矜持。余嘗為衡戡作伐事苦不成　而今涕淚兼家國，莫笑當年濟叔癡。

遣悶　辛巳（一九四一年）

寒泉暗雨夜來嗚，如聽遙天啜泣聲。兩句三年詩不易，羣山萬壑我曾行。
閑中影事無窮在，鏡裏今吾太瘦生。刻意凝神細書字，春燈一為向人明。

清明小極中作　辛巳（一九四一年）

吾生早已丁窮罰，每到清明怕有詩。人遠邱原難駐夢，年來涕淚衹空垂。
自憐三月貧中病，深恐雙親地下知。容我明時展修翼，夜臺休復憶驕兒。

東風　辛巳（一九四一年）

細細東風做曉寒，吟懷波盪十年丹。搖春碧樹喧時鳥，篩日紅霞落綺蘭。
童子何知辨燕石，班姬猶自歎齊紈。王門未必裾堪曳，況汝樓危更倚欄。

春寒四首，用曾蟄庵韻（二）　辛巳（一九四一年）

江國重寒深復深，微陽醉起獨愔愔。春邊花絮休搖曳，夢裏樓臺久鬱沈。淨水有靈應洗髓，寒風如舊不關心。江南今日須哀賦，奈竭吾才未可任。

長待中興恣鼓吹，聲聲猶是斷腸詞。屢從遙夜尋前夢，便有良媒已後期。望斷緗簾慳半面，滴殘紅蠟鑄相思。囊金異日春全買，準擬重緜薦履綦。

憑高望遠意難勝，亂落春紅已滿塍。真有清時甘馬走，漫誇吾漢以龍興。「漢以龍興」用班書　寒來白鶴能知事，別後青蛾不到鐙。須信癡兒語非誑，離懷一往凍於冰。

莫怪寒儒語不休，吾儕原自有沈憂。長從蠹簡收殘墨，那得天池肆壯遊。故國別來無短夢，此春行後又荒邱。愁邊即物徒增恨，何日樓前嘶紫騮。

（一）先嚴於〈修竹園詩前集摘句圖〉注云：「晚春，寓居坪石清洞作。先師詹无盦先生時與余比鄰而居，覽此四章，謂騷雅蘊藉處與蟄庵伯仲，而氣力且勝也。」

寄吳辛旨先生連縣　辛巳（一九四一年）

一窺片語能祛惑，幾得親承與脫胎。道似不行誰邁往，詩何莫學此其媒。
十年坎井餘微咥，百里春風倘見猜。他日問門須載酒，高歌寧憚俗人咍。

題玉谿生詩　辛巳（一九四一年）

才大難庸事可噫，蘭叢立到幾何時。道窮誰復虛前席，風末人憎擅色絲。
曲把遙情移婉孌，極知深怨在江蘺。俗儒不解風人旨，謂是樊南浪子詩。

次韻无盦師拈詩中靜境見貽之什

辛巳（一九四一年）

清晨枯坐思深深，頗悔頻年放浪吟。閑裏氣勻知靜勝，樽中春好待誰斟。
徐看指爪渾無垢，並合人天乃敢琴。見否疏林生暗綠，潛中輕換有花陰。

初夏小極中作

辛巳（一九四一年）

杖竹孤吟苦費聲，為人性僻豈關名。頑身疾作頭猶掉，勝事天鍾世所輕。
失覺千花隨處好，不辭雙眼盡情明。怡然放步晴郊去，十里紅蓮細細生。

移居詩

辛巳（一九四一年）

我來無何春已空，清洞初夏洪爐烘。人言此地不可住，雨不擇夏雷鳴冬。

當時方在春二月，萬花堆野嬌春風。尋幽選勝樂未艾，凌巖俯澗心能雄。時曳長雲作巾帶，或撥飛鳥歸杉松。人所語我殆虛誕，不道春去天置籠。巖松心鬱蒸出霤，水田龜裂爬無蟲。唇乾腹燥遍索水，如汞瀉地潛其踪。豈惟不宜事我學，長此亦復能傷農。比聞山長有去意，恍在夢魘聞晨鐘。聞將播遷在鐵嶺，益復踴躍如頑童。鐵嶺乃我舊遊地，曾活我眼雙人瞳。背山面水屋高下，花樹纓絡斑斑紅。可下釣竿學漁者，可上高嶺招來鴻。可放長歌傲孫登，可坐大樹思林宗。頻視雲帆水心盪，雖我花筆難為容。顧盼能忘世方亂，胸抱殆與仙人同。用先搶往卜我宅，還拾我書攜我笻。同諸師友一時徙，眾步雜遝跨谾巃。樵人伐木聲丁丁，時有樵夫，伐木聲果丁丁，曩誦《詩》時，以為伐木聲不應爾，今乃悟焉。谷口瀉水鳴淙淙。聆之便足消煩熱，況日減勢雲蓬鬆。路遙似倩長房縮，邁往欲蹋山千重。俄而面對武江水，江岸風木舞虬龍。上有啼鳥在鼓舌，聲聲似訴哀無窮。友人告我此杜宇，余向未見杜鵑　瞿然斗覺心忡忡。伊我此行不是歸，何事快意成狂春。故園尚在烽煙裏，幾時始得隨風東。居人訝客何自來，使我荊棘紛生胸。十年憂患瞢騰至，游心千萬無由通。且辦薪火息諸妄，咀嚼苦莽糊詩筒。

喜得五兄詩，次韻卻寄　辛巳〔一九四一年〕

蟫書心禱百年期，騷怨無端我又詩。幼歲歸儒誤今日，一春何意作佳時。

從來諧古難諧俗，到欲無言卻有思。失笑弟兄同此癖，高情待告老天知。

蘭叢從古有佳期，不是潛郎浪費詩。萬卷合圍歸獨坐，亂花行酒憶當時。

十年霜刃尋常好，初日身謀一再思。昨夜南風都不競，欲論懷抱告誰知。

坪石初夏雜詩　辛巳〔一九四一年〕

江山彌亂眼，去住劫餘生。之子愁時極，於茲傍水行。將詩無盡累，開口可憐聲。身與世同改，鶯花空復情。

顧景從生感，聞香幾費思。痛深風在割，人問客何為。物理殊叵測，江花開舊枝。比來詩甚險，疑怪世逾危。

落日紅於錦，招邀去盪舟。詩腸還作祟，花氣與遮愁。極目尋冥世，行身第一流。未知河漢女，曾見我人不。

轉眼羣芳歇，當門一水橫。離懷長不展，幽草已叢生。魚黠不吞餌，蟬哀如我情。來歸倚竿坐，賓至實難聲。

鼙鼓隱鼕鼕，憂心忡復忡。長懷洗兵馬，難更采芙蓉。作健依舊病，起予何處鐘。羣飛刺天逝，容我去屠龍。

浣女落沙洲，朝暉入小樓。寧隨二三子，去作往來遊。風靜千帆斂，流甘早稻抽。賤儒乖世用，惟掉苦吟頭。

炙日背入矢，赴河天共沈。偶然衝浪去，還作不情吟。尚友難同世，何時換卻心。牢愁無可訴，彈裂賞餘琴。

食馬肝　辛巳〔一九四一年〕

學文苦未能著書，學武苦未驅窮胡。早歲蟫書與擊劍，自許關岳良平徒。乃學未成世已換，至有鬼物來揶揄。時時五內憤泉沸，坐對旨酒難為娛。昔聞馬肝有奇毒，人命不得留須臾。狂來走買使佐酒，滿謂一食萬慮除。

誰知久久毒不作，回味且勝秋江鱸。是否古人但誑我，抑天要我為時須。
待剜龍頷求其珠，持之徹照天四隅，不稽眾仰來其蘇。

四月十七夜酷熱，風忽怒作，快極成詠

辛巳〔一九四一年〕

曩在滇南無寒暑，面郊後市頗得所。冬不須裘夏不扇，更有湖山快肝腑。
還從粵北三月來，彌感新居不如故。春徂夏間天頓變，急走窮山入江浦。
此地風物亦多勝，只是陰陽劇吞吐。尚記清洞初夏時，火流金石雷破柱。
頃雖卜宅水之涯，亦似儵魚在沸釜。屢入密竹避炎熏，仍覺驕陽氣虎虎。
今夜心火特騰騰，欲乞流冰劈頭注。枕窗赤眼望居人，但見千扇奮揮舞。
雖然山月如晶盤，那得逃身霜裏住。詎知炎赫忤天意，百竅穴俱震怒。
千林齊縱萬馬馳，挾帶狂風疾到戶。妃呼豨！妃呼豨！使我衣袖凌風飛。
橫抽健筆急作頌，一時情極難為辭。

有寄　辛巳（一九四一年）

相逢曾幾時，一別又逾歲。閑夢過江沆，我心在蜂刺。有言不敢書，落筆即盪氣。長恐風波翻，驀地易我幟。比來顏貌醜，不是詩作祟。涉澤去采蘭，臨水行乍止。可惜倚樓人，流瞹不到此。

往事不可追，磐石不可轉。難冀一簣成，遽自九折返。玄功與佛法，吾斯未能信。酈生是真狂，廉公漫能飯。近水怯放魚，折榮安寄遠。迢迢闕聲問，其由詎可見。閉目謝雲羅，割腸有風片。心鐵殊已頑，灶斷胡能鍊。身行萬里路，所得是拘蹇。

苦熱　辛巳（一九四一年）

赤丸跳盪何為哉，井涸地坼江浮蛙。山石烘動煙起背，錯覺火舌燒吾骸。

欲砌層冰築高屋，四壁齊發寒莓苔。圍以招涼萬修竹，一旦胸抱生珠胎。

四天赫赫齊熏煤，萬物欲化咸陽灰。行人喪面汗瀋瀋，出戶入戶愁推埃。

驚疑趙孟駕日至，孰挽青女回車來。彤雲幢幢過吾宇，南山無復殷其雷。

安得涼飆奮一掃，迫令千滯長沈埋。更刳胸膈潑寒水，摘出好句如瓊瑰。

連日苦熱，天忽陰雨

辛巳（一九四一年）

炎炎者滅天回春，爽氣宜我逃秦人。遙山放明水亦媚，五里十里無纖塵。

纔咒情天不風雨，右手揮箑左揮麈。張口欲吸菩提泉，沙舌塵眯迷處所。

用驅逆氣高放歌，巨響直上翻銀河。霜為飛出日為沒，以陰以雨雲婆娑。

驚喜狂言有時驗，奮將兩臂一呵欠。私期後此皆無爽，不用推爻與觀象。

坪石端午　辛巳〔一九四一年〕

不見珠江三年矣，何事饞飲武江水。秋移春往今何時，此月此日南人悲。
我情苦薄才苦縮，臨江難作賈生哭。日愁米貴神智昏，那得香粽招汝魂。
持身幐有支牀骨，苦羨江頭魚出沒。試復下餌餌之來，魚魚皆飽揚其鰓。
今日大夫卻負我，使魚飯足釣不可。抑惜當年騷未詩，激我一吐胸中奇。
今世事事豈堪道，文章久已似秋草。勸汝盡改故時心，莫更沈潛歎懷抱。

次韻劉衡戡香江寄懷之什　辛巳〔一九四一年〕

臨高試極目，噫我生民勞。江湖有墜夢，肝膈多叢蒿。出手從生障，將詩亦自豪。撳防逢大敵，排夜展龍弢。

柔綠瞞春放，疏星帶雨垂。佳人在河漢，私我寄花枝。海角追歡罷，牛欄失睡時。重為生事迫，堅白已磷淄。

娥眉天只妒，憐汝尚懸匏。見月寧三拜，簪花浪一拋。風高仍待舉，枝遠更難巢。玄靜吾私尚，從茲廣絕交。

聞簫　辛巳（一九四一年）

瀲江風木晚蕭蕭，何處人家咽短簫。繭足幽尋高下路，此情真似去來潮。久甘腐鼠寧知味，欲戴奇花試放嬌。安得香紅攻喘息，暖回濃夢過今宵。

挽胡婉秀舊同門，婉秀戲水死焉，攜其遊者未之或救也　辛巳〔一九四一年〕

曩在滇南日，知空冀北羣。三年烽火裏，一水死生分。大去魂休怨，同沉古未聞。凌波終不返，真恨渡江雲。

呈黃任初師　辛巳〔一九四一年〕

南渡衣冠最老師，被風吾恨及門遲。不饒司馬標年表，又見寧人錄日知。先生亦有日錄　誓墓矜身知憤惋，先生曾長河南教廳　運斤劈堊此雄奇。癡兒學步如餘子，已到邯鄲卻自欺。

書事　辛巳（一九四一年）

曲肱埋首向叢殘，拾取年時已墜歡。弁冕直須資大用，風波橫過定無難。
略能斧劈龜山去，疑有人窺小宋看。活活武江聲在耳，恍聞急鼓斬樓蘭。
閑來袖手立江干，六月江花開萬盤。儘有新妝勝春色，失驚吾佩有秋蘭。
劫光假我好鑄句，後夜負舟飛上灘。何必誅求身外物，尋常胸抱亦龍蟠。

辛巳生朝雜詩　辛巳（一九四一年）六月十七日

熊熊烽火無邊來，喜我免化昆明灰。江樓蟄起譜孤調，老天乃始收殘雷。
短竿著墨花在吐，好風要人懷盡開。夜來星月倍前亮，對景欲乾三百盃。
江花閑放悅我魂，游心擬入天南門。繁霞和雲來曠野，小可賃廡方高軒。

匡時切慕范武子，著論何如江應元。據坐繩牀望空闊，不知身似隻鳧蹲。

論情不敢賦閑居，劫火移光照讀書。問舍求田吾亦拙，撥毛吹劍意何如。

算來人物究誰是，凝對杯盤思我初。生小艱憂又行役，沈潛輸與武江魚。

比來詩律中宮商，多謝炎天十日涼。如此風光要開眼，忽然胸抱欲生香。

開關笑款酒徒入，作意共謀今夕狂。送客還時水窗坐，一盤江月照汪汪。

當年紅艷經過地，如在杯中泛起潮。乘興去來何必爾，危時兵甲未嘗銷。

閑伸繭足能生棘，休信星河更有橋。夢入鄉關松竹底，更無人倚五更簫。

年來世患惡禁持，欲叩蒼蒼前致辭。何日屠鯨填海眼。一心歸夢到兒時。

服勞無路儒還賤，沈飲為歡我益悲。久悔人前露窮狀，多君詩句近逾奇。

夢裏江山看未真，將心冥憶費精神。簪花插鬢難妍眼，逃酒逢辰可笑身。坐使文章成底事，欲陳懷抱更無人。囊中幸有雙丸藥，乞與全殲肺葉塵。

待學揚雲賦〈解嘲〉，隔江人語何謷謷。手探高嶺排日腳，夜抱玄珠眠水坳。莫聽長安遽西笑，容張修翼向南巢。老饞食字苦不飽，明旦屠門多破鈔。

逢人莫問新來事，大浸稽天要力游。從古山林遠廊廟，采空蘭茝下河洲。流金一瀉江水沸，久客如還山鳥愁。自笑癡兒工用短，輒揮詩筆不能休。

病起　辛巳（一九四一年）

力鍥跡方顯，冥搜神肯疲。強弓誤張弛，一病費撐持。竹榻纔抱膝，山禽來索詩。凝神望江水，忘我又移時。

絕句　辛巳（一九四一年）

詩心危處易為工，便面花枝故故紅。不敢欄杆南向望，綠雲天外正驚風。

積憤翻為萬里行，至今猶費可憐聲。新來天雨思潤物，舌上莓苔無住生。

幾日江頭物色新，賣空詩句汝猶貧。欲從新雨邀酣睡，不道簾櫳有鳥嗔。

半竿斜日千峯雨，倒亂陰晴似舊時。憶我庭前黠鸜鵒，客來高報主人知。

新秋　辛巳（一九四一年）

客路逢秋意豈勝，殷憂殘暑各騰騰。風收朧雨日沈谷，月透浮嵐天始燈。
自笑操持同蟄蚓，誰安飛逐到癡蠅。小來駛筆多沈滯，欲飲明□墨一升。

南風無力送來帆，新月依微曬客衫。時向窗櫺睨江渚，懶於喉舌辨酸鹹。
連旬積惱揉紅淚，三載茱萸斷素緘。一角危樓坐到曉，懷離疑化水雲巖。

怪似佳人怨綺羅，時時踵頂鎮摩娑。屢持鸞綬終垂手，誰信桃根解渡河。
向日已成如此去，平生真恨不能歌。秋宵流夢勞勞極，鏡裏朱顏氣一呵。

幾逢秋月開生面，欲泛文瀾鬥武江。望斷高樓臨大道，涼生清夢又鳴尨。
燈船玉笛遙傳響，耳鼓心鐘與亂撞。一夜水窗風不定，拂簾花影過幢幢。

放懶酣眠氣豈伸，小生眉眼亦工顰。事如一夢悔早醒，燈粲千花天未春。
別館書來難迫視，秋江行盡不逢人。愁回最苦初長夜，怨望天心月色新。

彰身猶是舊時裝，絕似王嬙遠帝鄉。何意一從當日別，至今難作片時狂。
愁心被酒車走腹，淚眼看秋天雨霜。嶺外繁星又明滅，夜闌詩筆吐寒芒。

即事　辛巳（一九四一年）

縱眼日月換，翻空鴻雁秋。長雲抽水氣，沈恨坐江樓。銷領新來景，難尋舊去舟。技窮天不管，誰信汝無愁。

自溦江與兆鎏別一年矣，客中寡偶，忽逢故人，對茗江樓，不覺有詩　辛巳（一九四一年）

孤懷頗已似澄潭，毋枉佳人與士耽。自伯之東誰足道，從流而下語何堪。
抽肝委質寧今始，分茗提壺似我憨。倘許長斟好風味，異時不擬徑開三。

晨興　辛巳（一九四一年）

連旬淹懶怯晨興，比擬枯居老病僧。千點鳧鷗忙結隊，一胸塵垢欲成層。
未容果腹百里去，空聽喧墟新穀登。長抱奇愁人不會，待尋天馬借騰騰。

書憤　辛巳（一九四一年）

客眼難回媚，秋心已上枝。新涼歡夢寐，清鏡醜鬢眉。一醉不思醒，幾人同此悲。澄江抱孤月，愁照我閑時。

遽古非時尚，裝腔欲發狂。天疑將地合，花不到秋香。白水沒桃葉，碧城添女牀。李義山〈碧城詩〉：「女牀無地不棲鸞。」何義門云：「《晉書》：女牀在紀星北，後房御也，主女事。」年年嗟別恨，猶此怯行藏。

不見祖龍死，空揮博浪鎚。可憐天下士，抽斷腹中絲。南雁編雲陣，西風卓酒旗。登樓呼嘯去，休管世安危。

江干　辛巳（一九四一年）

雨雲匿跡西風吹，積暑消散涼肝脾。澄空氣爽光欲溜，喜見弱菊抽東籬。門前有水流幽香，齧岸抱石紛嬌癡。有人興發鎮來去，欲學楚客誇江籬。

月兒亭亭身忽化，疾走入水瞞天知。欲手擒之當餅啖，嘔出婉轉秋懷詩。
兼旬含筆毫每腐，未見落紙生雄奇。還移小几坐戶外，坦腹盡納江風吹。
與洗旬來千滯累，俾使江水蛟龍馳。更乘此風快歸去，俯拾雙影行參差。

絕句　辛巳（一九四一年）

坐夜心恆癢，攀天夢失梯。不堪蟲響起，聲似阿嬌啼。

風月雖諧夢，沈緜自放歌。眼前秋欲爛，沈恨奈誰何。

物色日以好，費我窮愁詩。黃槐瀉秋水，不是去年期。

水靜魚吹浪，月沈天瞑山。綠雲初着翼，飛去不思還。

寄懷饒伯子宗頤香江五十六韻 辛巳（一九四一年）

城南秋高兵戰酣，天翻地覆驕戎驂。木棉火冷重燔惔，萬人同死城為闇。我走狉獂而趍趕，愴惻浮海如滇南。三月有食忘苦甘，旦夕在囈聲呢喃。風靜雨歇天揉藍，乃稍把卷思討探。心窒手棘難細參，展轉仍復如眠蠶。幸詹師來扶與擔，恍得良藥祛凝痰。師謂伯子今奇男，頭角劖刻學是貪。其名早揚其思覃，圍身以書藏一龕。洞貫儒墨淹周聃，探微發竅輕桓譚。近遠人知饒固庵，宗頤號固庵我聞之喜形寢寎。譬玉鏤字月印潭，惜道阻長難與耽。心坎崩缺成窞窞，空復嗒喪呵雲嵐。去歲一面得飽諳，如麝細裊傳馦馣。如梅報春花半含，如臘酒薦霜黃柑。而我學鳩寧不慙，賴子胸抱方泓涵。屑我鄙拙容我憨，起廢拾墜多刺戡。更與疏脫傾酒甔，一友廣益能兼三。酌文量字非常談，其語雖簡義必湛。我但咀嚼涎醰醰，時或面酪時舌䑛。至竟饞眼難眈眈，退思用乃生憂曇。膚骨恍彿長茅錟，切欲文飾為傪傪。用復遠引至穹嵁，思緲絕險文潮滰。期我休或廉書函，宗頤贈別詩有云「來鴻休為羽書廉」。噫此別久人何堪。折花摘葉空盈籃，香在指爪愁自鐕。欲往反卻捫劍鐔，氣逆肌濇魂夢㝱。散樗寧似逍遙柟，佇待時日長雲弇。剎那制敵收驪驔，還與雙照修鬑鬖。

遣懷十首寄兩兄香江　辛巳〔一九四一年〕

社燕初南來，隻雁轉北徙。海水翻魚龍，春風落桃李。季子重行行，沈吟到何地。呼天了無補，驍騰若為累。過嶺振而衣，肘腋出荊杞。

良辰苦別離，芳菲鬧鶗鴂。曾是過河泣，敢復逢人說。初日秦氏樓，後夜江淹筆。百索不稱情，錦履苔痕沒。搴蘭古無常，尺棰日取一。歲時自周流，奈此秋林月。

拏雲有棘手，蹴蹋晴嵐巔。當年炫奇字，下筆春風前。頻來四方走，孤抱煩冤煎。重為詩所祟，坐使貧無氈。何時乞身返，家火燒凡鉛。課余子若姪，沈潛忘歲年。

流塵隨風行，逃秦攜婦俱。自滇以迄粵，役役何為乎。旅愁嘗已慣，且安山水居。長松棲過翼，洄波騰鯉魚。閑中試登涉，亦令心眼蘇。

懷遠不成寐，排夜待清曉。林巒競澄明，麒麟掩腰裹。行人鎮沈思，飆風或驚叫。秋水不懷柔，芙蕖沒前沼。

憶我初來時，卜築山之阿。其名曰清洞，屋角蟠煙蘿。有水遊魚兒，有樹交枝柯。頗似羲皇人，可以養中和。何當春徂夏，瘴氣蒸如鍋。聯羣徙鐵嶺，日夕拜風婆。形骸一以醜，狂放當誰何。

居下昔所恥，邁往將何如。誰云莊舄吟，直如子綦噓。洶洶兵馬流，堂堂歲時徂，安得丈二殳，手執為前驅。

殘陽遠山吞，纖月秋水浸。倚竹有興無，索句亦窮甚。殊景詎關情，奇愁非所任。隱聞有尨吠，冥行我何敢。支牀心怦然，恍惚有鬼瞰。

江風斷蟬翼，亂蛩鳴秋涼。朱明近淹沒，烽火顛玄黃。年少走萬里，蹉跌誰相將。無窮到有窮，去住經何鄉。高歌攄憤鬱，彌復傷中腸。

人事多反側，天心亦懵懂。日月錯運行，風雷或交烘。窮寇日以滋，夜寐不敢夢。安得誅其雄，赤手作刀用。

感事　辛巳〔一九四一年〕

弱菊纔勝露，西風忽放寒。一花須得所，三月不彈冠。狼豕思肥食，文章待價難。兒童報消息，來雁在雲端。

瘦影臨霜月，沈憂在酒杯。宵長多惡夢，平地起奔雷。凍雀飢難耐，秋花莫漫開。孔門枯立久，不鑄一顏回。

飲恨真何必，思飛亦大難。本來妾薄命，難問汝何安。千樹風葉脫，亂山秋雨寒。曼辭容自飾，不許俗人看。

借熱人難得，皋橋廡未租。為關令作暴，行客孰能逋。臨水雙魚沒，支風一雁呼。有賓來亦好，衹莫問今吾。

坪石中秋　辛巳〔一九四一年〕

江樹青青不老身，十年蹤跡屬流塵。欲懷明月寬愁病，起向晴窗一欠伸。
歷數舊無如此夜，可憐今是有閑人。茫然對景難為賞，懊惱中秋似早春。

頻年流徙過中秋，此日因依尚我憂。與无盦師是夕薄遊　閑睨月兒羞掩
面，不應風片與梳頭。十日不梳頭矣　江樓無奈支頤坐，水調寧能擁鼻
謳。所幸王師捷湘北，強持杯酒薦蝤蛑。

柱石將之港，席間索詩，賦此畀之

辛巳〔一九四一年〕

未齊身手干雲日，今夕相將愁苦煎。何意流離還送客，漸來聲響不關天。
有人於此難成調，明日逢花莫問年。待促驊騮競君去，安排詩句萬花前。

送錫楨　辛巳〔一九四一年〕

風雨晴時送去舟，怕看江水綠油油。天涯棠棣容相憶，枝外鶺鴒且暫休。
一友不留寧忍淚，十千沽酒與瞞愁。吾儕終有行身地，待擱詩心為子謀。
四年依倚君今去，後夜相思我若何。綠水不堪供盪槳，黃槐猶自解交柯。
行看鷹隼誇無敵，肯似枯魚泣過河。送汝龍淵誅萬恨，扶搖休復怯風波。

五兄自港來詩，次韻卻寄　辛巳〔一九四一年〕

三年不臥故山秋，短翼長風幾滯留。坐忍書來和淚飲，要須天與掃花遊。
一盤好月明高蹈，千騎何時在上頭。失喜清江汨雙鯉，連旬騷怨看來休。

重有感（一） 辛巳（一九四一年）

閑身一坐到平明，春蝶秋蟲幾化更。掬水洗心非自得，炷香盟月若為情。
難禁幽恨層層積，愁見寒花歷歷生。幾夜危樓有風雨，可憐詩夢亦難成。
罘罳清簾風在呼，枕囊蘭氣已全無。連句狂病難謀藥，一片愁懷欲化湖。
閉戶有時驚啄木，吞聲從此當還珠。徐拈花筆添朱墨，主客俱新與作圖。
攻玉裁環寄路遙，行郎可復念奴嬌。樓臺心眼人雙淚，煙雨江湖酒一瓢。
叢菊試花初過雨，迴腸沈恨不成潮。他年春底花前見，須記今朝瘦盡腰。

（一）先嚴於〈修竹園詩前集摘句圖〉注云：「時居坪石鐵嶺，中秋後作。」

宵興　辛巳（一九四一年）

微吟依約渡寒流，潛影書圍欲掩羞。自信高騫無處著，頗思冥坐以神遊。
心今明甚翻疑夢，身苦閑時又得秋。一月發人幽秘事，亂篩冰片落吾頭。

秋日呈无盦師，時身心有忍痛而難言者

辛巳（一九四一年）

鵲蹋枝頭葉滿階，當門流水是天涯。未遑浮海乘桴共，頗信孤生與俗乖。
數炷籬花飲霜雨，一時秋氣迫人懷。江湖燈火兼年學，贍有牢愁莫自排。
比來人事散如煙，靜對江天一悃然。小草出山無力蔓，先生何意放閑眠。
詩成霜月彌寒白，茗入肝腸只灼煎。指點漁燈課新句，不須簫管下樓船。

新晴睡起　辛巳〔一九四一年〕

屋東初日炫新晴，起坐南窗欲放聲。客眼看秋疑著夢，江雲如我不勝情。
亂鳴風葉紛投水，極惄危心未易貞。待把彌胸荊棘斬，一時多賦好詩成。

呈瑞安李雁晴師　辛巳〔一九四一年〕

自覺人前出手難，小儒羞笑若為安。不成花筆雕秋色，坐怯流雲趁曉寒。
板閣聞風疑失墜，遠山明了最難看。五年面命吾慙負，心手時時自控摶。

急占　辛巳〔一九四一年〕

一雨助秋寒，雙鳧拍江水。水外山浮沉，秋魂盪雲裏。

武江濱晨起獨行(一)　辛巳〔一九四一年〕

年少牢憂直萬重，平情何力致詩工。鑱磨濃墨難消渴，欲乞窮山盡化銅。
人墮曉煙千點裏，句成秋雁一聲中。強持綠酒酬黃葉，北戶輕衫疾起風。

(一) 先嚴於〈修竹園詩前集摘句圖〉注云：「時余兩兄在港，余獨居坪石。」

寄五兄劍鋒　辛巳〔一九四一年〕

江樓聽水意難傳，一往情懷似影煙。時為陰晴忖兄事，可堪風月做秋妍。
誰言沈醉能千日，獨數奇窮過十年。夜半疏桐滴霜露，有人欹枕百憂煎。

二次長沙會戰陣亡將士輓詩，為張子春祭酒作

辛巳（一九四一年）

指顧江山入夢安，於人從古盡仁難。幾看奉世兵胡首，不是文成食馬肝。
滴血能澆吾土美，一麾還使夕陽殘。臨風同灑呼天淚，留得丹心在史官。

楠姪自港詩至，即次其韻

辛巳（一九四一年）

一案橫山斜照晚，十年短褐北風寒。嗚潮意氣天能曉，比竹快攜我竟難。
濟叔除癡尚能勇，阿咸今日足居安。廉公遠引恆思趙，容與圖南奮控摶。

瀲江回憶圖，為徐學澥作

辛巳（一九四一年）

滿壁縱橫墨撥油，是誰劖刻好山秋。世間情事非前日，眼底江湖憶舊遊。

曲水吐雲隨屐齒，浮嵐篩雨落花洲。還疑畫裏人仍我，待撥重寒放紫騮。

江樓十月(一)　辛巳(一九四一年)

十月霜風割水紋，寒江浮鴨尚為羣。未遑閑技邀天笑，只有鳴琴怨夕曛。
情極欲春雙岸樹，夢回呵冷一樓雲。紅梅已又稀疏放，幾得魚魚報送君。

(一)先嚴於〈修竹園詩前集摘句圖〉注云：「祝南先師覽此詩後，謂余已成詩，以後即不代斟酌一字，惟有曲獎耳。緬想師恩，今猶淚落，余自知成詩尚待三年也。此詩起句云：『十月霜風割水紋，寒江浮鴨尚為羣。』結云：『紅梅已又稀疏放，幾得魚魚報送君。』誌此全詩，表先師之過愛耳！時余詩已自晚唐入北宋，方專力於金華伯，然猶未廢玉谿子也。」

舒懷　時在中山大學祕書任　辛巳〔一九四一年〕

昨夢江南感不勝，量愁何限酒千升。即今擲筆知難了，欲往尋幽有未能。
幾日烹魚思尺素，十年危學裂層冰。樓前風雨還無賴，身在高寒第幾層。

香港變起　辛巳〔一九四一年〕

爾日窮愁不可當，昨宵魂夢更迴徨。眼看筆底文字苦，心在海門兄弟行。
已憶吾家必天淑，尚疑冰淚閃刀光。百年海市金銀氣，支否霜風一夜狂。

除日見雪　辛巳〔一九四一年〕

莽莽雲一色，淒淒身盡麻。失驚寒徹髓，初見雪如花。余尚未見雪　輾轉
春情洩，窮愁歲計賒。臣心不堪問，穿鑿似蜂衙。時香港初陷敵

南國春來早，逢君我獨稀。窮山正淒苦，來處尚沈微。蓬鬢忽已艾，梅花還濕衣。問鄰行傍火，相望各歔欷。

歲初得五兄展轉寄語，蠅頭兩行，但報家人平安。喜極而淚，詩久乃成　壬午〔一九四二年〕

時年二十七

所抱人誰喻，呼天自不知。雪霜煎夢裏，兄弟急難時。兩月忘食寐，一書生喜悲。窮愁還苦別，情激更難詩。

初春即事　壬午〔一九四二年〕

風雨苦行役，天心空自春。嶺雲青搶眼，江柳綠搖人。坐感歲時改，不容懷抱新。半年書紙尾，詩膽欲生塵。

傷春　壬午〔一九四二年〕

歲來筆墨同兒戲，誰信毫端果有神。半年來凡為文字，都為人壓線，了無肺腑語也。失訝山花漲如海，極知吾意不宜春。一家骨肉飄零甚，千日江湖涕淚頻。與語巡簷雙燕道，而今莫憶故時人。

危樓一角風兼雨，憫亂憂生幾脫神。誰忍沈吟花下酒，天休明媚眼中春。欲收文字埋憂去，無奈江山入夢頻。常恐仙童嶺頭見，囊方不藥病心人。

結屋　壬午（一九四二年）

結屋巢春事且虛，水居難賺武江魚。編排稚柳初舒眼，惆悵來禽闕寄書。
無酒亦成千日醉，對花寧記一經鋤。樓前山色還明媚，未許閑門私造車。

江樓聞鶯（一）　壬午（一九四二年）

起坐樓頭風力輕，林陰二月有啼鶯。沿江一路花爭樹，過水長雲墮有聲。
詩趣儘教隨物引，此春原不為人明。冬郎易感芳時恨，新怯當時酒一觥。

（一）先嚴於〈修竹園詩前集摘句圖〉注云：「時任教中山大學理學院，亟欲去之。」

日暮燈初，憑欄興寄　壬午（一九四二年）

冥茫暮靄迷花事，誰在河干賦〈伐檀〉。燈火著江魚趁市，星辰如網我憑欄。便來叩戶必風雨，持以向人惟肺肝。幾夜支牀不成寐，生憎春老未收寒。

坪石館下賦呈葉元龍先生　壬午（一九四二年）

少日聲情與水東，短竿羞對入雲虹。頹然傍岸千帆影，待借東君一夕風。藹足追春天豈許，逃詩有客樂能同。遲公甚喜花留豔，肯信行身路不通。

殘春風雨甚厲，江樓索處，憮然有言

壬午〔一九四二年〕

江湖淹短夢，風雨屬離憂。任是春無主，何如人遠遊。樓孤空抱影，鶯老不來謀。臨水一長歎，江雲猶點頭。

久客真疑贅，逢辰不問年。支頤容苦憶，聽水似乘船。過雨饒山氣，行春怯野煙。澄清觀物化，身在浴鳧邊。

撥悶㈠

壬午〔一九四二年〕

復誰矜避世，而我已難狂。不歇雨抽筍，將歸春弄妝。巖花抱香宿，流水競人忙。何處三年艾，療余千段腸。

澄心還有思，於此要難支。動以閒花草，兼之惜別離。尋山先佇立，倚竹又移時。江上雲來往，驚風不自知。

近水誰相過，將詩氣自驕。如何退飛燕。仍值打頭潮。風定雨還鬧，月明花暫嬌。陳遵漫驚坐，好好向漁樵。

（一）先嚴於〈修竹園詩前集摘句圖〉注云：「句皆就眼前景而意有所寄者。」

送葉元龍還衢州　壬午（一九四二年）

廨裏逢公眼暫明，一襟塵土待澄清。入林已道休官好，於此何為接淅行。乍起鳧鷗勸留客，亂鳴風雨與呼聲。來朝睡起江頭望，欲放長歌恐不成。

江樓夜晴，俄而風雨　壬午〔一九四二年〕

松濤欲與洗情緣，樓角癯儒坐榻穿。上有星辰照行役，橫來風雨問歸年。
低徊往事燈前影，指望詩名夢裏煙。久費殘書伴幽獨，今宵難放五更眠。

次韻葉元龍先生寧都旅次四首　壬午〔一九四二年〕

谷口何由面子真，窮山猶著苦吟身。便希天赦抱經老，還復歲時無僕親。
過市都非行樂地，送春原是未歸人。如干懷抱公今遠，愁向危亭躅路塵。
望裏層雲入客愁，殘煙點點散齊州。過門流水還能沸，破壁飛龍更不留。
章甫巍峨虛適越，吾生依倚久無劉。江蓮紅盡斜陽外，祇我當時好夢休。
兵塵冥漠歲侵尋，萬里風煙盪客心。兩月詩情閑解好，一江寒水墮忘深。

騰空神馬凌殘日，容我行囊撿碎金。近詩數首尚存余處　想見回車漢南路，執條三歎柳成林。

百無聊賴更難歌，魚鳥升沈費網羅。時中大已易校長　隱几樓頭天與醉，逢夫山下語何多。新縑舊素漫長短，赤日火雲交盪磨。昨夜南風都不競，思公吾重感蹉跎。

生朝前夕，風雨交爽，賦此遣懷

壬午〔一九四二年〕

歲來於詩不用力，每怪臨楮手荊棘。師友假我以仁言，恍惚駑駘在鞭策。
脫口妄道如之何，爭奈橫胸萬愁塞。明日滿過廿五年，使我含毫頻蹙頞。
昏昏不省今何天，亦不重記人誰賢。今夜明月倍嬌飾，引步緩緩來窗前。

訴與十年讀書苦，曾不我答空誠虔。悟渠妙抱無言旨，皮裏歷歷冰霜鮮。多怪我懷裏厚革，未便窮愁發洩得。待揮神劍奮一割，披盡叢殘似月白。留將心眼開千春，不任犬子獨工文。司馬相如小字犬子　忽然清風先借爽，回天濯濯無纖塵。明旦攜壺笑入市，掉臂屠門判一醉。

壽詩一百韻為无盦師父母七十雙慶作

壬午（一九四二年）

我生南海之南涯，墮地碌碌如簸箕。及年問字走鄉校，口誦手劃旋即遺。文事於我果何有，欲棄筆硯行負鎚。以謂書足記名姓，何必終歲窮乎而。以告於長痛呵詈，稍稍籀讀神恆疲。親師不足解頑惑，則其於人誠可嗤。迨吾家業日以落，始用警策三思維。深覺我材亦可植，應須日夕窮攀追。向日同儕多逾我，此如不恥真獏犛。乃竭吾力矢於學，譬若治病何可遲。

心之力往則有勇，亟向人海求宗師。竭來恍若舟不繫，三年不見空奔馳。
及吾既冠進南學，一載稍被儒風吹。無何羊城烽火起，更歷巇險徂三迤。
南學所止曰瀫江，山水頗稱天下奇。可以避兵可以學，幽處不省星霜移。
聞道饒平有宿學，式矜石室人莫窺。運斤劈堊大匠駭，批郤導窾庖丁辭。
論道廿載行天下，方將選勝登峨嵋。徇友所請入瀫江，謂二三子宜教施。
略出所著示繩墨，鷦鷯巢詩无龠詞。我急索取拜手讀，如請師曠吹清篪。
累年求師所得之，造門再拜言其私。蘄師錫我香一炷，願作紫陽之兔隨。
師曰學道則愛人，況汝小子心在茲。但能邁往鍥不捨，窮無不窮誰止之。
我前在粵賦茅久，與小子較原有差。為學當作千秋計，盍乞往哲分瓊糜。
如其不能亦勿怠，要令百輩掩其旗。更無持此以求食，鵷雛終不饞梟鴟。
有成無成盡在我，堅白同異徒啞咿。我退而喜躍三百，向人不覺雙揚眉。
云師愛我遇我厚，錫我心法涼我脾。我幼不知與不識，盡人以我為狂癡。
壽陵餘子浪學步，寧不舉足身傾危。從今將可盡補過，當尚論友儔龍夔。

曩歲南學再三徙，師提挈我輕崎嶇。而滇而港而之粵，履跡歷歷無時離。
及今彈指一再往，久矣沐化涵春曦。商酌文字衡道義，使我直忘渴與飢。
日昨過門待面命，師示我文顏氣怡。日我父母今七十，我廣徵言於百司。
咸不我棄親以彰，諸大手筆何淋漓。爾在我門果有得，則爾今日宜為辭。
我謹拜命捧以誦，慕遠向往如冬葵。緬我干越夷貉子，孱瑣滴點皆師貽。
雖今楚女嫁不售，要可開口為聲詩。人生七十古稀有，得者必以仁為基。
雖未循陔仰清範，觀我師事當無疑。我粵於天特鍾秀，上覆下載無不宜。
黃河渾渾東入海，浮清墜濁奔南陲。崑崙卻曲到大庾，得所而止殊巋崎。
山有梅榕松柏棉，海則黿鼉蛟鯉螭。赤珪如日碧如月，明珠竹箭交紛披。
外此之物孰最尚，大椿傍有長春芝。我所見小錄未備，物尤如此人可知。
公孕其氣生於是，如松柏茂瓊瑰姿。幼稟庭訓不知怒，卻抱浩氣人矜持。
垂髫下筆干風雨，知今知古文披麗。用其餘力於書藝，點畫絕似曹娥碑。
於時當清之季業，士不降志而媚夷。公但承歡與教子，不居上位為上醫。

巨眼若得長桑授，洞貫牆壁無藩籬。膏肓者鍼癈疾起，湔浣腸胃肥疲羸。
豈徒金篦擅刮膜，尚有短刃能分犀。如有博濟人其聖，閭里交譽今牟尼。
間嘗出為邑人役，遇事巨細俱平治。非公曷肯至官所，論人直與澹臺期。
尼父亦嘗為委吏，當之為貴能者誰。不可手援天下溺，則棄案牘為耘耔。
閑閑十畝風遠被，普育不論人尊卑。豈惟一鄉之善士，直使聞者咸來綏。
雖有至惡如賊盜，亦相戒勿侵毫釐。是知在德不在位，山林寧獨輸鼎彝。
吾幼愛讀高士傳，真可百世光芒垂。君子行法以自命，事有真宰非人為。
公不踰矩從所欲，无咎不必憑蓍龜。考盤阿陸有碩人，談笑風月拈短髭。
積善雖未車生耳，心廣固自豐其頤。想公爾日人交集，躋躋恍惚春臺熙。
近郭之水流甘紫，十里百里生涼颸。慶雲在庭日入牖，奇樹葉綠花葳蕤。
蘭茝蕙蓀擁階砌，端冕上座歡含飴。入夜華堂燈爛燦，更有明月隨指揮。
德配於公亦良相，尊貴不必邢侯姨。仰事惟謹教子義，妯娌戚黨稱孝慈。
井臼不以勞僕婢，要以一己為人儀。卹鄰救災不望報，自有光彩生履綦。

人道海濱今二老，如明月滌於漣漪。今也齊眉杖於國，仁德仁望何丕丕。
天錫之祥以祐後，斯人斯有非常兒。我從師門識諸叔，是瓊瑰樹連環枝。
今人遠憶黃叔度，汪汪直若千頃陂。可擬予賜之辭令，譬若冰雪翻銀匙。
可擬求由之政事，又若鵬翼張天池。方駕三劉大小宋，近遠取以為談資。
我無以為尊者壽，祇有歌詠如嬰兒。自非善禱與善頌，更未登堂深折肢。
今日成詩韻恰百，遙知鶴算無窮時。

答客　壬午（一九四二年）

驚覺來人向我呼，胸中水鏡未模糊。兩肩負重腳根穩，三歲食貧詩骨粗。
天地無情肆風雨，英雄失路以樗蒲。於淮雀雉猶知化，莫謂荊卿是酒徒。

壬午七月間作　壬午〔一九四二年〕

徙倚江樓日已西，晚蟬披怯不成啼。羣飛鴻翼摩天去，一氣秋風向我批。
幾夜夢魂驚險極，看人宮錦剪裁齊。危心怕被物交引，客路逢花頭用低。

江湖自古風波地，幾得歸田事耦耕。已忍蝨身人外立，可堪秋色眼邊橫。
采薇為飯終難飽，倚壁呼天苦費聲。長委玉盤誰見食，士非窮極不詩鳴。

早歲彎弧射戟枝，讀書枉我十年期。做成顛恨千山疊，試乞餘光眾女嗤。
紙上功名虛想象，愁邊身手故支離。江雲江水秋多麗，屬意鯫生好賦詩。

略無佳興駐河干，懷抱因天借作寬。出手曾誰鐵鈎直，於文從古賦才難。
亂峯吐月山骨聳，一往用情吾膽寒。如此清秋最愁夜，不時星雨滴辛酸。

送雁晴師如長汀　壬午（一九四二年）

板屋聞秋已覺傷，更堪風雨問行藏。都無足樂花誰媚，到莫能容道始昌。
後夜相思天不管，先生一去我難狂。力人鑿底持舟去，容溯清流接上方。
難更玄亭問奇字，本初絃上放儒臣。者回風物堪沈醉，來日雲帆趁好春。
萬里江湖歸夢夢，一時車馬去塵塵。秋江如我愁無極，安得聲香入夢頻。

中秋　壬午（一九四二年）

敗絮浮嵐相向羞，晚風寒削更無由。同雲盡日不挂眼，客子他鄉如此秋。
難冀天心真曉事，強持詩筆小扛愁。經時未作家山夢，深謝中宵月上樓。
誰記當年詩酒豪，衹今塵抱費爬搔。月明千里夢初斷，風撼一樓天怒號。

肝膽有稜愁觸手，江河從古不容刀。暫瞞身世思歌舞，無奈余心極鬱陶。

晨興　十月杪還自桂林作，寓桂半月無詩

壬午（一九四二年）

短褐歸來越旬日，蓬然肝膈出荊榛。一江霜氣拍人面，萬里飛雲如我身。
誰信天心真有竅，極知龍性不能馴。山林鐘鼎俱難遂，空見寒梅送小春。

哭余兆鎣　壬午（一九四二年）

人空天遠哀何及，虛灑江頭淚幾升。文不彰身寧有道，士終窮死亦難能。

兆鎣抱重病，以藥值奇昂，貧不能買，鬱鬱以死。惜哉！　南枝已為支風斷，東閣無因與子登。今日范生來較晚，余自桂還，不及參與追悼會。

做寒霜氣故稜稜。

家傳寄詩，次余前上吳辛旨先生韻，忽若有忘。余累時搔腹，未撥牢愁，縱情博奕，吟事已疏。斯人起我墜歡以拾，用疊前韻，卻寄管埠　壬午〔一九四二年〕

蕭騷未遣奇情往，擬涉寒江擘蚌胎。擁鼻忽驚香在爪，遇秋寧怨子無媒。
開門近水多為累，啄胥供盤幾費猜。坐撥沈雲渡江去，一時搖膝又微咍。

坪石冬至後七日作（二）　壬午〔一九四二年〕

懷寶天何愛，尋幽意屢更。稍聽人語響，來貼水雲行。籬菊敗如許，天工殊不情。沈沈江上望，一派可憐生。

于役不日月，兵烽誰掃除。與天延一脈，乘間理羣書。短筆支懷抱，寒風問起居。冬心風浪迫，難得更知魚。

周星有來復，之子獨居奇。雲水含天性，風霜鍊我詩。寒禽巢木末，零羽墮江湄。飛夢歸田去，牆梅爛幾枝。

(一) 先嚴於〈修竹園詩前集摘句圖〉注云：「陳寂園在水牛灣閱此三篇後，翌日踵門過訪，從此交契。」

次韻劉衡戡坪石見贈之作　壬午（一九四二年）

斫削叢殘住水涯，撼秋聲裏幾呼嗟。青黃改色人寧食，肺腑能言事足誇。邂影同君原可憫，拾歡無計況敷華。忍寒起向江頭望，輸與南梅得試花。

子範先生四十初度，衡戡邀予同作，遂次其韻

壬午（一九四二年）

濯濯晴空雁背陽，喜公強仕及同觴。霜風侑酒天行健，秋雨回晴花吐光。

羈旅於吾酣大夢，江湖今日得相忘。入門凝望二三子，名世求才無盡藏。

絜餘招飲夜歸

壬午（一九四二年）

自牧歸荑意且休，飲詩療渴古無儔。是真晝短宜行夜，來向樽前了所憂。

蟄蚓書蟫愁出入，清霜漁火對沈浮。立門尚有星辰感，欲向明河試放舟。

夜坐

壬午（一九四二年）

遙峯晼晚翠零丁，江國梅花已再生。一月平浮雙岸白，繁霜寒繞半林明。

徐看傍水燈成市，倦觸危欄夜放聲。獨藕抽殘臣意懶，退身還枕一琴橫。

感事　壬午（一九四二年）

西北高樓跡已陳，浮雲片片望生嗔。尋常念往啼秋水，萬一歸來已路人。
錦被鴛鴦惟飲淚，冰蠶心緒不瞞春。歲寒風露兼霜雪，桃瓣胭脂染豈勻。

坪石歲闌六首　壬午（一九四二年）

垂老江天甚駁斑，餘寒猶忍把花關。一風不定鳥沈響，盡日酣眠春未還。
有負素心如此水，強移青眼向他山。詩成報與佳人道，倘亦相看為破顏。

聞道崖巖可斫劚，懷中荊棘力鋤芟。爭如餘子腰腳劣，又被層樓風雨銜。

月向人明空曳白，詩先花放亦傷讒。祇今詞賦工何益，輸與相如有狗監。

寒霜成陣水㶇㶇，飛鳥愁時不度簷。此地峯巒顛日腳，異時風韻鬥春尖。
未須大匠更尋堊，難得新人工織縑。懶向江湖照顏貌，待刳紅豔補香匳。

癡兒蕭索小樓居，未變青睛劫火餘。近水思魚終懶慢，瞞愁鼓腹費吹噓。
江湖有笠貧非病，店舍無煙歲且徐。六日蟾蜍成贅累，十年懷抱欲何如。

川原昏瞑一詩癯，隱几支梧道已迂。過雨即今猶氣概，做寒全不著工夫。
難尋謝傅東山路，尚費齊宣處士竽。枕壁流民今盡是，更誰研墨畫成圖。

未將名字付椎埋，終古儒生與世乖。破夢驚天看洩雨，冷雲於我若為懷。
睡餘對景從生幻，客裏無花便不佳。豈意春來賒幾日，就中幽怨費人排。

初旦　癸未（一九四三年）　時年二十八

待執靈犀盡辟塵，忽驚胸抱靚於銀。六年避地知何世，一旦將愁賣與春。到此須閑釣竿手，來朝應是看花人。清江添雨浮佳氣，請出當前鄭子真。

江樓二月[一]　癸未（一九四三年）

連旬惘惘心難持，試復開口為聲詩。二月草光舒地氣，一樓春晝似明時。黃鐘合律世誰賞，白日拏雲天與奇。歷歷疏林葉新綠，正觀吾不更憑危。新柳鳴禽報消息，疏花文水對清華。江樓俯景有生氣，小子與春同一家。不必逢人猶便面，若論吾意正無涯。十年危學曾誰會，浪向詞場手八叉。

（一）先嚴於〈修竹園詩前集摘句圖〉注云：「吳辛旨先生過訪江樓，謂是不凡之作也。」

掩關　癸未〔一九四三年〕

日日江樓但掩關，失風行雨亦潺潺。趁閑得句饒天趣，合眼思花奈我頑。
不世兵塵憑夢掃，入年膠擾費春刪。淵明漫有田園興，着處畦塍滿草菅。

次韻絜餘見贈　癸未〔一九四三年〕

霞蒸日落搔此心，閉門剝啄誰獨吟。水澄山明綠玉潤，花騷鳥擾青春深。
哀時涕淚行化碧，與子蹴蹋今同岑。一是儒衣過江者，甚時把臂入霜林。
誰歎抽軋哀蠶絲，游心日與天風馳。熟知吾道不諧俗，亦悅子學無常師。
一空冀北我何敢，三月隴端人拾遺。百錢取酒夜深酌，最讀孟郊愁苦詩。

傷春　癸未〔一九四三年〕

展轉看春若可噫，啖花茹采自傷脾。接連風雨天誰宰，漸變臞肥聖得知。
男子樹蘭寧世尚，強臺望遠更時危。吾生懷抱無由說，厭聽青蛙百鼓吹。
有客離家日屈盤，松篁留得夢中看。去來燕雁相從未，貧賤交親欲見難。
長在花時千縱酒，不妨霜刃與披肝。憑虛待了塵中累，三月江風故故寒。

次曾生念祖韻　癸未〔一九四三年〕

叢殘深遽待誰窺，而我而今有一夔。俟子之成聊棄日，趁春猶在與言詩。
鳴禽倘亦安花外，用世還來共水涯。自分剛腸原疾固，論人無復到袁絲。

不見李柱石兩年，喜其迂道來視，樓頭啜茻，猶是當年意氣也　癸未〔一九四三年〕

寂歷江頭著此身，靜言思子足酸辛。何知初日提籠手，來看蓬門壓線人。

坐客那知吾輩事，世間寧有故時春。十年師友滄波隔，分茗擕壺更幾巡。

絕句　六七月之交作　癸未〔一九四三年〕

三年江海成孤寄，掩抑情懷與昨殊。睡起不知天早晚，愁邊惟有鳥來呼。

午睡

殊鄉物物信無常，晚據藜牀水一方。我本星河泛舟子，歌呼明月照書行。

武江暴漲，水沒隄，入室亦且二尺。

帆影山光護浴鷗，趁潮人去我遲留。兼旬少有憑闌興，不道條枚已上秋。

闌望

入閑心境論無價，過雨風光畫不來。得與詩人共山水，萬緣都落掌中杯。

與陳寂園江榭試茶

茶餘歸坐樓頭夜，漁火青紅近遠行。好甚潮平月初上，隔江人有放歌聲。

江樓夜景

遣懷　癸未〔一九四三年〕

盈歲沈冥意可傷，小來難得以詩忙。吟餘江與月同淨，風動我思帆乍揚。

去日尋常艱粒食，入秋懷抱得天香。早容飲水巢林便，肯涉人間翰墨場。

讀書已過六月息，脾肝塵土層層生。論情或是微茫水，於此多為卻曲行。
骨相寧知堪玉食，詩名今欲借秋聲。風蟬早晚歙吟又，幾似淮禽得化成。

袖手看天幾滯留，三年影事寄滄洲。千林委地夜飛鵲，一月生江人倚樓。
欲語交親疑隔世，更堪離亂又逢秋。今吾意緒誰能會，慚謝鳴蛩與唱酬。

壁立山圍過十尋，盈樽清酒待誰斟。成潮兵氣先秋去，平世人才挾策吟。
獨養詩心逗霜月，亂鳴風葉散秋陰。浮遊不似騫騰好，況有人間江海深。

板壁支風夜校書，破空流月過吾廬。直難筆力開天地，上有寒雲自卷舒。
呼侶思為擊鐘飲，驚心原是避兵餘。疏狂倘得明時放，不必王門屢曳裾。

躭詩忘睡癖莫殊，冷聽楓林鴻雁呼。星欲長明較肝膽，道雖全枉不江湖。

要能一念千憂了，豈必專城匹馬趨。倦眼臨風稍開闔，秋陽已白東南隅。

武江晚步　癸未（一九四三年）

履帶於何適，行藏未始諧。士從危日見，秋是晚來佳。大月抹水鏡，此江宜我懷。明朝囊筆去，容易到高齋。

繁星(一)　癸未（一九四三年）

繁星歷列照離居，懶向秋山認舊廬。心勅天風帶愁往，袖攜花葉閉門書。三年刻楮思論價，幾日臨流未放魚。後夜相思更清苦，夢魂空託去來車。

(一) 先嚴於〈修竹園詩前集摘句圖〉注云：「以上坪石時作。」

離坪石江樓　癸未〔一九四三年〕

去馬來帆不繫留，長雲封了一詩樓。吟人閱世那飽練，上下江天非我秋。
亂雲沈日隻鷗浮，萬里西風吹客舟。後夜月明花睡熟，樓前垂手更無由。

望鄉　癸未〔一九四三年〕

夜遙天落莫，人起鳥飛忙。冬日不常見，闌風吹冷香。心遙詩易警，春近酒能狂。手把重寒撥，凝神遠望鄉。

入黔雜詩　癸未〔一九四三年〕

又是持家萬里行，駕車徒使蟄龍驚。天令之子尋詩便，時放秋花夾道生。

八日盡情殊可異，自坪石抵筑，計時八日，黔中向有天無三日晴之諺。十年多難若為情。山城黍熟西風爽，暫駐河橋聽水聲。

絕徼秋陽正放驕，過車折坂與岧嶢。層巖積暑圍成陣，是處行人似度遼。長日不風天殆醉，荒林支夜月如潮。午分車至上司，即不能行，是夜露宿草莽。餘生今更輪蹄託，寧得江湖去緯蕭。

病起寄无盦師　癸未〔一九四三年〕

纔了風埃小息機，置身仍共意深違。長檐搶地日不至，賃居茅閣，席地而臥，長簷低垂，天日不見。一病淹旬秋竟歸。病瘧逾旬，幾為醫士所誤。默對妻孥殊氣短，幾容顏貌向人肥。扶笻出戶身無着，冷雨寒風又作威。

茅簷盡日影低徊，誰著陽秋辨七哀。廡下賃舂吾亦肯，夜闌私語客何來。

漸知微計同蕉鹿，欲禁胡僧說劫灰。待洩長河洗兵馬，故園修我竹松梅。

行身錯覺腰腳羸，高下畦塍風冷吹。靜看菜花蘇病眼，端須神武與同時。

鳥殊多事窺人久，天莫能言忘我為。聞道城中盛車馬，詩成今日欲持誰。

對酒　癸未（一九四三年）

亂流雲氣欲平空，瘦影分明酒盞中。甚想馬肝隨箸下，漫憑詩力與風同。

寒殊刻骨難謀醉，愁解先春用急攻。深感當年半山語，悠悠羈旅士多窮。

次韻劉持生見贈之什　癸未〔一九四三年〕

夜忖冬心未掩關，量懷愁對四天寬。忽然入手數行墨，與解不情旬日寒。
霜月出雲花倦睡，風燈搖影我何安。還君七字歸凍坐，任性行身良已難。

塵垢襟裾詎得蠲，江湖意緒有難宣。青睛歷劫看垂赤，白屋人來正草玄。
憤世論文空爾我，搊心抽繭欲沈緜。瓶梅倚壁枝枝凍，未許春工與結緣。

羈愁(一)　癸未〔一九四三年〕

羈愁紛如聊舉栝，澀舌覺欲生莓苔。繁霜作勢兵用壯，無客問門風與開。
暫斂奇情抱書宿，待揮閑夢款春來。少年行路過萬里，夜半沈吟殊可猜。

(一) 先嚴於〈修竹園詩前集摘句圖〉注云：「時在貴陽，任教大夏大學文學院。」

寒夜將詩，有褱陳寂園區絜餘坪石

癸未〔一九四三年〕

忍寒支夜寂無喧，懷遠傷心捫有痕。得句思能萬人敵，放慵渾擬隻鳧蹲。

從吾遊者今異縣，何以報之詩七言。誰謂虎頭癡到絕，若論真性有深根。

待雪

癸未〔一九四三年〕

癯儒風送落城隈，為酒能狂欲百回。排日將詩矜肆甚，明心惟雪有無來。

同雲癡凍有如此，一客飄零事豈該。曾是高歌度林去，重寒深壓不逢梅。

離情冰冷向誰論，不要蘭熏與酒溫。愁裏欲知春可在，世間惟有雪能言。

避胡歲月姦人意，帶雨江山似淚痕。莫更登臨探消息，高丘無女日黃昏。

失題　癸未〔一九四三年〕

錦裏山城落日微，意危天遠我安歸。月樓只有春知處，夜雨濃於雪打圍。
不忍舊情隨夢墜，欲憑心馬競風飛。當年文字深藏久，展轉編摩淚濕衣。

闌外雲飛風又吹，樓高地險意難持。身無所事才難效，壯不如人老可知。
千日追歡春錯過，一琴橫膝月潛移。道情自覺詞為費，心欲生聲有臢悲。

背寒　癸未〔一九四三年〕

發憤巢經事已偏，烘簾過影意微懸。東風不到北向戶，一日飲詩三百篇。
隨世功名容且慢，背寒花蕊易為妍。歲闌要辦迎春酒，準擬移家住近天。

長至　癸未〔一九四三年〕

山城高冷客情非，比日繁霜正合圍。晝短欲謀長夜飲，風多須有一帆飛。
仁能及物陽初動，天發生機力已微。我似流邊蘇玉局，未遑報國但懷歸。

癡愛膠膠孰與刪，宵長如許甚冥頑。十年于役柳生肘，一月不明星爛山。
調律吹灰殊費氣，算春無聊亦當還。早時妄作攀天夢，正好凌風去款關。

寄雁晴无盦兩師坪石　癸未〔一九四三年〕

東望南天意欲灰，亦曾趨步謁吾才。歲來煩恨千重壓，別後詩篇十九哀。
不信人生行樂易，待尋春水載書回。年關風色平平看，客路梅花避我開。

冬至後十日作　癸未〔一九四三年〕

凍雲陰霾風走沙，濃霜閃鑠山傾斜。長渠水濁河水涸，林昏日暗啼寒鴉。
我來貴陽閱三月，覺天地坼心無涯。塞門不出日癡睡，術智兩弱腸交加。
支牀瘦不耐久坐，旻目怒欲開千花。十年去國八烽火，愁重不敢思年華。
簡篇凌亂費給拾，髓骨癢悶難搔爬。有時繞室鎮來去，衣裳顛倒腰腳痲。
常苦口渴舌羞澀，但對盃盎噓層霞。不道隔鄰屠販子，下箸舉肉如掌巴。
而我讀書二十載，往往食惡呼無茶。從來一字不可煮，人窮詩富寧足誇。
況聞五色致盲目，避看梅蘂抽寒芽。今欲搖筆賦歸去，手僵毫腐空呼嗟。
身不可文道大裂，無乃失據輸童牙。此間地高去天近，我居僅隔握把差。
疏欞紙破雨橫入，着我肩肘生槎枒。夜來發書忍寒坐，羣鼠左右紛騰拏。
豈不運土墐北戶，奈地多竄宜其家。城頭擊柝疏復密，歸睡不定兒咿啞。
短檠掩映鬢眉醜，疑有鬼物來揄揶。吁嗟苦語莫多說，望眼已覺春不遐。
明當大笑出門去，我腹雖儉猶堪撾。

歲闌雜詩，依平水韻得三十律(一)

癸未〔一九四三年〕

東韻

忍寒抱愁如我窮，靜揀哀絲詩未功。小大兒中今幾見，短長更裏耳雙聾。醉思即臥酒壚側，風不能吹吾道東。曉涉寒江樓上望，甲秀樓在南明河中浮雲西北雨濛濛。

(一) 先嚴於〈修竹園詩前集摘句圖〉注云：「時居貴陽雪崖路。」

冬韻

冰凝夜遙思正濃，天荒地僻風鳴冬。冷暖未應桃李笑，才華豈須妻子容。索句不寐，頗為山妻所笑。《顏氏家訓・文章篇》：「才華不為妻子所容，何況行路！」常怪老蟾追日腳，可無法曲答霜鐘。何來邢魏足訾謷，聖言老子其猶龍。

江韻

封書藩我自成邦，護道忠於守夜尨。儒不誤身思過半，月如臨水捉來雙。

賭詩有膽狂難拾，行醉看天力可扛。但許貞松同梗概，拒霜平展綠油幢。

支韻

過眼風光去莫追，累年迎逆計安施。拔毛吹劍無多技，豚臀充盤又一時。

豈不張弓思射日，要知茹苦最宜詩。客來休怪雙肩聳，曲逆而今正用奇。

微韻

誰解雙鳧破壁飛，斷無藜杖更排幃。一行謀道人寧信，來日逢花事已非。

壓歲重寒工自用，入經羣蠹不能肥。堯章本擅詞場勝，莫問當年鼓瑟希。

魚韻

傍火驅寒小晏居，盤盤哀樂費乘除。黃鐘世寶真虛有，白馬人從並不如。

何處更尋天下士，有時倒讀壁中書。十年我亦兵間過，安得王劉託後車。

虞韻

叢生荊棘密當途，那得佳人與泛湖。深怯清尊照顏色，祕尋詩脈費工夫。情懷已逐歲時改，桃李豈知風景殊。冷月寒雲共高舉，愁予平地欲乘桴。

齊韻

貴陽城南鴉亂啼，人言夫子何栖栖。歸路羊牛各高下，怒流兵馬迷東西。《詩・王風》：「日之夕矣，羊牛下來。」見山田乃知其工。吾粵皆水田，向未之悟也。窮愁已甚更懷土，來去無端空佩觿。蹋地何能成豹隱，抽身吾欲與雲齊。

佳韻

愁邊生事看彌乖，眼裏凝塵日費揩。於此人天俱冷落，十年江海與安排。

亂鳴風木鳥飛却，再換柳條春要佳。來歲但書新甲子，莫賡前夢到無懷。

灰韻

卜居猶有水灣洄，祇是風風雨雨猜。伊我裒人四天立，一寒如此十年來。
身更奇劫苦行役，意欲為園聊鑿坏。谷狠山狂天聽遠，倩誰與勸好春回。

真韻

木落葉黃祇食貧，哀時懷抱奈寒身。去家日遠更無夢，研淚成文殊費人。
自我生來天雨血，一情不屬鏡承塵。明當撥亂探花去，久別江山須好春。

文韻

身似孤鴻刺夕曛，相思爪抱獨離羣。難同玉女邀天笑，暖傍燈花到夜分。
暑往寒來無好夢，風吹雨打鍊吾文。持籌自有千秋計，不必登時領一軍。

元韻

勢位文章可比倫，王侯終讓布衣尊。北風怒去與終古，警語一吟聞肺言。
褒舊近狂猶作客，抱愁危坐欲生根。向來索句陳無已，不是驚寒不出門。

寒韻

摸索襟期古淚乾，玄珠何許更流盤。人前掉臂誰識者，靜裏把詩花樣看。
欺世風霜殊未盡，立灣楊柳已全殘。明明如月誰家子，指點江山意萬般。

刪韻

駢枝生指直須刪，客裏花光祇犯顏。待日喪時持作餅，把愁傾盡即成山。
去來言笑強無益，今古人天俱好還。欲與雲根鬥風力，我身仍恨不能頑。

先韻

了無花影舞蹁躚，待歲沈吟病不眠。星爛月明空炫世，身閑心苦欲呼天。

莫憑少日裁雲手，去鑄人間使鬼錢。徙倚危樓寒夜闊，不如還坐舊家氈。

蕭韻

逢人都道新來瘦，呼酒城頭氣尚驕。吾輩登高能作賦，星河居上欲翻潮。

十年去住天知我，一向江山夜擊刁。龜手斧冰持作茗，心田聊為茁靈苗。

爻韻

欲學揚雲賦〈解嘲〉，襟蘭容易化而茅。天傾地側歲時改，霧密雲重風雪交。病手燒香艱作篆，寒禽因樹不成巢。自憐爾日癡難賣，深怕來春事更淆。

豪韻

尋常對酒持無螯，今臘猶復忽無羔。見戴去時思地遁，自楊歸後欲誰逃。

分明心火一時熱，不敵霜風千尺高。每念定功須馬上，支離攘臂氣能豪。

歌韻

為楊為墨人殊科，萬物寧逃天網羅。敗草飲霜日不出，寒雲度樓風更多。
移花就暖無處所，拔劍斫地而誰何。華年走過兵烽快，容我回車浪放歌。

麻韻

獨立山亭手自叉，落餘鳴葉怨年涯。樹猶如此何況我，天有同雲將雨花。
一為思鄉惱乾鵲，幾曾舒氣似蝦蟆。長卿遊倦歸來是，莫問平臺路可賒。

陽韻

皇皇載質入蠻荒，恰似青蓮到夜郎。月與星朋天戒旦，書歸魚餌水沉香。
折榮但感經時別，使酒難回向日狂。袖手虛庭了無謂，夜遙風落一琴霜。

庚韻

懇款看天歲且更，尋常聞樂意還驚。窗前冊葉風檢讀，戶外客心江樣橫。

冷觸雲屏無病炙，陣來霜雨有涯生。癡兒久罷揮斤技，垂手人前氣豈平。

青韻

長林疏脫雨冥冥，遠有江山氣已腥。日月運天疑失路，膽肝懸腹的如星。
無人可挽春徑至，待我尋詩風暫停。倘得衝寒歸便好，杜陵難忍是伶俜。

蒸韻

歲云暮矣歸未能，河不容刀勢且冰。未免憂生人失睡，都來此事興難乘。
及門車馬還馳去，是處樓臺莫更登。萬竅怒號寒日落，山城燈火又層層。

尤韻

生材終覺世難酬，羡汝山翁擅一邱。自以斯文為大藥，我非懷寶亦多尤。
風前著足身無繫，夢裏追歡歲幾週。屋下有冰寒未減，將詩何許便瞞愁。

侵韻

客子光陰坐滯淫，排愁無力嘔無心。多情山月還留眼，如我文章欲碎琴。
文黨虛投問經斧，嵇康休鍛不祥金。舉頭都沒登臨地，便有梅花懶得尋。

覃韻

可笑寒儒食苦甘，即時風物正難堪。前溪水響月未上，側道霜多花自含。
塵事於人無盡累，詩肩從古不宜擔。一陽初動莫消息，吾道西來春在南。

鹽韻

風天不管費言甜，楊柳枝乾冷鵲占。零雨有鋒來插髮，寒風如刃與投鐮。
士思沈陸胸原隘，頭不劖愁角枉尖。薺麥似羞君子守，漫誇詩律十分嚴。

咸韻

風急天高日半銜，冷殘奇夢鎮呢喃。並無沸鼎煎紅淚，錯向來禽索素緘。

與筆硯盟歸永好，仍天地食有餘饞。肝腸欲借霜刀割，不畀生枝裂繡衫。

年涯　癸未〔一九四三年〕

送盡窮愁滿五車，興來搖筆十行斜。春前色喜烏窺我，夜半文成燈忽花。率土烽煙封地肺，一簾霜月送年涯。小樓大有安眠地，枕角香紅夢要奢。

遣愁　癸未〔一九四三年〕

蝸角容逃劫，天心有轉機。人寧三窟備，身要萬花圍。兩眼不時舉，一風排歲歸。來年署王正，須信道能肥。

明鏡憎年長，青睛望歲除。殘寒猶著力，足睡漸工書。鳥熟來親客，江清不要魚。吟人探春又，喜見有花初。

憶事渾如夢，擎杯自勸餐。繁霜據大地，一氣無留寒。枝弱雀爭集，樓高衣日單。伊予久于役，曾倚幾檀欒。

智叟笑愚公，阜螽憐草蟲。大人不情性，腹鳴自丁東。忍凍腸應石，呼天氣吐虹。奇懷託焦尾，彈散小樓風。

衣敝長適館，臘盡花生生。故國草舒帶，我詩春記名。餘愁有多少，從此要澄清。早晚逢來燕，禽言與訂盟。

釣春　癸未（一九四三年）

孽子單瓢氣味辛，久要箕尾掃流塵。別裁花片細書字，密約柳絲長釣春。
劫裏星辰天涕淚，風前猿鶴世人民。歲窮桃李思芽蘖，莫更霜多雪壓身。

晨興　癸未（一九四三年）

鳴鐘清越壓殘更，如錦年華斷送兵。句裏江山皆畫本，天涯風雨不人情。
欲憑筆力開奇局，愁倚山樓聽鼓聲。曉白寒江射窗格，上流鵝鴨各尋盟。

歲除　癸未（一九四三年）

懷遠忉忉夜不眠，微陽初上屋東偏。十年萬卷人換世，一雨六旬龍肆涎。
落筆詩思開境界，據梧身已在春邊。歲除物物從頭改，新有情懷似入禪。

歲除偶晴思背暄，爆竹聲聲似雪冤。江頭花鳥有豫色，酒後性情無間言。五日佩蟾看換刼，一樽浮海欲知門。春風漸入百禽語，趺坐繩牀心正溫。

祭詩八首　癸未〔一九四三年〕

塞門雲壓簷，裹足苔覆砌。霜雨打空堂，巢禽仰新歲。側坐流離子，十年走四裔。久矣桃梗泛，毋寧瓜瓢繫。號寒聞鶴言，藏身欲蟬蛻。逢人或障面，看花易決眥。囊無幾錢穿，聲同孤雁唳。日月不世情，窮愁沒歲計。難固子墨交，來日高齋詣。聞道瘦賈佛，得句每垂涕。以謂勞其神，除夕將詩祭。我詩亦瘦折，自勞須良劑。必難饜酒肉，相對但懔慄。汝胡空自苦，情往不能制。沈沈醆角天，擾擾人間世。安得人天同，雨晴心亦霽。

山樓長夜坐，樗散費斧鑿。待字十年長，顏貌驚媒妁。沈吟有餘噫，固疾不勝藥。居身窮百六，錦囊閟三略。千門競囂囂，一士久諤諤。摩眼看山河，未肯填溝壑。詩人固多失，詩人亦有獲。詩人固自苦，詩人亦自樂。詩可以不為，詩亦要狂作。事有至理存，非我言不怍。條列分詠之，不是善戲謔。仰頭訴真宰，天聽想我諾。

入詩如入魔，跌腳身難抽。出手富貴擲，合眼山川浮。入興貴閑懶，擁鼻聲噍啁。萬事不可任，萬怪窮誅求。時時忍寒餓，皮裏矜陽秋。所以功名手，視之如寇讎。

器物誰能銘，登高誰能賦。我人於此道，綽然有餘裕。攘臂領奇師，走筆越迅羽。雖無酬世方，胸藏固頗富。肝肺雕玲瓏，千層繞煙霧。豈如大腹賈，其內堆敗絮。

山頭戴笠子，少陵瘦可憐。兩句三年得，吟瘁賈閬仙。冥搜到苦處，不可擬草玄。我常長夜吟，思入無窮邊。當其未遽就，如坐千鍼氈。低頭避燈燭，一心騰鷹鸇。宵旦顏貌改，坐臥膏火煎。世人重保養，幾能同此偏。

下榻宵睡足，好風揚我裾。馬肝盛凝墨，玄冰勤自鋤。曠意天趣合，坦坦萬慮除。微吟肺肝暖，噓氣陰陽舒。生防俗眼識，細字斜行書。柔媚花可織，剛勁龍能屠。反復私自賞，王侯寧我如。細味此中味，真勝潯江鱸。

囊箋須自保，勿以貨易貨。世路使鬼錢，休買字半箇。詩費我精神，重勞刀切剉。持心究天人，置身艱坐臥。年年鍊冰雪，久久苦顛簸。王公奉觴壽，莫夾苞苴賀。熱腸劇喧擾，踵接肩相摩。聲華雖寂寞，忍隨塵土播。便是欠題材，寧闕一日課。如其道不勝，莫若鎚擊破。

年來事筆墨，忽忽積千詩。私念古之人，矜慎不妄施。唐宋事至盛，白陸最顆頤。兩賢我無間，下此多奚為。杜陵掩百代，亦僅千首遺。韓公與二陳，數百稱雄師。故知天地奇，各難多得之。賤子今少年，於古寧可追。其所以繁富，蓋身世極危。自兩儀判後，亂無如此時。我生廿七載，未稍蹈平夷。萬殊警心眼，一忽生千悲。向人道不得，箝口心難持。每當狂疾發，飲墨聊自醫。明知事怪誤，舍此將憑誰。歲歲過除夕，屢爽情春期。兵塵滿宙合，躋令歲月移。毒龍橫涎沫，風雨助之而。窮愁日滋長，俯仰空嗟咨。陳詩自心祭，禱共花葳蕤。

甲申初旦　甲申〔一九四四年〕　時年二十九

細雨微陽草木蘇，向來塵事任模糊。春前展卷眉眼醒，意外逢花顏色姝。

難舍湖山安館職，料知魚鳥笑吾徒。青袍初試寬閑甚，山妻為製棉衣，除夕始成。失笑今朝美且都。

十年為客走榛荊，聖處工夫阻獻呈。未了兵塵誰淨掃，已然花樹間相生。
黃柑薦酒初知味，今日看春覺有情。笑摺紅箋賦新句，簾風嬌軟與權衡。

寄懷陳寂園坪石　甲申〔一九四四年〕

長安可樂不如故，晴天倒榻尋詩眠。更無奇句足傳遠，欲折好花簪上顛。
祇今難夢落日後，與子攜壺深水邊。想必低吟七字絕，杖藜蟻步春風前。

甲申人日（一）　甲申〔一九四四年〕

百書讀了未還癡，盞角看天無限時。七日相逢春好在，一錢不值我猶詩。
江湖委地來帆沒，肺腑能言知者誰。簪罷奇花弄長笛，欲尋雲水窟中吹。

（一）先嚴於〈修竹園詩前集摘句圖〉注云：「時猶居貴陽。」

登城外原　甲申〔一九四四年〕

經時不涉閑中趣，浪欲臨高接著春。古木啼風分日脚，寒山排綠到湖唇。
十年家國傷離眼，舉世兵塵見在身。繞道歸來意蕭瑟，冥冥花氣故撩人。

春日即事　甲申〔一九四四年〕

世事浮沈指顧中，不能堪處十年同。一眠過午夢未款，率野敷華春有功。

屢乞花枝生指爪，欲回情態似兒童。天涯家國無消息，試問城陰柳影風。

六旬行雨四禪清，徙倚閑門似老兵。稍喜春工橫眼好，大非吾意以詩鳴。

埋光鏟采思齊物，換水移花悟養生。百日居夷無可說，倘來嬌鳥解呼名。

絕句　甲申（一九四四年）

鵲蹋枝頭天抹銀，日柔風軟水粼粼。林巒飽雨青養眼，懷抱和花開向春。

遙山近水綠崩茸，閑倚溪橋聽晚鐘。破衲白綿星散綻，雨成絲樣試來縫。

日日山亭慣買茶，肺塵千濯欲抽芽。吾詩難割江山愛，笑問沙邊飲水花。

樓角斜簷溜水晶，城南春物各更生。種花求汁鳥驚愕，削竹鼓琴蛙亂鳴。

十年蓬累肺生煙，屢換瓶花不肯妍。試向茶亭坐春夜，星圍明滅網羅天。

閑淚裝腔如有種，不關情處動沾巾。年年烽火天應厭，雨欲消兵打錯人。

懶不出門，倚檻對景　甲申（一九四四年）

十年在行路，人境結廬無。江動龍欲起，鳥鳴風更呼。投荒非日月，能懶亦工夫。欄檻看春足，蘧蘧似古愚。

睡起　甲申（一九四四年）

灣頭楊柳初就綠，詩夢飄零江上眠。自有世來無此日，不能言處對花天。

欲逢人問春深淺，無奈危途雨接連。客久窮奇雨難耐，吾身最合放誰邊。

居閑四首　甲申〔一九四四年〕

任誕閑中夢，瞞憂酒後心。與人為可否，無日不沈吟。涉水篩雲子，班書席柳陰。鶯花管春事，饒我往來尋。

山木森聚鵲，橫江清見沙。晴回花軟飽，春爛柳交加。往往逆噓氣，徐徐高化霞。無誰共樽酒，仍以醉為家。

虛室窮今古，吾詩日感興。遙邀清夜月，來傍讀書燈。地僻難聞雁，衣單不到蠅。吟餘品香茗，引火更投冰。

閑居無可事，試坐小塘幽。花柳自春色，江山如我愁。巢禽私入水，雲氣欲蒸樓。佳客無因至，詩聲獨轉喉。

送朱生志桐應徵　甲申〔一九四四年〕

此去從知吾道昌，試彈長爪向銀簧。春林敷地嬌行色，詩句生心有妙香。
一脫儒衣成國士，十年霜刃飲殘陽。莫饒俞戚聲名獨，待子重來更舉觴。

愁心　甲申〔一九四四年〕

頻年頑豔百周章，今我來思不可常。湖海聲名供耳食，樓臺燈火競春光。
愁心閑後橫如刃，夜氣回時更斷腸。明發登樓收早景，遠山晴照亂雲黃。

夜過尹石公，談詩甚歡　甲申〔一九四四年〕

入年散髮遠投荒，臣不如人口吃羌。稍喜逢公回語笑，忽然行己欲昂藏。
摘花盈掬矜指爪，飲墨一升生色香。歸坐春庭度清夜，盡情山月又明廊。

郊行　甲申〔一九四四年〕

懶慢攜壺去蹋莎，百年身世事如何。一時好鳥花間集，二月春風陌上歌。
掉臂看花無態度，離懷入酒起風波。憑空淨洗天人目，盡送黃雲萬里過。

寂園損書，兼示新製，即此報之

甲申〔一九四四年〕

困坐叢殘出手難，山樓二月有餘寒。把君詩作禪珠弄，失覺瓶花壁上觀。

不隨人競上春臺，穩放銀盤剔蚌胎。易似誠齋甘斂衽，江南姜范再生來。

十年以長須兄事，世路艱危獨飽更。忽憶清宵茶板寂，與攜明月蹋莎行。

孤生憂樂與人異，尤是逃讒相見時。今夕燈前心問口，不堪重賦四愁詩。

竹枝　甲申（一九四四年）

竹枝穿柳柳搖煙，槁立灣頭雨薦天。何處堪窮望鄉目，斷橋雲卷上江船。

曲閣　甲申（一九四四年）

曲閣幽居燕語梁，閑身思住水中央。鐙前詩任青蛾撲，夢裏人如錦瑟長。

二月山城少春事，一川松雨散花光。游情屑屑誰知得，背客牽蘭入枕囊。

頌酒　甲申（一九四四年）

欲學高人去拾遺，冒寒那得有裘披。閉門頌酒身投地，合眼懷歡意已枝。
散失千花兵動後，垂成七字雨濃時。及春遊賞看難復，胸次莓苔滑入池。

薄遊　甲申（一九四四年）

阿閣重階無夢通，行天日力已云窮。西來待我東方騎，三月猶霜四面風。
獨向林皋盤石坐，必難言笑與人同。但能友石羣麋鹿，便勝臣堯擊壤翁。
星星寒雨暗春晝，謖謖澗松吟午風。有鳥一行分水氣，側身雙樹數歸鴻。

無心更入桃李徑，今我乃如田舍翁。難與揚雲辨玄白，比量新句亦豪雄。

重寄寂園坪石　甲申（一九四四年）

懷君望斷斜陽影，慚負來書許擅場。何道不為眾女嫉，塞門知見千年香。來書謂塞門懶臥，謠啄忽來。春秋朝夕鳥蟲樂，我汝人詩兄弟行。他日重逢開笑口，為無益事看誰強。為無益事，蓋來書語意謂詩也。

无盦師疊錫二詩見懷，因報坪石

甲申（一九四四年）

仰首東南天面寒，五年心力恐凋殘。底春風雪妨高臥，少日文章怯細看。
屢惜月明生鬼魄，獨留酸淚走珠盤。綿綿憂患頻來甚，欲語宗師出口難。

五年侍席不自寶，來聽天涯風雨聲。淺飲江湖無限淚，盡抽肝膽有餘情。
人前一默常成慟，腹裏千詩欲化兵。容易明時罷行役，江南終返庾蘭成。

夜坐　甲申（一九四四年）

事如雲詭無留迹，身欲家居密種松。隱几欲回前日夢，出林驚聽曉時鐘。
手旁經卷森難檢，闌外花風過豈蹤。京國人才以沙數，班家燕頷合書傭。

次夜有月，再用前韻　甲申（一九四四年）

人寧可使如槁木，坐久夜寒風入松。浮世難逢三尺劍，敗禪空打十年鐘。
殘宵蹋雪攜雙影，此事而今已絕蹤。惟有亭亭舊時月，盡情癡照讀書傭。

涉春　甲申（一九四四年）

涉春腰腳還如舊，衹是鬑鬑已有鬚。細草破眠穿雪起，嬌花無力要人扶。騰空雲水天心蕩，霎眼香紅肺葉酥。軟飽嬌兒買湯餅，此情真覺近年無。

次韻劉衡戡坪石寄懷之什　甲申（一九四四年）

傷高懷遠意勞勞，誰琢《文心》與〈辨騷〉。我汝逢春愁出入，水雲圍夢幾迴遭。一從簪筆棲人境，三復移居衹市囂。欲向東城見張好，卻妨人問呂虔刀。

逆秋風向西南行，館我清江東向橫。勝日鶯花猶世故，隨時憂樂亦人情。每常念子如中矢，重與論文空復聲。比來有淚不敢出，愁見寒山青到城。

靈珠莫定心風波，山高月小星垂河。袖來貝葉題又再，卿本佳人今豈多。

略似洪三囚使館，欲尋蘇二向岷峨。沈沈大木百圍寂，一為前歡高放歌。

前詩意有未盡，再賡三章　甲申〔一九四四年〕

繩牀趺坐人胡蘆，家近高明聞雁呼。使我無眠宵剝啄，祇今吟望意踟躕。

便從廂牖窺王母，不遣秋蘭怨女嬃。初日封書持寄遠，重囊彤管向城隅。

均是逢人向背難，吾惟言笑久無端。舊栽修竹易成箭，欲掬文心搓作丸。

低柳綠沈思共住，南雲黃盡不停看。前遊每被人呼錯，小子於今戴小冠。

衡戡與余在大學時，人皆呼為詩人也。

摘句圖成主客貧，了無情思試遊春。獨蹲苔石誰識者，時惱山禽鳴向人。

愁裏花枝三月雨，夢餘眉眼十年顰。重難披霧撥雲得，欲子來前相看真。

答子範先生坪石　甲申〔一九四四年〕

敢怨窮山寂寞居，比量前事意何如。新來塵肺能堪酒，稍覺蓬頭已可梳。

寶劍奇書須世用，明堂懸印看誰除。春風萬里門難及，待乞王良與駕車。

身閑心苦長為客，鉤直江清獨釣魚。眷我遠憐餘子步，燒香來讀數行書。

一心咒筍遍成竹，明日還山須荷鋤。行世聲名深寂靜，倩誰橫笛與吹噓。

逃酒於時顏色姝，只非當日秦羅敷。萬葵開扇容遮面，一室闢春獨向隅。

士不逢時工用怨，花真變醜定非愚。天涯絮亂風狂極，試手難為水墨圖。

水亭晚坐　甲申（一九四四年）

初覺尋春晚較宜，了非知命沈攸之。野桃紅處千人集，楊柳青中七字詩。
吾道非邪胡剝落，夕陽無語去遲疑。飄零莫認天涯路，吟過青漣十里陂。

奇癢　甲申（一九四四年）

奇癢誰來骨裏爬，獨烹奇韻鬥尖叉。漫從世說椎天論，且喜山阿與水涯。
萬事掃除憑酒力，一時閑澹看江花。春風浩浩陳無住，又是長吟到日斜。

舒衷　甲申（一九四四年）

看雲倚壁意迢迢，終古東風誤阿嬌。人遠弓腰難入夢，日長花氣欲成潮。
從知別久枯無竹，莫待愁多更問蕉。為問江頭躢莎客，當前可有赤欄橋。

半歲幽居日欠伸，四圍山裏軟紅塵。道逢難語皮相子，所在不知何處春。
錦被蘭香前日夢，柳塘花塢少年人。從來有恨知多少，埋髮癡於屈大均。
溪花溪水釣魚磯，許學嚴陵願力微。能識九千餘字否，時余在大學授許學　了知二十七年非。時未到生朝，故云二十七年　女嬃嬋媛毋予詈，臣朔狂言與意違。惆悵天南風又雨，來禽休道不如歸。

酒人〔一〕　甲申（一九四四年）

酒人乘狂蹋野煙，左右春物羣騷然。微陽初閣翠湖雨，乳燕學飛紅杏天。
為樂最宜酣醉後，移身卓立貞松前。歸途恍惚風可御，不許牛羊行我先。

〔一〕先嚴於〈修竹園詩前集摘句圖〉注云：「時余能罄茅台二瓶，好為吳體。」

晨起獨行　甲申（一九四四年）

胡牀一夜詩夢穩，樓外霜威初解嚴。柔日出門人落落，環湖多柳水淹淹。
美非吾土難為景，路有遺金莫置鐮。可惜披裘公不在，隴頭芳草已平添。

桃李花繁風力輕，晴回沙浦日微明。清愁未了柳如此，吾意欲諧春莫行。
君子獨遊須載酒，故人相見莫論兵。旗亭新有衣冠集，而我惟尋水石盟。

遣興　甲申（一九四四年）

貴仕高名可不須，吟人惟懶是工夫。誰安綠鬢茹黃棘，正要紅闌有紫姑。
後苑雨餘花孕子，小樓春足燕將雛。閒情頗似陶彭澤，只欠門前柳五株。

寄題陳寂園《魚尾集》 甲申〔一九四四年〕

我行人海似癡蠅，不厭詩篇取客憎。從古雅言關性分，盡君能事足師承。

世無丹鳳難為駕，掌有明珠不見燈。數歲南浮期別墨，亦開生面覺誰曾。

沈浮曾共網魚罾，屢放哀歌意豈勝。別有高懷人不識，獨張奇局老猶能。寂園長余十六七年者也　持余歷劫未壞句，寄汝食貧行腳僧。終古高才無達宦，文章信美向誰矜。

一別吾宗知幾旬，尺書來處五雲新。出山泉水無清日，愛汝歌詞似美人。

君子獨行時屢改，高情終在意恆春。憑詩我亦無多讓，祇向君前斂衽頻。

得絜餘書，詩以代簡　甲申（一九四四年）

寂寂山城日落時，離離秦逐去何之。鳥銜山氣飛難疾，世有眠龍起欲遲。
萬里江湖誰打槳，十分風月待論詩。閉門剪燭焚香坐，發我胸中七字奇。

失題　甲申（一九四四年）

忽漫登樓及晚晴，倚身闌檻試長鳴。一春無奈將寒食，千里誰來共此傖。
難對花天深着筆，強持杯酒細論情。臨邊大有希文淚，醞釀胸中萬甲兵。

梨雲堆野水平隄，放眼江天意漸迷。難辨陳劉牀上下，欲同兄弟屋東西。
吾遲出晝嘗三宿，吾不欲在中山大學任教於理學院也　壁有餘明欲再題。
心苦春濃無住着，少年羈旅百花溪。

又寄陳寂園坪石　甲申〔一九四四年〕

儒書耽誤未成科，永夜臨文意怪多。待要盡言書不得，似曾為酒醉而酡。

望窮更奈月生魄，坐起欲憑風渡河。萬里飄流輸土偶，孤根何恨老山阿。

小子平生沒臼窠，可堪途說事多訛。欲從阮肇山中住，倘聽成連海上歌。

私汝不煩書屢寄，聞更驚問夜如何。當年未有安邦策，贏得頭顱手自摩。

失題〔一〕　甲申〔一九四四年〕

綺閣閑踪數歲停，悄無人處看春星。絕憐千次舌猶赤，不道愁邊睛故青。

羣動豈堪長屈戹，老夫終為發雷霆。入門占我夢中夢，失覺東南王氣腥。

〔一〕先嚴於〈修竹園詩前集摘句圖〉注云：「時在晚春。」

感舊　甲申（一九四四年）

夫子山行有是非，萬殊全付水沈微。色斯可醜花誰媚，我欲臨高翼以飛。

綠玉生塵逾百日，白雲留客用重圍。情春慣被東風誤，不許行人不念歸。

涉論人天有不虞，事惟微末吃工夫。儒除亂國更何罪，天獨生材為汝殊。

細柳藏鶯時只暫，疾風行水過誰呼。塵塵物物終難一，思到濃時日向晡。

絕句　甲申（一九四四年）

王春朝暮花紛披，采桑采柏佳人誰。莫嫌公子不愛客，請讀涪翁題壁詩。

劫外逢花已不時，登山臨水汝何為。城隅芳草無人薦，愁見春陰鵲踢枝。

長日觀身不自由，經過紅豔十年休。歸鴻往燕競時節，獨我茫然樓上愁。

樓外啼鵑有許冤，垂楊金碧日黃昏。南雲低處憑闌暫，三月狂風深閉門。

緣源　甲申（一九四四年）

獨客緣源溪水寒，行雲留意過林端。聞香不辨東西路，使我真成左右難。

一月生天春浩蕩，萬愁歸夢夜闌干。明朝定是朱顏減，試問逢人那得瞞。

出外　甲申（一九四四年）

斜陽力弱柳橙黃，鳥怨東風語不莊。自啜新茶聊棄日，更從何處得開場。

裳衣顛倒客誰至，樓角聞花心有香。試又出門呼酒去，逢人都為餞春忙。

山亭晚覜〔一〕　甲申（一九四四年）

鳥語風聲獨聽來，六稜亭子俯山隈。意長一水閑依我，地僻三春始見梅。入眼螺鬟齊下拜，及花懷抱欲同開。兼年誤走東西路，默爾憑高首重回。

柳綠桃紅間著梅，離懷聊藉片時開。花邊蹤跡無誰共，眼底江山與畫去聲來。日腳行春瞬千里，天風吹水上層臺。季鷹不作榮名想，只要當前酒一杯。

〔一〕先嚴於〈修竹園詩前集摘句圖〉注云：「貴陽陽明山河濱堂附近山水勝絕，殊不減花溪也。」

夜讀書感　甲申（一九四四年）

簡篇索落愁時眼，夜半無人自放歌。身未填溝惟賴此，書雖窮我可如何。

瞞羞不許燈燭亮，淒寂獨尋游夏科。來日還山面兄弟，百年同拾隴頭禾。

念祖自馬角北返坪石，追和余寄褱寂園之什，兼報近況。戚然余懷，以此示之

甲申（一九四四年）

高樓風扇柳縿縿，危苦言多盡費茲。天遣無家還有別，士今懷土更逃讒。
急誰消息書初及，起我牢愁手自劖。萬里江湖誰與共，憐余佳姪竹林咸。

切囑念祖偕舍姪汝楠脫離淪陷區見余而未能也

與除千毒飲伽佗，勿乞侯封夢蟻窠。念子幾將時日費，懷歸無奈友朋何。
春從此去花難耐，詩要人窮意已苛。我漸淡忘天下事，振衣猶為國人儺。

絕業同誰仔細參，稍舒眉眼向浮嵐。比心木石人難得，生事魚蟲孰更堪。
一夢曹騰文字久，四時風雨水雲婪。三年從我知何若，世味辛醎汝倘諳。

山亭早望　甲申（一九四四年）

萬里投荒有此亭，欲呼劉向共觀星。栩然為蝶周非我，蓬累行身聖踐形。
東道漸成魚肚白，北山橫插鬢毛青。年年踪跡閑無賴，歸路聞鶯那忍聽。

憑檻　甲申（一九四四年）

望斷春江上水船，獨憑風檻近誰邊。一樓佔盡千家月，萬態平沈十數年。
與決胸懷無涕淚，徑須楊柳管風煙。行身會有無窮地，夜半高歌大放顛。

檢閱近詩，感賦二章　甲申〔一九四四年〕

十年歌詠過千章，(一)視此微同却病方。坐老花時春寂靜，時猶在晚春也倒追前事夢顛狂。天南烽火疑生眼，心上青紅未放香。起望齊州煙九點，幾時旗鼓去堂堂。

(一) 先嚴於〈修竹園詩前集摘句圖〉注云：「二十三歲以前之作，已於三十歲初定稿時刪去。」

浪負才名沈亞之，多思蟬蛻陸天隨。為詩要未經人道，此事真如無米炊。紅樹籫山憑插鬢，白衣逢客欲蒙皮。杜陵野老規模遠，難起黃王與設施。

傷春三首　甲申〔一九四四年〕

處身在何所，明發每不寐。領略春景光，難遣人意遂。栖山苦賦狙，在人誤為士。怕登西北樓，俯察東南氣。運斤亦成風，劈堊每傷鼻。不日不月行，適秦適越累。大浸滿七年，去家長萬里。於道已云窮，無詩足見志。零星記癸辛，淒寂書甲子。如今欲勿言，此情將焉置。

茫然望遙道，花發誰家園。頭蓬柳更拂，日宴烏鵲喧。陽春麗草木，憂患煎離魂。驊騮在吳坂，佳人閉長門。物情自今古，人事多煩冤。屢費傷春句，不盡心中言。

勞勞心力拙，所在無春秋。爰倚道旁樹，凝睇溪中流。去者不復返，來者何當休。人有夢為魚，我無刀買牛。沈吟西征賦，淒絕南冠囚。天風吹晚寒，惻惻衣無裘。歸來坐孤館，如懷千歲憂。

樓望　甲申（一九四四年）

並世誰知者，卑棲未鬻文。闌飄三月雨，風入一溪雲。認主燕投閣，忍寒衣未熏。淒涼十年事，玄白更難分。

絜餘和余去冬寄渠之作，再疊前韻，卻寄坪石

甲申（一九四四年）

旦夕時聞車馬喧，夢魂難入水山痕。並無玉局頭地出，祇費宣城雞距蹲。花斂色香容再吐，心今澄澈更難言。兔絲久共女蘿住，獨我飄零孤竹根。

江行　甲申（一九四四年）

何處最為勝，江行花晚紅。暫忘生事苦，微有古人風。竹影蔭眠鷺，松雲

停過鴻。囊書久吟望，春粲水天中。

月夜即事

甲申〔一九四四年〕

驕兒清唱〈月光光〉，〈月光光〉，嶺南小兒歌。警我身今在夜郎。難入花心觀色相，欲尋鍼孔妙潛藏。流雲到嶺行還住，清夜聞歌意覺傷。但想家居閑抱膝，一園松竹老胡牀。

鍾鍾山先生為題拙詩，奉報一章

甲申〔一九四四年〕

退飛漸覺南枝遠，樽酒歌呼意可長。十上書成秦逐客，西來人見魯靈光。教從何地醉山簡，難得同公支夜郎。乞與大言驚末俗，廢書揚放杜蘅香。

野塘獨坐　甲申（一九四四年）

閑閑者誰子，獨坐野塘旁。雀啄花心碎，山分日腳長。攤書殊有味，過眼又全忘。算是此間樂，惜無琴一張。

河干　甲申（一九四四年）

刻意尋春春易殘，閑閑誰與共河干。人千里望鬱深致，鳥一林喧生晚寒。氣度正思全拔俗，交親猶訝不居官。錦囊內聚江山秀，咀嚼真同服桂丸。

答吳希之見贈　甲申（一九四四年）

長楊森森枝亞城，誰傖父賦東西京。十年犬馬悲行路，萬念交關不可名。排日但惟樽白墮，炙君殊勝飯青精。為言重使我顏汗，詩事不容人力爭。

來詩有「三百年來無此作，八千里外見斯人」之句。余尚自知，去古之作者絕遠，非謙也。

絕句　甲申（一九四四年）

辛停苦佇十年餘，吟到脣乾氣未舒。訴與皇天許歸國，雲松風竹小園居。

石老兩題拙集，賦此奉答　甲申（一九四四年）

一來習以非為是，世亂今難修竹倚。十年浪跡西南陲，愁見寒蛛書細字。渡無舟楫行無車，人天兩得費工夫。人言臨川不易到，「臨川不易到」，海藏語。我寶雙井如玄珠。

永憶　甲申（一九四四年）

永憶瑤華小大姑，費人追撿〈漢宮圖〉。冶春勝日珊瑚熟，繫馬垂楊鸜鵒呼，朱戶春陰花撲落，畫屏燈淺影模糊。此情莫被中天隔，待向河隅更拾珠。

病起　甲申（一九四四年）

直道宜三黜，幽居忍百艱。時時吹劍鼻，惘惘夢刀環。春盡鳥猶倿，憂深詩可刪。逢人愁欲奪，雖病我難閑。坐廢月下笛，望窮天外山。冒寒癡立久，誰信汝能頑。

春末舒懷　甲申〔一九四四年〕

王春三月雨以陰，四山突兀雲平沈。羣動鼓舞百圍裏，萬花撲落風蕭森。
賤儒意緒劇醜惡，旦夕蹴蹋如驚禽。少力於文壯不售，去家萬里聲啞暗。
遑遑奔走甚騾馬，骨肉乖隔如辰參。祁寒酷暑鎮銷鑠，肺塵面垢蒙妖祲。
按鏡彌感鬚眉醜，舉首時畏星月臨。雪日無裘雨無蓋，食甘苦李甜桑椹。
坐覺腐鼠亦滋味，混酒與淚澆煩襟。退藏已自輸土偶，梗泛安有桃花潯。
去住動靜俱不屬，時日與我同滯霪。心鐵貞紅亦何有，鍛鍊或類不祥金。
挾策莫據黃閣頂，負石欲墜寒江深。世以斯文作芻狗，多爾伯玉能碎琴。
師之所處荊棘滿，歌詠私學真朋淫。臺走麋鹿市多虎，鴟梟搏逐鸞鳳瘖。
憑誰與聽十年事，手左右按龍淵鐔。人或告我近郭內，有水澄碧山盤嶔。
盍一囊箋去憑眺，洩發汝腔金石音。而獨斂形日摧抑，無乃失據如寒蟫。
噫余去國四方走，逢勝景地愁難任。雖以翰墨為食飲，已感肝腑同炮燖。
文成數萬詩千首，肘易生柳書懸鍼。匪子之言我亦省，奈此事非今所堪。

要令一怒安天下，歸坐我家松竹林。微聞西陲昨告警，莎車未斬樓蘭侵。
儒懦未應武士召，攘臂先欲安藜黔。不在其位謀其政，於古無例而況今。
嫠婦憂國事已闊，顧安解我愁時心。此意坐令下士笑，待撥亂入南山岑。
逕尋赤松穀城下，樽酒相與交手斟。方生方死人間世，空汝能為龍虎吟。

報饒宗頤桂林　甲申〔一九四四年〕

嗟我懷人似立柴，誰豐果饌置高齋。尺書入手心如在，末世為儒事已乖。
歲月不情艱去住，文章從此欲沈埋。定知何日徵饒魯，待向山公乞好差。
簡編千疊萬牙牌，聞已成灰覆草荄。事至於今為習見，天方無意有吾儕。
思量所學真愁絕，安得花朝與子偕。西塞風寒花亂落，尋詩猶為破芒鞋。

卻憶逢君南海涯，及春吟望過花街。自慙勝具閑難濟，天遣奇憂不易排。

一別三年悲日錄，亂搓雙眼向雲霾。漫尋即事經行地，店舍無煙壁已蝸。

初夏雜詩　甲申〔一九四四年〕

靜室枯居歲序更，羣書橫眼感無名。淚隨蠹粉手旁落，愁與池荷春後生。

屢在花陰推世變，稍從方外看人情。遙天兵氣騰騰上，風動時聞殺伐聲。

蕭辰獨立聲稜稜，似覺吾前星石崩。太易何時無悶卜，高樓初夏苦寒仍。

蛀書填腹無寧誤，索淚潸愁更不應。幾夜早眠思好夢，江山無奈久難憑。

凍坐藜牀當膝穿，使云言笑豈其然。憑誰鼓舞萬馬尾，與盡掃除雙腳煙。

無米有詩真怪事，彼天今日又何年。荷囊擬辦忘飢藥，待向深山乞葛仙。

投閑得及江頭坐，一盞濃茶氣活來。天雨入松生遠籟，水流成字寫沈哀。
漫從春後期佳日，每到人前媿此才。潑潑南風動襟袖，掉頭吟向北山隈。

袖手看山不欲登，異鄉吟望興難乘。夢沈寒水雲壓枕，火潑烘鑪心卻冰。
何日江山三箭定，有人風雨一樓憑。閑愁比亦催詩急，試問皮囊血幾升。

世路其誰醫國師，納賢廊廟到今疑。玉衡在掌天容度，此士奇情世未知。
誤向齊宣述堯舜，欲呼劉季習威儀。近年學易觀消長，萬象縱橫理可推。

次韻陳寂園砰石寄懷二百字　甲申〔一九四四年〕

看雲斜倚壁，病起苦無力。肘後錦囊挂，曾無一錢值。支笻緩出戶，悄坐虬松側。窮愁十年互，氣逆不得息。吾儒非亂國，怨毒乃日益。故人在遙道，去住耿相憶。憑誰三淨肉，享此獨行客。適館還受粲，未許果腹得。呼天風怒號，饋食神豈格。悅人富且貴，心戰道每北。地高春易殘，物物但改色。鳥飛山木鳴，低頭淚沾臆。申徒憤赴河，萇弘立化碧。賤子仍強顏，思有達者識。貽我三珠符，補貼白板隙。向來陳仲子，律己意常惻。移書到吾前，字字足可惜。背人布膝讀，尚慎似萬石。世情暴易暴，踽踽將安適。來歸心憮然，擲我山行屐。

重寄寂園　甲申（一九四四年）

玄都觀裏桃花死，莫忖劉郎看花意。來詩：「玄都說前事，看花增太息。」萬愁繞矯秋又春，私我誰投一端綺。性情滿在如往時，言言恍惚心肝披。欠汝當樓相向坐，不然抽我胸中奇。男子樹蘭固無益，來詩：「亦知九畹蘭，當户種無益。一時歎鳳情，忽忽了無跡。」歎鳳傷麟亦已惑。無多涕涙奠山河，要駕長雲過江得。塵塵兵馬年復年，散亂九點齊州煙。佩觿腰劍亦何有，懷歸懷德宵無眠。不面吾宗八閱月，日日酒悲誰與說。雖能緘札時往來，無奈賤貧重離別。況聞南國將又兵，調絃覺有殺伐聲。樓外垂楊益嫵媚，坐中羈客難為情。

讀《秋崖小稿》 甲申〔一九四四年〕

石公謂我詩，頗似方秋崖。云云意甚惑，大恐無根荄。方詩昔過目，惡其如立柴。隨手任捐棄，落寞都去懷。石公殆戲我，抑我忘珍鮭。爰歸夜發篋，刻燭吟空齋。變我曩時念，一鑰重門闢。照眼雲子白，不復粃糠篩。氣清韻高逸，如秋水瀉槐。律暢理要妙，如花風滿街。重擬識其大，舉足三重階。奇橫見骨力，若可南山排。騰拏雷電手，歷列魁斗牌。豈同叫囂徒，很戾聲喔喔。留良謂光怪，未免羣兒哇。從流溯而上，似與涪翁諧。

休言局偏狹，稜稜金劍釵。余生殊已晚，僻左雲海霾。聯遊背鷗侶，獨行銷鐵鞋。未遑善士友，去就誰推挨。十年食貧賤，所事時世乖。茫然思古人，伊我豈其儕。於時宋南渡，立塗多虎豺。公行甚轗軻，兀兀王黚骸。謝客鼻流沫，度己悲踰涯。多病身為累，鳥啼眠不佳。四句剌取原詩意今人不及古，今世逾離乖。吾詩日益怨，奇情深自埋。病手強塗畫，字如牆上蝸。清流不可接，疾固同厲痎。陳編看愈羨，眼倦頻摩揩。安得斯人起，百歲行藏偕。

失題　甲申（一九四四年）

炎雲赫赫上騰天，料理壺觴水竹邊。與古為徒癡正絕，抱愁行路汝寧前。
當時所種一斗石，今日若為千里煙。叔世謀身須用佞，江蓮出水便如錢。

絕句　甲申〔一九四四年〕

日亭亭午樹密密，山鳥山風長短歌。失喜皇天特晴暖，放閑身手坐籐蘿。

迴風入竹散千悲，夜半閑閑坐水湄。自掬詩心珍重濯，月娥來問不教知。

月來無日不詩思，怪覺石腸今有花。休道寒齋甚清苦，食無魚肉嚼茶芽。

新甘餔啜客愁刪，朗月清風共我閑。纔就新詩思美睡，來朝明眼看河山。

待曉　甲申〔一九四四年〕

一月明到曉，長天何處門。世人猶在夢，山鳥各鳴冤。鼓瑟不成調，憑誰相為言。樓臺盛燈火，難與語晨昏。

登原　甲申〔一九四四年〕

望裏南雲帶翼飛，橫江斜月水沉微。聞千里外亂兵入，抱一劍來高處揮。
撲撲天風誰抓握，離離烏鵲有從違。何時還與二三子，杖竹入蘆魚釣肥。

平居感興　甲申〔一九四四年〕

坐擁羣書閱幾秋，焚香齋讀意夷猶。契余雷義堅膠漆，慙汝幼輿誇壑丘。
難守一庵穿後壁，獨容雙眼看橫流。玉谿懷古思鄉甚，奈此林花即日休。
民求生厚爭斗升，伯安莫作龍場丞。月明如畫心炳炳，人欲燒我書層層。
三年刻楮有相業，一室觀身無盡鐙。瘦病維摩尚耽道，米鹽脫略髮鬅鬙。
剝落危闌面九州，飄蕭吟袖拂千愁。不時風雨天行陣，入眼江山氣拒秋。

骨力略隨烽火勁，粒辛猶為婦兒謀。頻年役役無多技，又此新詞擁鼻謳。
狂夫少賤好馳馬，在滇時尤然　呼喝常令天地春。今日歸儒遠于役，此心非果亦生仁。原當執御驅前路，無奈耽詩似美人。潁水向來須好句，醉吟漠視老妻瞋。

愁苦吟　甲申〔一九四四年〕

日中入市車馬盈，抱兒扶婦如蟻行。月來腰腳甚疲苶，我疾初愈妻子賡。葫蘆未有三年艾，孤臣操慮心怦怦。百金買藥一小束，物物價重人命輕。歸來甕汲溪頭水，劈柴泡藥山齋裏。煙煤網面儒衣熏，塹有諸生來問字。吁嗟乎！時危道否骨肉離，南禽斂翼巢無枝。明日收京載書返，安用神堯天下為。

重會葉元龍先生貴陽　甲申（一九四四年）

違公不覺兩年強，許是吾軍力已張。浮世功名憑袖拂，當時文字以升量。
行身道阻日月邁，潑眼人來鐙燭光。急問吟箋今幾疊，廣收天地一囊藏。
南山白石飯牛居，曾枉山公過我廬。前日杯觴猶歷列，中年哀樂有乘除。
誰知琢背彫肝手，能著濟時經國書。葉公時年四十七，是經濟學家，嘗長國立重慶大學，時任監察委員。宜與陳登抗顏坐，長安索米語其虛。來詩有長安索米之句

晨坐　甲申（一九四四年）

習性原龍種，生天墮劫灰。斗回殘夜夢，疑是再生來。山水夢難入，年時歌甚哀。憂深無力敵，寧得意如孩。

簡尹石公惠水（一） 甲申〔一九四四年〕

高閣春陰不放雲，是中人物善揮斤。大年長我今以倍，小子學詩初可羣。
漱取石攻孫楚齒，難於山撼岳家軍。重憐儒腐喙三尺，無肉食時穿鑿文。

（一）石公時年五十八，病齒。

再酬葉元龍先生 甲申〔一九四四年〕

病手寧知可挽強，甚時筆陣更恢張。風燈零亂搖羈旅，庚癸尋常費料量。
幾日詩心疑可掬，一痕溪水欲生光。原知射日公能事，莫遣良弓祕自藏。
羨人四十專城居，茅蓋竹梁何氏廬。與世沈浮吾亦想，同公湖海氣難除。
而孤臣尚深慮患，悔十年來多讀書。兵馬怒流艱去住，竹心藕孔待逃虛。

夏夜對月　甲申（一九四四年）

吟懷待展飯初足，江淨月明風入松。斂縱橫氣欲禮佛，聞左右隣時擊鐘。
塵上易教西子穢，夢中倘有南威容。所思已又經年別，徒望黔靈最上峯。

次女生後十日作　甲申（一九四四年）

一往憂生百感膺，更堪夷虜日憑陵。漸成牛馬供兒女，猶奮文章博斗升。
十日不詩聲頓變，萬錢謀酒醉難乘。庖廚洴澼工初熟，客或來稱底事能。

近已不得不為澼衣蒸飯煮水諸事矣

河濱堂茗坐　甲申（一九四四年）

渴甚人疑似馬卿，山亭梨子笑盈盈。坐鄰茶鼎歌珠細，答以聲詩過鳥驚。

一士欲聞天氣息，萬荷齊戴日光明。半襟塵土初銷脫，正要南風競此情。

又四月既望得寂園書　甲申（一九四四年）

啼風猿鶴日排豗，從古窮兵大可哀。坐負一春歸尚未，立殘孤驛子其來。
適淮化枳傷吾性，剖蚌挑珠盡禍胎。莫更天涯嗟老醜，倘容雙飲竭寒醅。

贈王聘賢先生　甲申（一九四四年）

賤儒箇日詩為祟，疾作無誰與滌腸。何處更求醫國手，問門來丐活人方。
祇今行腳舒吟榻，貢我新篇入此堂。豈用長安避名姓，不言錢處勝韓康。

聘賢先生儒而精醫術，向不收診金。

雜詩(一)　甲申〔一九四四年〕

亂雲騰沓夕陽紅，臥憩桐陰柳影中。我與物間殊愛惡，士寧今始老魚蟲。
盛年哀樂才無賴，近日人天夢屢空。何處旗亭沽酒得，漫將奇字問揚雄。

征夫莫省鴻漸陸，枯魚戒公無渡河。七字律成心忐忑，半山雲掩月婆娑。
稚兒伴讀如鸜鵒，逐客彰身有芰荷。癡想當年同坐夜，閑簾風動細生波。

(一) 先嚴於一九七八年刊行之〈修竹園詩前集摘句圖〉自注云：「時已寓居大夏大學校園中。」

悶雨不寐　甲申〔一九四四年〕

風高林黑夜冥冥，誰信人今有獨醒。細雨將寒欺客夢，一時危坐到天明。
我顏失養依燈覺，作意還鄉看水生。蠢蠢冰蠶誰得熱，出門仍是苦寒行。

寓樓對景　甲申〔一九四四年〕

再綠桐枝已亞門，圃田閑望悅吾魂。微聞花氣千悲散，一放歌聲眾鳥喧。
臣不如人天豈許，生何如死聖難言。無窮物理何須格，莫負今朝酒滿樽。

遣愁　甲申〔一九四四年〕

平居早料世難為，乙乙寒絲結古悲。入竹穿花空復日，忘生輕死已多時。
向來固疾看逾惡，不是天君那得知。濃霧層雲阻通問，從茲持論豈無危。
使酒謳歌淚滿巾，莫教才調到無倫。儒難為計將安適，夢得還家竟算真。
坐夜獨朋燈下影，觀心愁拂鏡中塵。蓼蟲食苦人誰惜，看取當前可笑身。
插楹楮墨渾閑卻，向壁無由自意題。舉目不知天遠近，行身寧問路東西。

十年文字空情性，一往衣冠欠整齊。出入山城念鄉國，未須為佞始栖栖。

漸覺形骸異往年，當時枉讀〈養生篇〉。未謀金印思工篆，絕惜紅衣學種蓮。大浸欲稽天以上，平生所好事全偏。檽風吹冷心頭血，試撥寒篝傍火眠。

饑驅時或類飛蟁，誰信相如善屬文。寫盡窮愁詩欲綺，開張身手力能軍。樓當晴日還飄雨，風過深山不放雲。居獨久忘天下事，容呼鳥獸與同羣。

午睡即事　甲申（一九四四年）

聲塵於此漸無聞，睡起西樓日向曛。詩夢香銷同嚼蠟，茶煙風舉欲成雲。

持竿撲棗傷枝葉，引線封題結糾紛。惟有佳兒知我事，巡簷低讀阿爺文。

亢龍先生出示新製，遂次其韻　甲申〔一九四四年〕

飽更憂患欲忘年，何處廚頭任醉眠。肯信亢龍終有悔，從來鼯鼠亦能緣。
去齊我自晝三宿，逃酒誰添詩百篇。天下期公在槐府，莫閑身手向鷗邊。

夜起讀書　甲申〔一九四四年〕

人天消息比何如，歲月翩翻去不居。萬里江湖歸短夢，五更燈火讀殘書。
此心雖亮終誰見，習氣知非祇未除。南海明珠嶺東箭，沈藏要歷劫能餘。

南明河清晝　甲申〔一九四四年〕

胸中水鏡千塵掩，壁上吳鉤盡日閒。憤世惟狂寧得所，知音不賞待還山。
無窮柳色青見骨，幾簇榴花紅照顏。如此光陰天與幸，行身須把百憂刪。

黃蚓

甲申〔一九四四年〕

身同黃蚓強操持，自采薇來常苦飢。江上雨餘聲一概，山中人立手雙垂。
高情終覺天難近，小道猶矜世可欺。安得肥甘饜溝壑，明珠雖拾有如遺。

次葉元龍先生用山谷韻見貽之什

甲申〔一九四四年〕

南禽息天壤，食實今沒竹。生也迷自來，心焉或能掬。所事世難酬，行己任居獨。擺喙有餘饞，舂糧不隔宿。逢公長日鳴，答我十朋卜。論價可易城，片言動三復。誰其時雨降，尚作杯水覆。燈炷夜明明，一對飯已熟。

江頭遠眺　甲申（一九四四年）

又放閑身近碧漪，高樓天遠再來遲。人間祿位寧能忽，句裏風波不自知。行世漫登〈高士傳〉，還家須在少年時。江頭自古銷魂地，可念司勳荳蔻詩。

端陽　甲申（一九四四年）

女生彌月端陽至，懷古懷鄉怨以思。五日取蟾兵愈近，十年如此汝何為。悄從屋漏開新釀，攜向江頭散古悲。莫憶歲時記荊楚，黃圖三輔已全危。

夜行　甲申（一九四四年）

莫笑勞生不自媒，好天長夜去謀杯。新來解取愁中樂，月倦星慵獨未回。

呼龍耕煙室圖　為蔡起賢作　甲申（一九四四年）

白茆堂前花雨浮，古錦囊中天地秋。明日風煙歸靜穆，可容樽酒與同遊。

起賢亦詹无盦先生弟子，余未嘗與見也。

買茶　甲申（一九四四年）

雨後田泥濺入鞋，行人疲懶趣斜街。箇郎天性非乾沒，早日風情祇活埋。
長有香紅生肺腑，遠聞車馬欲推挨。茶餘酸淚和愁擁，未必明時有好懷。

元龍先生再疊前韻見贈，賡答此章

甲申（一九四四年）

投閑小為園，逃虛密種竹。消渴武江頭，出手不停掬。論人殊幺聊，於事頗特獨。或時花間行，或時犬竇宿。前年公驟至，謂我鄰可卜。醉談六十日，去去今旦復。真如馬脫羈，忽獲水收覆。披圖敍主客，媿我有生熟。

簡尹石老惠水　甲申〔一九四四年〕

遮莫看雲唱大風，士今垂老道彌窮。五車讀爛身匏繫，誰識當年尹石公。

晨坐　甲申〔一九四四年〕

煙鑪臥鴨抱寒灰，短夢銷沈氣逆回。起坐蕭晨推甲子，漸聞人語有驚猜。
囊中奇智寧知探，望裏南雲擬叩來。毋與山禽爭巧舌，待收殘劫入空杯。

寓樓感興　甲申〔一九四四年〕

年前居陋意鬱鬱，愁邊每事書咄咄。已難南海淘明珠，妄想西方有真佛。
行路不悔騎無驢，騰空自詡健於鶻。饞啖餅過中秋節，持我兒婦排戶出。
滿擬夜郎邀李白，樽酒相與訂詩律。豈知蟄伏城南隅，出戶入戶身屢蹶。
雲重霧疊雨連風，塵猶在襟疢疾發。兼旬飲藥性幾滅，身免遂令意盡失。
三事移居十畝間，筋骨疲茶心力拙。至今指數三十旬，內熱真已冷似雪。
仰空不見嶺頭梅，行身煞是淮南橘。錐立叢殘手叉八，口述窮愁我第一。
孰令吾道至於此，想是穹蒼賤操筆。四民論用時制宜，今古謀身事須察。
萬里避寇腰纏煙，廿年抱卷禪走蝨。哀樂好惡殊過情，德慧智術俱放佚。
貧於東野少家具，俳似相如而口吃。其愚非古亦非今，問卜見凶未見吉。
每常摩頂與抄踵，不肯焦頭或曲突。處室寧獨甑生塵，支牀直又榻穿膝。
出門忽忽飢所驅，攘臂時時躬自伐。屠門懸肉紅瑯璫，動欲棄書拔劍割。
攜歸劈腳炊為薪，呼我兒婦共嚼齧。從來燕頷飛食肉，那顧武皇賞抑罰。

官家法令細如毛，莫疑尸祝是菩薩。可笑吾家陳仲子，不食天鵝食李實。
彼蒼造物本多途，此世求生須用術。如我文章豈足數，悅人富貴亦何必。
時危地僻霜夏飛，汗不敢出身戰慄。比來詩膽忽生稜，疑怪千門在擊缽。
疾噓浩氣高齊雲，待挽強弓仰射日。守我廬墓願須諧，謀人家國腸休熱。
誰甘谷口老賦狙，酒在舌尖欲噀血。今年醜虜用驕兵，勢逾嶽麓南入粵。
師友皆貧去住難，偶獲來書但忉怛。追想當年汗漫情，萬愁在腹將橫決。
君子固窮誰則然，小人懷土我豈不。欲搏元凶置吾前，手揮神棒向渠喝。
不然便借長河水，盡淹彼獠無一活。善戰且應服上刑，賊夫人者必自磔。
十年觸接事萬殊，筆下風雷甚炮勃。何意工為危苦辭，立誠固與任誕別。
安得仙人假我鑱，力劈千山歸養質。

雜詩　甲申〔一九四四年〕

白門寥落挂朝暉，門內冠襟與世違。一股奇愁游刃轉，十春殘夢破天飛。
逢花合眼心猶躍，為酒能狂力已微。上盡層樓望江海，大樽瓠落不知歸。

雨餘索句向江干，柳綠榴紅不耐看。近水觀魚波浪惡，有人於此笑言難。
習知生事書全誤，如咽黃梅鼻屢酸。欲起成連與歌唱，吾詩一往在高寒。

坐膝穿牀有未安，了知人世獨行難。強支懷抱尋幽去，即把風光當畫看。
水長山浮林突兀，夜遙天迥月空寒。微名擬入蟲魚籍，免向人前戴小冠。

今欲諱愁猶不禁，胸藏待辨無絃琴。逃虛未結雲水穴，囁口空能鸞鳳音。
往日親朋萬山隔，此中人物一方沈。無窮天地風塵互，償我田園放浪吟。

十年題句滿江湖，思到濃時驚自呼。生事繫於天末雨，會心惟有鏡中吾。
略無貞石支奇骨，聊向殘經署獨夫。莫笑吟人了無謂，吾儕能剖中興符。

江行夜歸　甲申（一九四四年）

閑身蒼莽傍江行，頗覺孤懷伏甲兵。一日看雲忘我在，四山隨分帶愁橫。
毛錐密卷思黥面，語鵲何須急問名。疏脫風林補新月，歸途驚聽北城更。

次和葉元龍先生又用山谷韻見贈

甲申（一九四四年）

食肥不澤者誰子，殉道殉身事徒爾。嶺上仙童今已亡，安得雙丸濟不死。
分無勝地與人宜，試問憤泉何日止。頻來避胡萬里餘，難語交親更餘幾。

某年月日喜從龍，一往敍詩使余起。袒腹明於星爛天，驅詞快似風行水。
偶然落墨十三行，曾是摶雲九萬里。固知文字根情性，擺脫塵樊藝桃李。
或如介甫放觥船，莫訝鴟夷隱蘆葦。而猶取友飯牛人，以謂雕蟲頗能事。
我有案頭馬肝石，解裂層冰視其理。悟寒瘦是詩之工，枯籐為骨秋為容。
使我命世意準此，不令肥甘滯其中，自有奇氣齊天風。

孤行　甲申（一九四四年）

芒鞋潑刺蹋車塵，掉臂孤行氣一振。乘醉便如天岸馬，能詩全是鶴形人。
莫從雞口爭餘粒，試向天心乞好春。想望亭亭故園竹，松荒梅老更誰鄰。

夜坐　甲申〔一九四四年〕

坐夜真成拙，行身似中邪。星辰隔層霧，胸抱鬱千花。膚慣飢蝨刺，誰來癢處爬。連旬是休沐，猶做冷生涯。

夜吟　甲申〔一九四四年〕

藏胸花葉未全殘，養得心頭一味酸。往日悲歡勤夢寐，十年燈火警高寒。吟人閱世知難合，習氣撐身取次看。今夕湖湘神鬼哭，欲回春水走曹瞞。

時長沙新陷，衡陽爭戰甚急。

水亭茗坐　甲申〔一九四四年〕

倦客枯居不自聊，回風梳柳晚蕭蕭。緩尋江樹親香茗，漸覺離魂向落潮。

一月曬人詩夢警，數花臨水石闌嬌。山城儘有消閑地，無奈塵樊苦未饒。

睡起　甲申（一九四四年）

案頭楮葉三年刻，腹裏哀絲百丈牽。兩道龐眉進飛翼，一園高柳亂鳴蟬。胡牀睡起難張目，往事追回盡化煙。容我成都呼酒去，傭書賣卜過年年。

蕭齋　甲申（一九四四年）

蕭齋長夜坐，冥漠月沈西。醜女嫁不售，無人來乞題。低垂三尺喙，吟和五更雞。就榻夢難穩，忽然山鳥啼。

勞者　甲申〔一九四四年〕

勞者當歌亦費才，家徒壁立肺生埃。九年成學人俱笑，雙鬢鏖風客未回。
負我交朋無可奈，乞靈文字只增哀。憑虛待卷天雲入，與薦山中半熟梅。

自題近詩　甲申〔一九四四年〕

埋首叢殘不計時，客來休訊我何為。生今為士天方棄，居賤傷時世共嗤。
促膝抱愁殊自賊，此身來日要能奇。風懷儘被胡塵奪，空向機中理亂絲。

雜詩　甲申〔一九四四年〕

靜室焚香氣鬱陶，紛生奇癢費爬搔。異鄉為樂徒增歎，晝夜矜詩轉覺豪。
一炷爐煙騰去夢，十年心火鑄霜刀。當時賈豎軒車載，真信儒冠誤汝曹。

桐柳陰中落日微，山禽呼唱去來飛。城南逋客難饒舌，靜裏詩心欲見幾。東野得官矜意氣，曹高食粟只癡肥。人間可樂多非幸，萬事不如今徑歸。

客懷　甲申〔一九四四年〕

客懷無地遣，歸夢帶煙凝。睡過夏日午，寒如行腳僧。藜羹殊未料，詩癖直須懲。獨步江亭去，呼天天不膺。

湘粵寇氛甚橫，思歸日亟，而願益難遂。向時師友不審，奚似懷土懷人，多所不堪。客路佳辰，愈增勞想，爰成怨歌，以自遣悶

甲申〔一九四四年〕

天南兵戰雲山頽，何時還我春風盃。枝頭冤禽啼不住，心上故人能幾來。
去日聲香長費夢，餘生胸抱不禁哀。今朝買酒和淚咽，忽覺迴腸生薄苔。
流雲莽蕩夕陽酣，觀物觀身各不堪。客路風光飄酒盞，小生懷抱似冰蠶。
速收文字酸寒味，歸去田園老死甘。鴛侶追呼更何日，漫移零夢向江南。

讀倦假寐 甲申〔一九四四年〕

癯儒伏書羅百憂，一忽雨如奔萬牛。皮相真思槁以死，入年略忘春與秋。

天半風雷破殘寐，眼前燈燭對搖頭。我人迂不辨麥菽，便合投身山水陬。

送劉持生赴渝，持生拾得香紅以歸，屬余詩載其事

甲申〔一九四四年〕

赤雲蓋頭人可憐，日晚送客城南偏。我來自東子同夢，河不容刀鳶戾天。
與采香紅資掌故，即煩文字致流傳。此行須挽地軸返，莫為珠翠愁山川。
詩客本無酬世方，送君一步一張皇。頻年取友向誰是，來日逢春分我香。
篋裏殘書如更售，杖頭樽酒寄來嘗。山城流火銷金石，執手相將淚忽霜。
逆搜奇句氣偏降，未始清愁筆可扛。此士靈風解生腋，一時花影欲成幢。
從吾遊者不挂眼，信誓皦然如此江。便擬同君掃殘劫，五湖春水入輕艭。

前詩意有未盡，以此足之　甲申（一九四四年）

六月十日歲甲申，劉子車馬西北巡。要我為詩送渠別，手未握管心酸辛。
去年秋半我纔至，挾策適館身衣鶉。自覺顏貌增老醜，坐臥動止殊艱屯。
賴有劉子日過往，喜私我者非無人。口誦經史手持槖，腹有寶怪居忘貧。
其表昂藏內娟秀，過鳥嫉妒花嬌嗔。吟作寒蟲泣風雨，筆亦霜刃披荊榛。
奮飛能上九萬里，大笑坐買三千春。高情不為眾所會，空有肝膽如星辰。
乃爾負書不顧去，腹內元氣逾振振。以謂儒書無所用，欲暫躡履遊天鈞。
詩人作吏亦可喜，詩事但莫委路塵。聞道郫筒酒絕美，正好雙飲眠香闉。
持生結縭在邇　他日都門再相見，知汝襟抱敷層銀。

幽人　甲申（一九四四年）

流星曳彩過山樓，旁有幽人擁鼻謳。良夜不風花穩睡，曲闌憑我月來謀。

十年左癖多為累，萬里高城易得秋。猶欲幺絃辨宮徵，祇今誰信汝無愁。

生朝述懷，以予季行役夙夜無寐為韻

甲申〔一九四四年〕

沈眠千日過，吁嗟誰起予。今晨天氣佳，茫然思我初。凝神窗下坐，奮拳心上攄。年年吸風露，生化同散樗。立塗匠不顧，舉足身焉如。文成世用武，於事殊已疏。徒費一池墨，草述東封書。磨刀向江滸，亦謂龍可屠。

有酒未為窮，負氣不知醉。罄囊辨餔啜，搔腹自鼓吹。良無巢穴隱，莫追綺里季。此地頗高寒，而我如墜廁。拈筆書性情，其言甚險詖。生身無盡奇，何日計始遂。

仍山冀得食，故此黔中行。豈不憚遠道，治我無涯生。茲來閱十月，幾見雙眼明。苦語日益工，肝膽如遭黥。時時風雨至，引頸三聲鳴。口舌本焦涸，音響逾彭亨。所懷千萬緒，觸處誰能名。虔誠禱天地，一旦收窮兵。

昨夜月生魄，歸夢墮寒碧。凌晨揩眼起，呼婦備筵席。一飲欲其亂，山嶽隨手劈。飄然歸去來，從此不于役。

日時心怦怦，出入足縮縮。本來地僻局，兼之雨霢霂。盡知行路難，吾駕豈不夙。鍊顏使障羞，受食每就蹴。誰惜我詞人，其傳窮百六。

哂我學書時，謂可潘陸亞。何期廿年中，屢取師友罵。胡猶鍥不捨，窮日繼以夜。真如逆嬰鱗，而冀倒啖蔗。載質名都來，投刺王門謝。拂袖山水遊，迎面魚鳥訝。翻然欲逃儒，奈未習耕稼。羨汝謝幼輿，置身丘壑罅。

華年丁喪亂，長刺森肌膚。窮愁不能賣，形容日以癯。毋忝爾所生，而每人揶揄。扁鵲撰心藥，未識今有無。願為千里足，化身時世須。

南天鴻雁行，飄零各何地。三年音訊斷，每飯心輒悸。余與兩兄自海角烽火後，不通音訊者三年矣。韓康與殷浩，舅甥欲不貳。貧賤而別離，維艱在同氣。夜夜星火明，耿耿難入寐。淒涼誦岵屺，父母早我棄。愁到天地翻，坐被文字累。戇直賦眾狙，朝三而暮四。自憐時益危，誰云世可避。惟思呂力張，一身萬方寄。堂堂兵車行，執殳長丈二。

微行　甲申（一九四四年）

閉門養拙人誰問，六月微行物色收。願駕殘陽促西落，每臨寒水欲南浮。天門風定為龍伏，塵世侯封出狗偷。多難長閑苦無賴，彼知我者謂何求。

偶成五字律三首　甲申〔一九四四年〕

未肯癡盡賣，偶然天與奇。寧妨生事迫，聊與故人知。江水綠於染，夕陽紅幾時。晚風歌木葉，一一笑嘻嘻。

語硬穿入石，窗虛危坐僧。蛀書日數葉，刻燭愁千層。怕夢夜不寐，忍寒心有冰。無關食枉米，自愛瘦如籐。

句律脫軌跡，鋒刃披叢殘。自覺詩情好，持與明君看。獨行如往日，一例冒奇寒。味在酸鹹外，時還拾古歡。

年年　甲申〔一九四四年〕

年年搓眼看收京，積力摩天竟未成。投懶得詩增落寞，種蘭於石使堅貞。

愁心被酒身忘在，天氣宜人晚向明。誰與登高招臂去，綠雲深處放歌聲。

長閑　甲申〔一九四四年〕

守望鏡中春，摩揩眼角塵。獨看千里月，疑負百年身。犯夜慣行露，矜才而上人。長閑筋力弛，何以對交親。

午睡不著，率成長句　甲申〔一九四四年〕

就榻南窗午景前，傍門高樹得秋先。高風擬款寒蟬入，薄被難安繡虎眠。乍換炎涼銷獨寐，側聞雞犬欲生天。山城無我逍遙地，莫待聲名上細氈。

憶武江諸朋好　甲申〔一九四四年〕

懷抱殊蕭索，門庭費掃除。益驚胡牧馬，非歎食無魚。江國聯遊地，秋風獨客居。仰天無過翼，空待故人書。

勝事　甲申〔一九四四年〕

入身窮髮惡禁持，愁絕粱生賸五噫。近被人稱十年句，忽如錐刺一燈時。賢王豈以斯為樂，勝事翻驚去莫追。行影江潭身落寞，欲憑寒水浸肝脾。

危學　甲申〔一九四四年〕

危學日不已，居心微覺奢。升沈百年事，甘苦一杯茶。客久素衣墨，眼明紅燭花。長歌俟來者，生也亦無涯。

初秋山行　甲申〔一九四四年〕

撼秋聲裏挾書行，多難登臨暗自驚。天岸奇峯蠶殘日，風前孤客俯重城。
狂言漫許詩能用，我輩都為世所輕。莫信南朝有人在，引吭吾欲向誰鳴。

新秋雜句　甲申〔一九四四年〕

六旬休暇意難舒，體氣昂藏夜發書。說與山妻天快亮，篝燈伴我注蟲魚。
山城高迴寒來早，厚自披衣未掩愁。夜半梧桐瀉繁露，亂鳴警鶴報新秋。
南國今年盛被兵，交親流散感難名。關心還有癡兒女，涕屑相看似隔生。
山亭是我瞞憂地，屢對清江欲自沈。茶苦酒悲詩眼倦，鬧陽煙雨倒晴陰。

翠柏幢幢密蓋頭，蛾眉天妒更誰尤。橫江清淺看人涉，安得漁翁借我舟。

弛坐中林古石龕，晴天秋暗鳥呢喃。一池淨淥無聊賴，荷葉輕浮衹兩三。

未遑修翼摩雲日，來倚窮山避劫塵。秋暖秋寒天反覆，綠零高柳莫思春。

秋晴苦寒　甲申（一九四四年）

寂寞窮山遠寄身，與為歡樂更無因。一寒便似水邊鶴，三月未逢心上人。

柳老風高疑滅性，日晴花放不成春。癡兒運斧從傷鼻，誤被人稱老斲輪。

山樓日課　甲申〔一九四四年〕

板壁蕭然靜課詩，風松篩雨淚漣洏。樓陰巧鳥窺人熟，錯認寒生是本師。

秋心　甲申〔一九四四年〕

不是尋常賦惱公，雞鳴婦歎我來東。花心抱影知難並，犢鼻當行亦願同。
落月滿山千里眼，斷雲橫雁一樓風。殘燈高樹荒寒地，宜若人間泣夜蟲。

亦謂隨時愛景光，頻來歲月不于常。橫過萬古無有世，細味十年知覺香。
比日國情逾駁雜，滿庭秋氣極悲涼。浮生且逐愁中樂，莫藉高城叩彼蒼。

年來無夢許忘身，蹋地呼天苦費人。長在山城望滄海，欲憑詩力挽花春。
層樓風雨聲殊響，當日雄奇事竟陳。毋抱琴書親柳影，殘蟬啼處易傷神。

屈蟠身手枕書堆，幾費文通賦恨才。斷雁棲雲與孤往，高樓期我更重來。
士之為用氣所積，道不可名心已哀。欲把奇愁散空闊，江天忽復放寒回。

秋前坐夜意蕭然，性僻因依地得偏。纖月入林虛物望，疾風啼葉倚人憐。
但甘茶飯不滋事，強忍窮愁休問天。舉眼東南星暗動，繩牀猶及放閑眠。

往往逢秋筆力添，若持金劍長威嚴。數奇亦可王侯傲，道勝無妨歲月淹。
屢就江湖開水鏡，洗空脂粉閟雲奩。過余冷客多能事，試與蘇仙鬥韻尖。

七月六夜記夢　甲申〔一九四四年〕

昨宵月晦風雨連，小儒凍坐疏櫺前。攤卷朗誦聲藹藹，頗覺目朗心泠然。
無何城頭擊柝淒以厲，欲與天闕風雨相周旋。使我漸感心目憊，手僵口噤如敗蟬。殘縈挸蕩催客寐，就榻忽上春風顛。有人語我甚祕怪，謂我原是赤腳仙。潛虛守默道萬古，惜偶動念牽塵緣。待叩名氏詢原委，不道轉眼人寂生寒煙。駭然覺來天未曉，胸膈若有千絲纏。自惟憂患日煎迫，避地未得煩冤蠲。愁來不省我是我，一夢那便能飛天。雖常欲拄九節杖，頓地大笑三千年。無奈御窮且乏術，何意爪舞身高騫。況夫神仙與人本同體，只是聰明正直無頗偏。非如俗言老不死，可與天地日月相洄沿。我殆蘁重根性亂，故爾魔魅得間來句延。本來近日怕夢夜睡短，豈料剎那又墮玄中玄。世人解祟書之眾，我重感此心旆懸。用復為詩表之以祛惑，欲其好自散向無盡無窮邊。

貴陽七夕　甲申〔一九四四年〕

萬里孤行事事哀，涉淇深歎子無媒。十年磨劍我安息，七夕繁霜星未回。

待放歌聲動河漢，忽無風月坐書堆。短竿殘夜書心狀，正要唐衢與哭來。

水亭風雨　甲申〔一九四四年〕

亂山黃落萬條枚，誰枕殘書臥水隈。風雨撼秋殊得地，窮通從古不關才。
廣徵文字分江氣，并卷雲天入酒杯。無奈歸途面塵俗，立門煙柳與低徊。

夜窗　甲申〔一九四四年〕

夜窗危坐意無窮，莫笑鯫生苦語工。能抱奇性驕富貴，何妨生事老魚蟲。
亂蛩啼損九分月，短筆欲開千石弓。唱破秋聲待天亮，心頭真火正熊熊。

次韻持生渝都寄懷長句，六疊其韻

甲申〔一九四四年〕

彼美西方韻愛纖，晚來書至兩情忺。墨凝冰紙森驚眼，鉤割秋波不用鐮。
寒夜鵲飛風亂逐，故人心遠語無厭。獨夫違世非高蹈，裹足閑門苦晦潛。

老生長欲手尖纖，觸熱敲冰孰與忺。袖卷毛錐思刺賊，道聽皮相語投鐮。
雲頭跌雨林影亂，江岸索魚秋水厭。來日塵勞更何若，可容寒碧與沈潛。

縫裳織錦指空纖，金線鍼愁汝豈忺。絕想招攜傾謔浪，與為雄邁脫鉤鐮。
冒寒散髮霜花插，如此清秋月色厭。莽蕩西風吹水響，蘆根疑有蟄龍潛。

吾生鈍骨削難纖，懷抱因君取次忺。儘覺詩情清勝水，無妨人道曲於鐮。
山城風葉終宵叫，京國車塵盡處厭。好傍紅妝步秋月，王符雖在不應潛。

高柳依門萬帶纖，離人即物思難恢。風行雲表豈須馬，霜斷草根如中鐮。
五石浮江期子共，一饞謀食幾時厭。索囊尚有數金產，置酒待招彭澤潛。

仰天同感雨廉纖，誰許愁心得暫恢。之子言歸送于野，詩腸磨後恐成鐮。
從知作吏多為累，取譬飲河聊自厭。似我飄浮文字海，赴河負石欲深潛。

月來　甲申（一九四四年）

月來苦辛極，心膽鎮瀝漉。駑駘久伏櫪，乃復任鞭朴。殊無藥救貧，惟夢蕉覆鹿。夫子果何為，作此僕逐逐。日烈側掌行，天漏沒蓋覆。或驕陽刺背，或凍雨射目。一走十里餘，得米不果腹。長飢鮮知味，啖糠當啖肉。生今而為儒，百倍輸販鬻。以學美其身，譬玉毀於櫝。淮海如再生，莫漫歎食粥。鞋破剗襪馳，踵裂血霢霂。昏暮賦狙還，蜷臥白板屋。藉詩發窮愁，長吟頞頻蹙。呼兒受面命，父書莫妄讀。不然遠勝我，害恐甚毒蝮。

試與學計贏，量珠千萬斛。此初為父語耳

貴陽秋思 甲申〔一九四四年〕

貴陽城南秋意深，雨雲壓頭風撲林。高桐綠散鳥飛去，江水寒響天平沉。

遠客裏愁露地坐，十年衣褐今且破。古來于役不知期，怒放心聲抵窮餓。

夜寒坐旦窺天久，雙目憐心心問口。山妻呼我且歸眠，明旦得錢莫沽酒。

取婦頗厭賢智人，我輩豈合長食貧。雖然累歲不稱意，尚得管城留住春。

陳蕃但欲天下掃，一室污糟何足道。明當刷翼舉風雲，不使身名似秋草。

東籬稚菊寒未芽，詩客摩眼開千花。橫抽健筆落繭紙，寫一萬言星漢斜。

入眼秋容添老蒼，懷歸欲渡河無梁。今年事事不堪說，兵氣入南天雨霜。彎弧放步踼枳棘，舉首雲衢射飛翼。貧賤交親殊未來，欲駕潛鱗窮地脈。

戲為三五七言體二首 甲申〔一九四四年〕

桐葉墮，邊雁過。合眼夢鄉閭，歸身何日可。暮雲飛去不思還，一盤霜月照高臥。

殘夢收，霜月流。疏柳鳥摽影，一寒心折秋。行人夜起待天曙，倘借曉風吹散愁。

過鄰叟夜談　甲申（一九四四年）

夜過鄰叟倦談經，苔石清涼對曲肱。天月入林牽萬線，客愁迎霧漲千層。難分白黑人間世，歸伴春紅柳底燈。板閣枯居陳仲子，狂吟猶是氣稜稜。

秋窗風雨　甲申（一九四四年）

秋窗涼夜一經參，誰信茹荼似薺甘。稍想香紅生眼底，亂鳴風雨夢江南。春秋過往人閑着，寤寐荒唐意豈堪。猶自憂時心未息，欲尋佳士恣狂談。

次夜有月　甲申（一九四四年）

盡除濫劣事難能，飲墨從來不計升。北齊〈策秀才書〉有：濫劣者飲墨水一升。　坐我秋窗最宜夜，入簾山月若為朋。欲成善士須忘世，失喜詩心漸有稜。閑抱殘篇商略細，未須雲榜姓名登。

課罷雨晴，水口寺江樓茗坐　甲申〔一九四四年〕

謀道非時眾共譁，洗心端賴手頭茶。愁邊青眼起紅暈，雨後黃流堆白花。
寒日餘光殊黯澹，斷崖風木恣橫斜。十年英氣容徐吐，竦立危樓手八叉。

為酒　甲申〔一九四四年〕

投荒幾得醉顏紅，為酒尋懽事已空。籬角秋花仍澹薄，杯中人影忽豪雄。
開天作局將何日，按指鳴琴覺有風。仰對殘陽吹劍首，此身疑化入雲虹。

絕句　甲申〔一九四四年〕

潛虛不欲更為詩，樓角來禽冷見窺。靜看霜花從定性，更無人會我閑時。

遣興　甲申〔一九四四年〕

屢欲追回失腳春，結鄰花竹倘能神。生才忍作功名具，知我最宜詩酒人。
道路兵塵無了日，江湖秋雨乞歸身。成心舉似陶元亮，正要漁郎引避秦。

南明河晚步　甲申〔一九四四年〕

晚來取意尋幽去，落木蕭蕭氣不平。雨後寒江宜客眼，水中明月盪秋聲。
詩心一觸箭隨發，筆力若能風並行。人間得失關何事，容我文章壓老生。

寄劉持生重慶　甲申（一九四四年）

袂冷窗虛靜屬文，散憂無酒夜中分。山城清照千秋月，籬菊黃開數隊雲。
誤讀儒書原可醜，驚飛寒鵲不成羣。前林葉亂西風緊，不惜深題寄與君。

奇愁　甲申（一九四四年）

莫信峑岷可自媒，即今誰勸掌中杯。思春成日心飄蕩，息影閑門鳥去來。
萬事只堪雙白眼，九秋猶放數聲雷。小人有物誰知得，腹裏奇愁亂作堆。

貴陽中秋　甲申（一九四四年）

側身窮塞不容抽，離亂追歡可自由。客子逢辰增別淚，山城今夕是中秋。
橫江浮月夜三鼓，是夜三更後始見月　籬菊試花霜滿頭。宜有幽人共乘興，交攜雙影入扁舟。

杖竹支風意苦辛，銷凝吾待向誰親。獨看圓月難謀餅，自嫁耑氓衹食貧。
東壁蟲聲啼損耳，南天星氣欲生春。十年身世殊蕭瑟，慚對臨邛漉酒人。

冥行何地寄儒先，惻惻窮寒異往年。濁酒攬情詩怒放，亂山銜月我無眠。
微茫兵氣遙生眼，抽引愁絲便接天。憂患紛乘寧有豸，明朝試筆寫花箋。

過葉元龍先生　甲申〔一九四四年〕

懷遠悲秋事未捐，雨雲濃重壓雙肩。欲憑苦鹵醃肝肺，不放哀歌昏海天。
世路功名寧挂眼，我人行在似逃禪。囊詩便訪真龍去，躡履披衣意灑然。

清夜對月　甲申〔一九四四年〕

累歲關河孰與親，每更憂患長精神。久矜懷抱能涵世，不道窮愁乃過人。
文字真香回喘息，友朋今夕各酸辛。天門風月無邊白，誰勸銀壺酒入唇。

石公臥病貴陽，以此解之　甲申〔一九四四年〕

莫尋舊夢過江南，滿眼滔滔暴易貪。世味中人殊有毒，今朝茹苦要能甘。
快憑筆力驅貧病，好與旗亭劇笑談。書架層層付蛛網，殘經久待石公參。

枯居　甲申〔一九四四年〕

枯居懷遠意茫茫，倚竹憂幽是故常。幾日吟懷初織錦，一庭秋葉不禁霜。
投閑未許心能廣，怕夢無何夜已長。聞道湖南龍詰屈，湘雲楚水鬱蒼蒼。

絕句　八九月之交作　甲申〔一九四四年〕

冷客除詩他不知，西風斜日自支頤。十年紅豔甘飄蕩，漫寫羊裙寄我為。

為論初成〈廣絕交〉，城隅日落自封茅。筆酣墨飽天同健，勝與揚雲作〈解嘲〉。

坐久聞香行看菊，吟狂擁鼻欲忘形。迴身四顧無誰在，愁見楊枝抵死青。

投荒無日得懷寬，自琢新詞不耐看。閑步江干霜氣動，月明秋水夜空寒。

霧散天開日在東，閑窗睡足怨難窮。撩情最恨枝頭鳥，浪向離人唱惱公。

萬里孤城鼓角鳴，予懷一任客愁橫。從知憂患傷人易，更此山樓聽雨聲。

窮愁苦訴最宜詩，行處湖山有許悲。囊底餘錢快沽酒，逢人休問世安危。

山國秋深月色姝，姮娥寧似此心孤。自憐詩熟終難食，須信逃楊一是愚。

杯盤草草倩誰陪，酒後身溫夢在催。錦被夜寒風雨橫，一行哀樂到頭來。

桐陰褪綠雨濃濃，入眼秋光漸改容。幾日闌干憑不了，西風時送隔林鐘。

地僻天荒雨貫心，蟲聲掩抑夜沈沈。殘書上口排闥去，探手重寒深復深。

世變難期日再中，幼安曾此適遼東。十年書卷聲金石，不敵秋窗一夕風。

沮溺休誇世可逋，稽天大浸我其魚。傷離憫亂無窮事，說與天君亦豈須。

一往沈吟忘歲年，細追前事總成煙。閑歌和答秋聲數，不省身鄰若箇邊。

彈來幽恨覺層層，四壁蕭疏不到蠅。風動夜寒詩未就，流螢羞過讀書燈。

夜寒燈任蛾溫體，心倦天教雨打窗。挺氣凝神按書卷，真能威攝毒龍降。

遣興　甲申（一九四四年）

避熱霜花背日開，虹梁秋雨看潮回。雖無甘味猶能飯，不道閑情卻已灰。

搜篋得錢思使酒，望鄉於此別無臺。天門暮靄重重合，徙倚閑門客莫猜。

余素不慣晝寢，爾日午睡，一夢至晚

甲申〔一九四四年〕

許掾原為濟勝才，只今懷抱著塵埃。愁邊故國枕中失，望裏夕陽天外頹。
明月已懸山斷處，詩人小隱城南隈。難得夜晴兼睡足，桐陰石凳坐莓苔。

寒夜讀書，三鼓後風雨甚厲。頹然就榻，蓋被蒙頭，粗成一律

甲申〔一九四四年〕

林薄風高未掩關，小人正欲忍千艱。待批晦氣閑邀月，並割寒雲與錬顏。
一雨徹宵征夢寐，十年錘劍此江山。明朝刻意賦秋興，傾聽轉如聞佩環。

買茶 甲申（一九四四年）

攬鏡觀真意莫宣，客愁秋事苦相煎。茶能媚舌心逾渴，士不逢時詩自憐。
挾策驚風寒傍火，停杯摩眼欲呼天。凝看漠漠東南路，一別故人今八年。

野行 甲申（一九四四年）

向晚披衣過野塘，獨行誰識我投荒。兒童擲石打飛鳥，草樹斂容矜夕陽。
欲仕更無三語掾，為圖休取九秋光。仰天猶未乞身得，羨煞牛羊歸徑忙。

茅簷枯坐，憮然有作 甲申（一九四四年）

茅簷雲馳風入樓，何人獨懷千歲憂。論寒突過孟貞曜，落筆要如秦少游。
趁閑未得好書讀，斂形枯坐窮山秋。欲棄儒衣買香去，絳紗蒙面錦纏頭。

悶雨　甲申〔一九四四年〕

去年一雨六旬餘，自我言之談虎如。行矣高唐誰更夢，油然旌旆此來初。
已成天漏秋如海，大恐人沈我亦魚。坐對羣書貧至骨，癡於高鳳守儲胥。

看天　甲申〔一九四四年〕

看天寧復見春痕，翁伯無因與雪冤。客路風埃渾不定，侯門仁義自長存。
寒林歸鳥猶占竹，空谷佳人未有邨。難洗愁心祛盡惑，豈能瞞恨更忘言。

吟夜　甲申〔一九四四年〕

行人吟夜有餘噫，堪與蘭成較苦危。風雁欲投雙袖宿，我顏羞被一燈知。
沈冥肝肺須茶酒，索落人天只歲時。橫豎兼旬無好夢，待探餘墨潑朝曦。

曉行風雨中，長歌自放　甲申（一九四四年）

侵晨陰雨苦寒行，使勁狂風擬拔城。坐忍漢江長委敵，欲陳懷抱盛論兵。
尋常直道防多折，三十中郎倘有成。待挽英雄登廣武，開張雙眼看澄清。

忍凍　甲申（一九四四年）

蟫書忍凍又連旬，指望山城定孰親。文字每多光怪象，功名都付往來人。
莫尋寒水深沈陸，或見秋陽便獻身。閑執兩端推近遠，高才高位隔塵塵。

自笑　甲申（一九四四年）

行身自笑頂空摩，頗悔花間掉臂過。癡絕未忘天下事，飢來難拾隴頭禾。
更無餘地容伸足，且逆西風浪放歌。今夕長空露纖月，似余雙角要研磨。

雜詩　甲申〔一九四四年〕

澄心蚓食更誰哀，形色揄揚定不才。臨睨欲盟無岸水，忍聲頻舉養魂盃。
長風收雨移涼入，曲檻延秋佇月來。貿貿雪霜行復及，可容胸抱百花開。
怡性潛真諷楚騷，十年依樣笑青袍。藏隍覆鹿毋寧誤，移夢還山更幾遭。
手撥重寒天與健，目空餘子氣能豪。草玄試問人誰讀，待向王祥乞佩刀。

有待不至　甲申〔一九四四年〕

初日樓臺東復東，臨高心眼力交窮。長年落雁稽人望，可得西風用折衷。

水口寺酒壚小飲　甲申〔一九四四年〕

杜門炊飯久茹辛，何事壚邊見此身。落日滿江紅勝火，攤書捫腹爛於銀。
及關李叟舒長歎，入市荊卿友酒人。斜倚危欄望江水，一腔沈恨正粼粼。

秋宵吟　甲申〔一九四四年〕

長河星動風飄山，夜氣莽蕩秋殘頑。行人袖手出門去，曳影緩過楊柳灣。
灣在次南門河濱堂下
回抱冥茫天壁立，霜月欲沒寒蛩泣。城南鼓柝聲悲
涼，入門霧重吟頭溼。室人酣睡呼不膺，愁見堆架書層層。低徊咿唔曙未
曙，取暖悄傍秋風燈。濡毫落筆寒生紙，點點滴出文章髓。十年食苦而誰
何，明日山頭驕子美。

曼歌四首 哀國情也 甲申〔一九四四年〕

浮雲西北望難真，徙倚高樓夜向晨。綺札納裹無賸字，簾風驚夢不成春。
橫塘可渡須香象，騷客何由見美人。任是東隣窺玉久，臣心行處只輪囷。

燈暗樓臺雁影橫，紅羅香散夜寒生。自憐久客知秋信，忍聽疏桐墮葉聲。
四野蟲沙殊未極，一簾霜月若為情。年年矜獨誰真惜，窗格交疏坐到明。

金堂閑夢燭搖紅，四壁輕明日再東。簷際落禽身徑起，城隅搔首怨難窮。
無多顏色回天視，賸覺離懷費酒攻。轉步旗亭就杯盞，晴空陰動九秋風。

年時影事看無痕，坐擁牢愁酒滿樽。雲海文麟思出水，秋山紅葉忽飄魂。
所懷萬緒都成罪，寄與千詩未盡言。遙想昆靈池上泛，涼風激水影翩翻。

夜泛　甲申（一九四四年）

晚來軟飽一事無，樓陰忽有山禽呼。索錢買船夜發篋，刻意尋詩秋泛湖。
水光繞槳移影去，霜月出林如我臞。乘興逍遙到天亮，泠泠入市手提壺。

晨坐　甲申（一九四四年）

弱齡去國歸猶未，安得好風予我便。黃鶴警時啼不絕，綠雲和夢去無邊。
人前開口知多敗，愁裏將詩過十年。待擺塵樊脫羈勒，營金樓子醉花天。
十年為客夢刀頭，路誠難行殊未休。草玄投閣不曉事，懷遠傷高無限愁。
按轆轤劍欲驚座，聽楊柳風從送秋。城南昨夜烏啼急，曉坐沈吟何處樓。

秋夜即事　甲申〔一九四四年〕

未必懷安始敗名，尋常飲墨到天明。屋天席地無家子，刻意吟秋變徵聲。
今夕林巒雖解好，傾城顏色諱言情。從來潁水多能事，應有高人笑此傖。

野行　甲申〔一九四四年〕

閉門覓句空自苦，雨過從思雲水遊。躡履影行楊柳岸，浮嵐腰斷故山秋。
鳥飛魚躍物能反，道喪心謀人浪愁。不忍沈吟十年事，袖攜風葉過花洲。

水口寺暮歸　甲申〔一九四四年〕

拂霧批風怨落暉，頻年行住意多違。一峯突起雲高蹈，萬木交呼鳥散飛。
事與浮花俱滅沒，韻於秋水故沈微。長天煩視人間世，肯聽癡兒說是非。

某夕病瘧甚劇，稍蘇有詩　甲申〔一九四四年〕

想望江山有至哀，搓摩懷抱制奔雷。喉中七字和而婉，心上千花冷不開。
事待我為何敢死，夢還家遠忽收回。伏魔那要三年艾，又放長歌近酒盃。

天寒酒薄，殘日登原　甲申〔一九四四年〕

擎杯擊節自加餐，酒薄秋高淚落盤。零雨回晴尚寒極，重裘猶怯況衣單。
惟書伴我人方棄，倚筆干雲事已難。發憤登原心萬古，西風斜日望長安。

江干薄遊　甲申〔一九四四年〕

委曲澄江淺見沙，長松疏柳鳥飛斜。天風被水書成字，病手攀條不到花。
一意思為晉人物，十年都做冷生涯。未酬家國慚還往，何望嬉遊出有車。

登臺　甲申〔一九四四年〕

塞門未了人間事，心與天游亦自猜。陌上草衰猶刺日，城南秋勝試登臺。
遲留叢菊盡英發，莽蕩少年無數來。還采金精納懷袖，毫端花放此胚胎。

九日　甲申〔一九四四年〕

被酒登原一欠伸，六龍須與洗兵塵。千林急雨辭秋葉，九日山亭避劫身。
天外交親纔轉臆，眼前風色不宜人。狂歌未許寬愁病，如此安成雪涕新。

重讀玉谿生詩，漫成一絕　甲申〔一九四四年〕

年時私愛近猶婪，夜靜燈明屏息參。便入西江分勺水，未須全廢李樊南。

夜晴月好，寒殊未退，南窗擁卷，遂爾忘睡

甲申〔一九四四年〕

敗柳高寒秋氣横，城頭忽已報殘更。霜風刻骨頻咀齒，鼯鼠學人如此聲。

休笑乞兒搬漆盌，須知其味勝新橙。微吟低逗浮簾月，莫向濃雲隊裏行。

次夜又作

甲申〔一九四四年〕

累年不入春風埸，持家避胡殊未央。今夕無風步山月，落星如雨放寒芒。

投荒閒卻簪花手，就枕何來養睡方。默擁重衾數呼吸，亂蛩啼處致猖狂。

貴陽晚秋雜詩二十六首

甲申〔一九四四年〕

板屋卑棲背日暄，佳人休怨閉長門。吾詩知欠平和氣，此意難為爾汝言。

寒鵲爭枝穿暗綠，秋山酣睡夢黃昏。尋常即物千悲湧，未到行歌已斷魂。

游心思與物相先，失路冥行汝豈前。盡篋恆無十金產，長雲陰閉九秋天。

為言歲月真當仕，無奈頭顱不肯圓。瞑近山城休送目，未燈樓閣怯風煙。

仍山難食河難飲，塵垢粃糠真不該。倦容一身多物累，閑門三月放秋來。

投蚊睫宿巢將墮，與酒人遊意已哀。泥濁水深歌獨漉，坐愁襟抱白皚皚。

離離燈火破眠時，昔昔沈吟哀以思。月下秋蟲聲不定，樓頭人影子為誰。

繁霜繞樹光潛動，亂葉鼞風氣未衰。萬里山河警心目，可容唾手去扶危。

十年于役臣將壯，文字聲香欲一新。深抑離懷狂使酒，近如昨夢亦成塵。

天門缺月寒如我，眼角秋光漫勝春。說與剛腸劉越石，握中懸璧莫持人。

被風愁湧孰能禁，酒冷銀壺苦費斟。事盡可非人突兀，誰相言者夜沈吟。

玉成詩客兼年夢，天與澄空片月心。冷落生涯自知得，明朝送雁手揮琴。

初日輕寒獨倚橋，地鄰南市怯塵囂。閑情都已因年減，秋色還能向我饒。

警覺碧雲橫影逝，斷無紅袖滿樓招。澄江煙柳依前綠，折畀征夫去度遼。

寒江澄碧渺來帆，懷遠成書卻不緘。拉雜摧燒珠玉盡，芴芒顧料婦兒饞。

欲矜名氣私王令，難得鄉人作狗監。未信狂癡多折閱，試於秋雨坐巉巖。

斜日尋幽見物華，短亭秋晚數歸鴉。相將裙帶移香入，冷落衣冠對水嗟。

久客千詩排歲月，平林多事長煙花。了無可樂歸來是，白屋篝燈夜煮茶。

瞞憂頓覺酒盃寬，有口莫歌來日難。向人寂處竹杖倚，立山盡頭秋雨寒。

閑呼語鵲休饒舌，方駕頹雲穩據鞍。當日龍飛王子晉，可能留意與盤桓。

往日詅癡今自珍，祕藏詩句不持人。驚心出弩靶叉雨，憶我平生江海親。
行處風波誰惜者，明時身手倘能神。如干秋色扶頭向，無復當年折角巾。

撾腹無因又放歌，跨風失足奈誰何。薄遊得句貧而富，往事驚心一已多。
習苦久知身木石，憑高層見我山河。蘼蕪上下年時路，想有寒雲剗地過。

御窮猶是故裳衣，九月亭皋倚翠微。儕輩大多跨馬去，此時不擬競風飛。
一吟一笑樂方永，自北自南秋且歸。欲起夷齊商去就，山山今日采無薇。

屢聽密林寒起鐘，何時喝斷臥波龍。頑軀漸覺皮貼骨，此地可無花忍冬。
短袖不堪人納手，高丘端要女為容。靈均自艾非揚己，明日酒泉須乞封。

賤工無日不言愁，放眼凝看有限秋。短管欲凌風直上，此身猶住屋西頭。
漫將盞底沈憂飲，好與人間冷客遊。便訪東平子劉子，淡煙稀樹對冥搜。

書燈垂燼化成丹，欲競玄珠各走盤。末路人心憐左轉，南朝花樹倚偏安。
盧中吟膝難深抱，竹底秋風忽送寒。焉得神工闢天地，劇崖傾海捋鬚看。

避地恍如秋後蠅，濁醪宵解抱心冰。煩醫俗子腸千段，補飲山人墨一升。
逃實返虛真有守，重寒深樹亦成層。欲知功侯今何若，請看遲明尚在燈。

寒霜客地累年逢，惟爾人閑心益忡。生不逢堯歌白石，吾將適楚乞黃封。
客來所語俱增恨，宵飲而誰與擊鐘。懶慢嵇康鎩翮久，未知其性果猶龍。

向晚呼茶入短亭，披風楊柳翠零丁。充身固疾徐推手，環我寒山欲撤屏。

萬里逢秋兩行淚，數花瀕水一池星。歸來就硯旋研墨，夜半蕭齋自作銘。

原草黃枯我亦饑，獨行誰許賦來歸。江心寒浪和愁湧，林表啼烏負婦飛。

習氣臨風思盡擲，密雲銜日欲重圍。八年遁劫千詩就，只是拏空願力非。

林陰中夜有鳴尨，大呂黃鐘挺筆撞。月滿清簾人好在，花嬌英氣孰能降。

朱紘委婉知難復，憂恨沉藏與力扛。往事從今莫須憶，盪胸七寶過幢幢。

人天奇趣屢思兼，自喜書淫不害廉。把卷目迷殊未合，冒寒衣薄豈知添。

霜風撲落天行健，詩骨粗疏律甚嚴。他日行身有餘地，東坡須出一頭尖。

藏胸塊壘百千盤，向日雄奇夢已殘。悄倚秋窗懷歲月，若為霜刃驗心肝。

繩牀擁被詩猶祟，繭足纔溫夜已闌。睡起晴空日亭午，重憑樽酒話悲歡。

故國河山東復東，行人心眼日盲聾。閑中好夢祈三復，望裏殘陽莫再中。
酒力勢難驅累悶，夜吟哀遠過秋蟲。林端霜月亭亭上，不道書燈在怯風。

十年人事隨帆轉，惟有殘書未忍分。望裏秋風還抹月，夢中梨樹不成雲。
當時餘子都名世，終古高文勝策勳。抱膝長吟自忘食，莫嗟為學枉心勤。

人爵從知要力拋，野中死麕莫包茅。文章不入鑞金手，官貴終同瑟柱膠。
閑過空山尋石友，稍分餘墨溼花梢。尋歡肯信長無地，東海焦冥亦有巢。

傷秋　甲申（一九四四年）

寒雲四流山插天，惡雨黏地秋沈眠。長林木木盡脫骨，有客掩淚愁山川。
廿年耽道學絕學，竟墮西塞張空拳。頻舒心眼向空闊，熊熊烽火驅流年。

迴睇勁羽首垂臆，重與賈豎相周旋。登城恐有蒼鵝起，望遠每覺青睛穿。
植材早擬備國用，忍凍不敢招人憐。好手宜將殺盡賊，無劍亦要揮神拳。
何事輒為惡詩賦，誂擎邢魏爭化權。道旁白楊雖槁立，尚以骨幹搖風煙。
況我南方之強者，可不山立千夫前。甚時食肉飯斗米，橫戈捍國身貞堅。
或跨香象截急流，睥睨上水下水船。警傳桂林月不照，衡陽雁絕城沈淵。
慨然欲買椎秦手，搜篋奈沒黃金錢。噫吁嘻！悔不當年事貨殖，使我心中易事行不得。

次答葉元龍先生用山谷韻見寄　甲申（一九四四年）

擁書心眼疲，舉足風雨困。閟藏避世喧，那得占無悶。鼓動五內熱，商略九重醞。歙吟換宮羽，陰陽競輕俊。成章不語客，非妄亦非吝。毋或如婦人，遠怨近不遜。白屋私自存，屢撥篝中燼。明公屑我以，折簡韻秋信。

投分宵叩門，艾艾意詎盡。請問三重階，莓苔添幾印。

怨詩五章　甲申〔一九四四年〕

天水對空寒，沈藏心日拙。嚴霜氣慘慄，越月日不出。憶我兒時事，形神悅盡失。家無樹穀地，倉皇際窮罰。噫伯兮叔兮，相視譬秦越。生材本猶人，而天胡不恤。罪言思父母，踊蹈以自拔。

力役給妻孥，過客笑不置。行秋踐霜刃，我亦有兄弟。無人寄書得，等待過翼繫。何知地極偏，候雁飛不至。三年苦離別，榮名若為累。憑高以目逆，淚落恍中刺。

友朋益零落，天地長風霜。時時泣歧路，伊我非亡羊。猿鶴劇嘯唳，醜虜

還陸梁。殺人須抵罪，佳兵原不祥。沈思汗漫情，猶聞詩酒香。何時復相
及，心甚刀劍傷。

支牀祇立骨，哦詩寒聳肩。情非道不勝，食惡宵無眠。十年苦行路，雙腳
常生煙。雖然學已益，無乃窮可憐。處身無適地，巖壑空蒼堅。安得續堯
夢，一忽能攀天。

黃圖甚坼裂，豈獨悲無家。外豺內狐鼠，暴亂長交加。城野滿膏血，閭巷
多虺蛇。日時歎復歎，兩眼寒生花。皮亡毛孰附，心鑿如蜂衙。何時殲厥
魁，鼛鼓吾先撾。

《海藏樓詩》十三卷本初面世，石公好事，着友好自滬將原書解圻，分十餘函寄貴陽。裝成視余，因題其後　甲申〔一九四四年〕

百年事業在雕肝，心死休傷盟易寒。時日深期羿來射，強臺寧許汝居安。
金堪擲地終埋沒，人豈迴天況老殘。行有英雄出江漢，一篙春水走曹瞞。

次韻元龍先生重陽日作　甲申〔一九四四年〕

待逆山公習池上，詎知佳節獨當樓。野亭歎水綠無岸，楓葉舞山紅盡頭。
莫詡濁醪能潤肺，極知傾世不宜秋。臨高自摸頭顱笑，那日欄邊見我不。

夜讀《伏敔堂詩》，因效其體　甲申（一九四四年）

伏敔堂詩猶虎然，亞匏子尹難相先。是人讀竟五萬卷，原詩：「因授一編書，實維四庫目。目隸五萬卷，卅年乃竟讀。」其意欲無三百年。天之於民怪多取，我亦如公窮可憐。絕惜至文人棄久，寒宵孤賞眼雙穿。

月餘不入市，炳瀚見過，頗以為念。頃復愁雨裹足，閉户酣吟者經旬矣　甲申（一九四四年）

城南山水脫鈎連，閉戶酣吟欲自專。塵事都如秋後雨，道心新入醉中禪。沈冥節序知何世，怫鬱牢憂不問天。說與吾宗憑決訟，炳瀚業律師　云云休道豈其然。

雨中過尹石公談詩，有所論列，以此答之

甲申（一九四四年）

斷續哀絲亂軋機，怪公猶道我詩肥。重爻廣易天彌遠，三十成文計恐非。

雨脚朋從聊兀傲，道心錘破見沈微。近來筆力真何似，木末風高鳥退飛。

日日山城望過鴻，離心得句欠豪雄。待登鄭綮驢兒背，與共康成馬首東。

短筆難書十年事，狂歌須撼九秋風。從來未養精光滿，那得人前氣吐虹。

欹坐

甲申（一九四四年）

欹坐危於跛腳鐺，十年謀道了無成。可憐世路談玄口，工作嬌兒索乳聲。

歸夢天攔思地遁，吟身山立以雷鳴。硯池泛起駭人浪，擲筆儼如舟樣橫。

倚竹　甲申〔一九四四年〕

倚竹望行客，弄姿時世乖。霜風撾木葉，城影壓秋街。得酒從滋事，因江借作懷。雙垂荊棘手，難忘撥陰霾。

竹莊圖　為孫亢曾文作　甲申〔一九四四年〕

風木驚心雨腳粗，障燈夜讀〈竹莊圖〉。平生未了林泉願，安得閑身與子俱。

澄淥當門穩繫舟，浮嵐飛翠落芳洲。移樽入竹譜秋韻，勝與專城居上頭。

一篙旁插刺船餘，采藻歸來萬累除。想見吟身斜抱膝，虹梁秋雨閉門居。

愁邊　甲申〔一九四四年〕

愁邊長爪摸頭顱，自笑身心日益迂。靜室微聞兵氣近，危絃新借雨聲粗。
頻年轉徙渾無地，於此寧容更避胡。行處流民滿坑谷，介夫真箇畫來無。

夜過葉公談藝，口誦李獨清和渠重九詩，感音而歎與獨清遊，固未嘗相與酬贈也。歸後成此，特以挑之　甲申〔一九四四年〕

晚邀吳子希之從龍去，為我誦君重九吟。此手欲能方地脈，其聲感不絕予心。入門強豁未花眼，引綫妄穿無鼻針。明日宣陽陳伯玉，食前當眾碎胡琴。

迴飈　甲申（一九四四年）

迴飈狂厲雨飄蕭，橫潦來迎心上潮。事不能堪有如此，詩雖可廢奈無聊。
重寒裂肉天將墮，一士奇窮氣未銷。見我舊家松竹否，重山複水路迢迢。

水口寺授課傷足　甲申（一九四四年）

累累迷陽卻曲行，亭皋縮創但吞聲。無人置榻容伸足，嗟我詅癡只敗名。
君子于征歌不日，道心纔勝又聞兵。韓公大得真何有，欲著唐經竟不成。

迎寒　甲申（一九四四年）

筆鋒何日破愁圍，一念年時萬事非。飲水樂天躬自賊，迎寒倚竹意長違。
胸中河漢將橫決，句裏風霜欲散飛。兄弟三人各鄉縣，御窮空望故山薇。

西北行雜詩　以下入赤水作（一）　甲申（一九四四年）

甲申秋杪，桂林柳州同日棄守。寇自柳州北指，陷宜山，竄金城江，取河池，下南丹，奔六寨，入獨山，迫都勻。旬日之間，突進千里。貴陽警急，舉國喧騰，咸驚大難將至，置身無地。余乃於風雪之夕，倒篋翻箱，抱兒扶婦，未曉茫行。歷息烽、遵義、仁懷、古藺而至赤水。沿途卻曲崎嶇，霜風雪雨。懸崖倒澗，險陂奔灘，可謂極山川之傾危，迫肝腸使碎裂矣。凡所經歷，呂仲悌致嵇蕃書云云，彌有未逮。余生小耽詩，本多述作。乃以疲乏顛頓，操筆無時，偶得零句，旋踵而失。既抵此間，疲憊稍蘇，自念不可無以紀行。乃研淚冥想，都成六首，不自審其音何若也。

頻年哀樂本無常，強忍離懷夜束裝。八面風霜驕朔氣，五更鐙火放寒芒。

抱兒持婦背書篋，犯曉衝寒穿雪光。失怪平生腰腳健，胡然卻曲貴山陽。

（二）先嚴於〈修竹園詩前集摘句圖〉注云：「以下避兵離貴陽至赤水作，歲將闌矣。時夜大雪，急遽整裝，凌晨起行。」

塞川夷岳計難成，如許窮愁更避兵。莫向穹蒼訴今日，慣於長夜坐平明。

萬山當路憑誰斫，一洞通天放我行。過懷陽洞　喝雨吸風朝以暮，哦詩非復故時聲。

生年滿百只增憂，留此身形何所求。亂岫拂雲天頓盪，雪花披樹鳥夷猶。

牛欄擁被難成夢，自貴陽入赤水，時時步行，山道絕險，凡二十餘日始達。嘗夜睡牛欄旁，以禾稿席地而臥。石虎橫江欲噬舟。自二郎灘至猿猴鄉，舟行驚險萬狀，下灘船換一七十老翁掌舵，舟之兩旁，距石峽僅寸許耳。

悚息冥思去來路，警如霜刃剚心頭。

寒不違衣飢不食，此行非是接春還。十年浪負縱橫氣，千里爬行上下山。

自楓香壩至茅台山，上下陂陀，俯仰千丈，稍一蹉跌，碎骨粉身，有時須側身抱石而過山中險窄之徑也。剗地風煙天殆慟，居身木石我寧頑。捫懷瘦到心頭血，安得神丹與鍊顏。

洗髓湔愁酒滿樽，連旬顛躓欲鳴冤。計時二十餘日始達赤水　孤生早悔根移地，懷遠何嘗夢有痕。舉足忘身此何日，逢人驚我不能言。來朝袖筆江頭望，即要成章奏九閽。

如干懷抱向誰陳，喘息窮山百欠呻。留命得詩增涕淚，面城呼酒幾風塵。屏營劫外初思痛，容易人間再得春。犂石鋤雲從卜宅，試邀田叟與為鄰。

附記：是役嘗宿仁懷縣茅台鎮，飲茅台酒兩瓶。

夜坐　甲申（一九四四年）

胸抱誰能測，藏身又水隈。窮奇還避地，痛極不成哀。無酒難諧夢，將詩只費才。忍寒長夜坐，合眼百花開。

問米　甲申（一九四四年）

投荒幾得醉顏紅，掉臂孤行笑此躬。毋使良駒長負重，孰知佳士不能窮。過門問米飢難食，倚壁看天雨又風。向我於人最貞亮，祇今言笑更誰同。

課詩　甲申（一九四四年）

然脂弄筆意紛更，詩與流傳世已輕。逼仄為生虛日月，沈酣留夢入功名。十年多負交親望，萬籟同歸涕淚聲。倦眼臨書隔層霧，華燈誰借九枝明。

次夜又作　甲申〔一九四四年〕

坐尋舊事憶風塵，面對疏檽孰與親。亂木交呼疑有警，寒花千放不成春。
月沈燈燼休搖筆，意古言多衹誤人。此去吾家路多少，江山回夢看難真。

郊行　甲申〔一九四四年〕

側帽支風踐雪行，寒禽撲踔向人鳴。去家萬里天如夢，觸事千端手已荊。
失路兵車殊未返，盪胸英氣正難平。殘冬山木時驚叫，如向蒼蒼問死生。

江頭放步　甲申〔一九四四年〕

潛居忍性蟄如蟲，放步江頭路不通。大道於今時有穽，衝喉元氣吐成虹。
胸中沸血從翻浪，天岸雲帆要反風。遠水浴鳧無世患，吾身思與寄空濛。

戒途　甲申（一九四四年）

窮山索食費工夫，負米還時日已晡。往事低徊雙別淚，殘書零亂一詩臞。
淒然裹足蹲上榻，定許逢花須戒途。粗糲納懷難暖飽，愧君還想夢蘧蘧。

入市　甲申（一九四四年）

飲淚呼天者誰子，挪移冠帶欲何之。窮山有我應生色，鬧市行身不入時。
死者有知將戮耳，貧雖非病更難醫。人間何世君休問，好傍糟牀恣酒悲。

邊城　甲申（一九四四年）

邊城昨夜起蒼鵝，山木呼風怨以歌。寒餓成詩殊瘦硬，江湖於我衹風波。
閑伸敗筆徐書紙，絕似枯魚泣過河。久矣兵塵塞天地，浮生何處不蹉跎。

江皐晨望　甲申〔一九四四年〕

連旬睡起手扶頭，心咒胡兒一萬遍。自入邊城窮到夢，欲憑霜刃亂誅愁。
殘枝賸葉悲遭際，急槳奔灘尚唱酬。寫我荷囊冰繭紙，瀰天騷怨望中收。

燔書　甲申〔一九四四年〕

兩耳飽聽烽火警，百年幾作太平民。自燔書帙排除恨，天尚風霜絆縋春。
舉足欲傾山塞海，入林無那虎憎人。故園松竹相思否，抽我嶙峋可笑身。

讀梅宛陵詩，和其古相思韻　甲申〔一九四四年〕

無痕玉雙環，中心自成理。何時劚為段，血淚絲絲紫。念我攜手好，目送不計里。莫唱采蘼蕪，恩情如此水。

寒夜書歎　甲申〔一九四四年〕

人生貴自適，遂爾行其獨。君不見古人，巖棲而竇宿。或愛水石遊，或又麋鹿逐。彼其視榮華，手揮而足蹴。本來富且貴，夫人所共欲。誰知非道得，毒有甚虮蝮。我於讀書外，頗不辨麥菽。私愛嵇生狂，時效阮公哭。為學不謀身，所事盡乖俗。習苦似蓼蟲，持志今愈篤。入年四方走，逢人為側目。慣為長夜坐，甘作紙墨僕。吟就千首詩，瘦減十斤肉。盛氣驕王侯，生事遜巫卜。居無置榻地，胸有潛鱗伏。自謂計之深，沈藏不負腹。但要窮能奇，何必富潤屋。今夕天號寒，窗虛雨打燭。風鳴紙共吟，詩成心欲掬。夜盡改不遑，且冀短夢續。明朝有賓至，盍為我細讀。

煨筍　甲申〔一九四四年〕

窮山天失管，霜雨用侵尋。此地無好景，行人猶苦吟。獨煨冬筍尾，來養歲寒心。筆與風俱駛，南雲竟自沈。

江頭夜望　甲申〔一九四四年〕

赤水寒凝碧，晴嵐夜向冥。月痕霜外白，漁火荻邊青。袖捲干時筆，身如刺壁釘。歸途無客共，一路數疏星。

連日苦寒，無所可事，但過茶社與諸生劇棋。每盡日不嘗粒，狂頑甚矣　甲申〔一九四四年〕

山寮日日呼茶坐，每要諸生與劇棋。事往流光須倒駛，今非來者更難知。同雲作雪天將淚，疎竹驚風鳥護兒。惟汝腐儒頑懶甚，家新有米竟忘炊。

寄葉元龍先生貴陽，用宛陵送尹師厚歸南陽韻

甲申〔一九四四年〕

封我枯淚送公前，嗟我花筆今難妍。舉頭未換此天日，墮夢究落何山川。
捫懷深訝心失御，飄恨竟與風爭先。吟鬢知著塵幾許，明鏡中有霜稜然。
士不可窮頊乃爾，腸日裂寸誰能連。謀國譬臥積薪上，吾身思立長雲巔。
炎丘火豈獨蝨愛，燕幕勢必隨風褰。章甫資越將孰用，赤子入井終誰憐。
我雖無位志則在，公莫怪我煩冤煎。似此長夜何時旦，而況抱火藜牀眠。
累年哀感都此類，不關處室貧無氈。比來聞見日益惡，渾體筋肉恆拘攣。
羲和不見羿已死，孰令東日沈西躔。久避窮胡走四裔，甚日隨我王師還。
與公見晚知獨厚，賤子乃用忘歲年。想借劫光鍊詩筆，新有箕斗來插椽。
相期白下快面晤，一見大笑高呼筵。明旦發我囊書賣，背囊稍備青銅錢。
愁心感公翻得悅，想公亦必同懸懸。聖言欲仁仁斯至，不信梧鼠無由緣。

劉生新基，知余困乏，來書存問，並餽金至。以此絕之　甲申〔一九四四年〕

古道今難用，此日何時春。南雁比翼至，來慰先生貧。先生食貧都已慣，力抵重寒不思暖。知子宅心殊異人，使我持書發長歎。從來心怪后山詩，獨慕其操終不移。客懷金至不敢贈，子多既我真奚為。吁嗟甚矣吾德衰。從此愧復為人師。一待長河洗兵馬，行須鍊意南山陲。

數日不詩，戲成四絕句　甲申〔一九四四年〕

臣朔長飢事可嗟，侯門視米賤如沙。日來即事難成詠，警覺詩心中鏌鎁。

烈酒經喉遽化冰，藏胸固有雪層層。重寒入室為魔障，一夜含毫不見燈。

歸心馳騄與雲俱，百不如人望歲除。閑向田農問耕稼，始知吾道費工夫。

御窮生事無時可，向我寒枝不敢花。愴絕飛鱗爪天日，忞將風雨送年涯。

重寄葉公重慶　甲申〔一九四四年〕

潛光越月抱珠眠，性僻兼之地益偏。天幸我容詩夢穩，世無人似使君賢。

甚時種石全成玉，計日簪花滿插顛。此去都門通一水，招舟倘並載春前。

歲闌遣悶　甲申〔一九四四年〕

役役何時了，干戈今未休。欲呼春即出，來與我同遊。蕪蔓眠不起，江山蒙盡羞。支離並家國，誰識幾多愁。

洗眼看新歲，惟時憶古歡。江湖銷日月，風雨助波瀾。酒面千憂湧，人前一士寒。窮愁須暫擺，西笑向長安。

風雷奔短筆，影事屬流塵。名世多為路，投荒十過春。松心中是淚，天步劣如人。指點門前水，無煩識面真。

支夜　甲申（一九四四年）

玄黃有極意無涯，紙上功名一笑譁。盛氣難支長夜餓，詩心忽放去年花。別來歲月人誰在，書到窮愁字亦斜。到赤水後，余落字皆斜，斯誠奇矣。撲落閑窗風不定，寒林霜雨響飛鴉。

遣興　甲申〔一九四四年〕

夜半沈吟自唱酬，霜林月白水明樓。情知米價新多變，厭聽山妻說不休。意懶抛書思夢寐，春來容我送窮愁。吾生豈合長無謂，計日平湖穩放舟。

臘月望夜作　甲申〔一九四四年〕

遠水騰波欲起龍，愁時已極涕無從。危心仗筆憑支夜，鐙草舒花與忍冬。時每夜只用桐油燈盞耳　待向情春通好約，失驚寒月睇吾容。明當索酒東家去，窟室飛觥奮擊鐘。

甲申臘不盡十日作　甲申〔一九四四年〕

民事劬勞正未央，山人何意更開場。水雲悅性身難入，年貌猶春氣已蒼。

靜裏敲詩金石響，酒闌謀夢歲時忘。閑中風味宜商略，容易文章有色香。

沈藏面壁久含辛，懷抱時須與歲新。缺月出林天仰碗，好春來處我佳人。

裁縫衣帽誇針線，指點杯盤命主賓。還取舊題刪改淨，明時詩句想能神。

長歌　甲申（一九四四年）

長歌慷慨待誰聞，山國高寒日易曛。狂飲新茶憑洗髓，忽然吹氣欲成雲。

紙窗頓盪翻三面，筆陣縱橫主六軍。自詡握中牢有物，不容爾汝妄云云。

寄答劉生新基貴陽　甲申（一九四四年）

寒山擬涉閑中趣，忽覽封題意費猜。去子坐妨懷土亟，驅車須及載春來。

數年以長慚師事，兩眼頻張忍淚回。我已世間流蕩久，情懷於此不能哀。

比來翻改舊詩甚力，食寐俱忘，鏡裏清霜，大變故時面目。夜寒心遠，漫成一律

甲申（一九四四年）

心血頻來減幾升，吟懷猶似馬騰騰。凝看鏡裏人難認，穩坐花間我亦曾。一室空無壓年物，重寒來搶讀書鐙。炫將奇字真何必，此手應須殺賊能。

赤水除夕書懷八十韻(二)

甲申（一九四四年）

流雲飛越江波揚，亂風潑辣天旁徨。枯桐壓雪枝斷落，巢禽失樹千峯僵。城東有客衣破衲，瑟縮卻立寒江旁。聳肩袖手首垂臆，低徊顧視深恇恇。

昨夜讀書不及睡，擬飲殘墨酥枯腸。坐聞右鄰鏟鑊響，板隙隱送膏粱香。
我豈但無壓歲物，尚待計取明朝糧。聞道居人渡新歲，百物半月不登場。
心痛儒賤又時難，空自入手窮搜囊。切須犯曉行乞債，粗辦食飲充盤觴。
用天初白遽出戶，忍寒抵餓行蹌蹌。自以情急思未熟，不悟今日新投荒。
以謂年來多結客，肺肝可索況孔方。行身約過十弓地，警覺人物非故常。
繭足難蹈故時武，膚骨似被刀戈傷。天荒地老風物異，曩日親舊知何鄉。
強試循江折入市，衢道人湧同潮漲。去者貝幣持滿手，來者甘味攜盈筐。
物物層陳左右肆，粒粒盛塞東西倉。心危眼倦與觸接，使我氣短頭難昂。
怪道奇劫閱八載，海山魚鳥多遭殃。城野罕見炊煙起，何事彼輩逾恢皇。
賤子五歲受成業，家書十萬堆廂房。自計讀竟行天下，去住動靜無不臧。
豈惟米水不足慮，便驅王霸如牛羊。生小頭角頗劖刻，展紙落筆書百行。
復次乘間學擊劍，舉身自許南方強。上好文儒以賦謁，上徵武士攘臂當。
不圖十五丁艱罰，如禾初穗逢災蝗。二十迴飆扇烽火，長劍未礪胡塵狂。

倉皇去國西入塞，擬錬心鐵欺干將。乃以慈母重見背，坐使心火昏無光。八年轉徙萬里過，赴蹈鋒刃時被創。弟兄離散屋廬毀，孤根遠泛輸匏瓠。頑軀日弱心力減，詩魔在腹狂跳踉。酬世難探囊底智，睡不甘寐茹粺糠。裳衣破敗露踝肘，奈此天地常風霜。兀抱殘書忍飢渴，婦穉昏暮惟相望。三年凍飲武江水，一夢身墮貴山陽。時乞天雷鎮九土，俾早歸國脫羈纆。無奈穹蒼視聽遠，安得時日長喪亡。今年窮寇動洛汭，瞬踰江漢奔湖湘。桂柳（桂林、柳州）未霜遽槁折，黔山突有驚禽翔。我時蟄居抱愁臥，聞警欲借龍媒驤。兼年蹉跌痛未定，忍並瘦骨供豺狼。漏夜抱兒呼婦起，病檢衣物傾書箱。凌晨警急衝戶出，覓路幸借霜雪光。（是夜下雪）城野騾馬俱絕迹，腰脚掙扎憐伒伒。上下陂陀艱喘息，俯仰天地悲玄黃。懸厓摩頂勢欲壓，行身頗復卑昂藏。森然霜刃欲剖踵，飄爾零雨橫刺眶。冥行十日路殆半，喜面江水浮舟航。頹坐櫓下稍蘇息，汎汎不必吳艅艎。無何水聲響徹耳，峽石夾舟恍劍鋩。我人悄然屏息過，極恐魔手來握吭。時而水洄山四市，深困重載航絕潰。來此已是歲云暮，生事敗壞將誰償。屢從虎口脫微命，深須苦盡甘能嘗。明旦便是王正月，應換胸抱迎年芳。爭奈去來人不識，時到赤水只數日 龐眉雙皺愁難量。聊試適館丐薄俸，庶免歸去窮自戕。天幸此索不我靳，捲袖狂躍心清涼。疾行趕場日未落，指摩阿堵羅酒漿。無窮憂恨快斬絕，長懷千頃流汪洋。怡然歸去身矯健，來時蕭景翻新妝。軒昂入戶拂几案，便欲倚坐矜文章。鄰人過門稍探問，謂我顏貌今煇煌。晚來篝鐙盛光彩，攤書啄韻歌諻諻。自覺心聲出金石，不必玉撥挑銀簧。仰觀繁星光的的，遙見上帝開九閶。眾仙待命收殘劫，盡埽腥穢朝明堂。山妻忙與趕鍼線，翻改儒服為時裝。文章刀尺各擅勝，誇我夫婦雙賢良。時孫亢曾丈任教務長，覽至此，謂為信然。 迴抱兒女恣歡笑，一室熱烈忘宵長。甘啜茶酒浸肝肺，小擊杯盎鳴環瑲。飽養身手備時用，如此家國容紀綱。安排筆墨布奇陣，必使窮寇難踰防。翌年而日寇降 紙窗板隙補圖畫，山枕繡被敷鴛鴦。捉摸鬢眉有生氣，行坐佳興殊未央。準擬東南開好色，展我勁羽淩風飀。

（二）先嚴於〈修竹園詩前集摘句圖〉注云：「是歲有〈赤水除夕書懷八十韻〉，年初將詩稿交市肆釘裝，蜀人李彥師儒醫讀之，餽米一石，蓋內有『昨夜讀書不及睡，擬飲殘墨酥枯腸。坐聞右鄰鏟鑊響，板隙隱送膏粱香。我豈但無壓歲物，尚待計取明朝糧。』之實錄也。」

赤水人日喜晴　乙酉（一九四五年）　時年三十

輕明雲水界晴空，夾岸平蕪綠向東。舉世烽煙思掃絕，此心人我不謀同。
囊箋袖筆舒行腳，入柳穿花御好風。還試清樽咬雞肋，壓身苔石坐豪雄。

別夢　乙酉〔一九四五年〕

枳棘行身萬事妨，蟲魚注腳十年強。幺絃撥悶冰生指，別夢驚天月墮牀。
清鏡塵埃迷我相，危時心眼怯花光。糊窗鍵戶排初日，頌酒封書到古狂。

謝李醫生彥師餽米詩　乙酉〔一九四五年〕

纔叨天惠施米鹽，甲申歲莫有雪照眼鮮潔堆窮簷。取拌葵韭巧烹煮，思吐奇韻持鬥尖。李侯懷寶以醫隱，出手每起人痌瘝。時時沐浴文字海，彈剔長爪千花穠。懸胸水鏡淨照物，幽窅祕隱情能廉。窮山面我似夙覯，屢傾聽我言詹詹。林陰把臂送肝肺，使我諸妄為之恬。知我狂蕩不偶世，窮極怪絕無猜嫌。燭我茹痛日已久，靈臺中有封鳌箝。斗量雲子畀醫養，試渫廢井騰清溓。與逆東風快呼嘯，勿令音響長灃惉。吁嗟臣朔所籀讀，四十四萬言何錟。勇捷廉信高自許，賁忌鮑尾臣能洩。奈入職來忌飢久，

任割肥甘難飽饜。用劇詼諧排日月，舌本都已忘鹹甜。橫突叢殘咀沙石，
擺弄長喙如鈎鐮。懷中水火日湧沸，抽乙不敢矜素縑。但喜玄雲色香秘，
不必臣手人天兼。年年凍坐窮抱膝，詩律欲與霜爭嚴。去歲除夜摸詩膽，
觸手頗訝神劍銛。搜索盤根奮揮割，似用干鏌除髫鬑。寒鋩萬丈供指劃，
上天下水龍蛇潛。雖然尼山欠親炙，尚慶篝燭今重炎。自覺皮骨益堅韌，
肯慕婦稚工姈妵。世路功名但箕斗，如我固疾將誰砭。而況詩筆愛寒硬，
正好淬礪為神鈐。平原粟里事戲耳，古人用心須細占。伏波措米喻破賊，
我安計誘渠魁殲。比日皇天尚暖煦，胡塵不動春花添。酣然足食起呵欠，
駢指易把龜山劖。仰天待決長河水，腥穢盡洗烽煙潛。感君意氣振頹懶，
容敷此義於黎黔。

雨過風回，林陰悄坐，不覺有詩

乙酉（一九四五年）

亂揉胸抱莫須論，暫放牢憂進酒樽。過雨春山無盡媚，未驚風葉忽能言。

去來即物欲花眼，喪亂居身何處邨。悄坐林陰思往事，晴空淒凍與銷魂。

睡起江行

乙酉（一九四五年）

蠹簡藏身節物更，繩牀拋夢意難名。寫殘花葉沈寒水，誤許文章有正聲。

夔一足行寧似蚿，耳雙聾了欲聞鶯。裴公瑟瑟橋頭過，莫問淮西何日平。

臨水

乙酉（一九四五年）

盡日瞢騰醉，成心豈易貞。春前風色異，天岸夕陽明。煮字殊非計，操刀亦可兵。無誰更存問，臨水貼雲行。

久不為詩，酒後微酡，忽然有作

乙酉（一九四五年）

抑心篏口目休明，恐放狂言世盡驚。酒勝忽除魔夢去，春深思有好詩成。
書堆息影今何日，杯底觀真可笑生。我本雲衢不羈馬，潑蹄無奈路難行。

聞鶯　乙酉（一九四五年）

十年持我耐寒身，去去關河孰與親。柳外花風吹暗雨，愁邊詩眼隔層塵。
已成久客難謀夢，且斂奇情莫怨春。慚謝來鶯問幽獨，一心仍此不由人。

送春　乙酉〔一九四五年〕

韜精但沈飲，不道春將行。筋駑目雙赤，衝喉難放聲。張眼洗濃綠，還我青青睛。俾能書細字，搖筆詩立成。臨河吸寒水，冀我煩慮清。然後辨宮羽，鼓腹吹簫笙。自從獻歲來，頗已寒詩盟。豈不自激勵，奈為塵俗綳。回抱款春住，聽我心鐘鳴。倒行仰天叫，白日東南傾。晴空疾洩雨，嘉樹沈啼鶯。成連舟楫墜，嶭譚心膽驚。送客有如此，無乃非人情。瞿然卑我調，耳語供其誠。此行宜速返，萬一收窮兵。

聞美總統羅斯福辭世，為之惘惘兼旬。吾詩向不書外事，惡其亂雅也。然揚子雲曰：倚孔子之牆，在夷貉則引之。韓退之曰：夷而進於中國則中國之。況恍於我姚姒之事者乎！

是又安可以忽哉　　乙酉〔一九四五年〕

彼美人兮西方，挽地軸兮提天網。亭毒萬類十三載，繼絕舉廢人之防。使頑夫廉，懦夫立，愚必明，柔必強。嗟我唐虞三代德，國人久已賤之如粃糠。暴君代出，維惑維狂，莫不殘民以逞，灼人甚湯。詎數千歲後，數萬里外，彼美行之似故常。刑賞於民至忠厚，殺之不怨，生之同春陽。即如今日奮義戰，撥亂極溺風泱泱。師入敵國，敵民如見其爺孃。欲抽肝腎手持與，豈惟簞食與壺漿。而公巍巍赫赫，歸若天象垂光芒。尤其推恩於我國，急難救災，親之一如兄弟行。何期除惡今垂盡，遽爾撒手歸天閶。雷填填兮雨冥冥，星崩海嘯山山僵。神號鬼哭人徊徨，交怒雪涕成汪洋。我腸已棘心已石，亦忽蒸淚盈雙眶。人事不可測，天意尤難量。如公之德之仁智，胡不及見天地日月同時光。然事大者公手立，餘烈當付參輩隨風揚。至誠可前知百世，公必預識某年月日烽火收玄黃。況聞至人升遐以形解，示民莫信神仙長不亡。忖公之行亦此類，神龍之尾誰曾望。頊我含毫思及此，使我煩恨為之忘。比日紛紛捷書至，為公高歌聲繞梁。魂無西東其來格，豈必稽顙然天香。

大夏大學廿一初度貢詩　乙酉（一九四五年）

長楊綠淨江之濱，江水漭瀁江花嚬。浮嵐合沓擁蒼翠，晴空塊立無纖塵。上庠徙此忽歲半，僉曰得所絃歌新。維卅四年六月朔，林巒噪鳥江聳鱗。朅來物物有豫色，況百爾士諸同仁。聞之祭酒莆田歐愧安，已廿一度逢茲辰。是兒始也誕於滬，賃廡孳亂誠艱辛。敢希椎輪資大輅，聊薦薄刃披荊榛。口謀手劃戒於慎，夙昔寐覺殊劬勤。長之育之十三載，喜其健能走踆踆。無奈蝦夷扇烽火，爾乃流播同奔鶉。南道匡廬西入筑，始復卜築城南闉。去年之子亦既冠，恍趙文子初成人。於時納善禮眾客，欒范韓語何諄諄。無何醜虜重肆虐，胡騎忽在黔南屯。趨陪賓客西北指，擊汰赤水揚舲遵。故時朋好固不倍，遠士亦慕來為賓。夫惟肝膽足相照，豈用夏屋珍饈陳。我聞之覺意特動，斯情斯語廉逾真。我亦廿年甘習苦，坐感憂樂相依因。與之子友有年矣，敢效奔撲供頑嚚。之子而今多誕子，兒女表裏能傳薪。頃天放明水放媚，胡塵無勢心生春。快然屬韻江鷗嗔，伊我氣逆為之伸。來日收京蕩奸穢，考鐘伐鼓聲鼘鼘，與子偕歸歌笑頻。

江望　乙酉（一九四五年）

謀道悲生苦費心，水昏雲鬱鎮沈吟。酒惟亂性斯堪用，憤一乘胸直到今。孕子江蓮供玉食，不官奇士以書淫。我曹久被人忘卻，怒放歌聲散積陰。

遣悶　乙酉〔一九四五年〕

何處朝嵐與夕曛，涉江曾幾望夫君。塵塵影事關天地，渺渺予懷有水雲。
屢乞濁醪丹白眼，稍須高柳出紅裙。南風撲落崩星月，又此銷凝立夜分。

夜坐將曉　乙酉〔一九四五年〕

塞門枯坐天將曉，纖月矜風抓林杪。狂歌聲徹屋東頭，仁鄰應咒惡年少。
吾寧不欲如君然，沈沈軟飽長宵眠。十年備寫靈臺狀，滿待他朝明告天。

渝遊三日，張子春校長邀集嘉陵詩社，分韻得爪字　乙酉〔一九四五年〕

我來三日息，未解言與笑。觸熱狂卻走，撫事增屈撓。泥面塵在肺，汗背煙發竅。炎雲蔽白下，長夏漫浩浩。欲墜寒泉深，或挂霜林杪。如何天地仁，獨不此士料。昨過祭酒張，告我以佳兆。謂月七日晨，偕往談藝好。冷客十數輩，一一君子豹。地勝林泉幽，而無俗物擾。結屋山之厓，其下奔江繞。時時清風來，雜以好鳥叫。發汝胸中奇，奮汝筆下藻。莫更賦窮愁，瑟縮立人表。我聞私自喜，歸去坐到曉。洒然躡履起，邁步氣甚傲。遙見長林陰，隱隱一樓小。不必御風行，身已甚摽鷂。及門心泠然，準擬貢懷抱。誰知諸詩老，先我奏絕調。挑剔無絃琴，戛戛各獨造。使我十年工，不敢粗自效。沈酣坐客右，劣陋似輿皁。雖云鄙事能，無乃焦冥噪。自恨遠投荒，久居在奧窔。裂口艱語言，捫心恆悼悒。今見西子容，豈不憎其貌。羣公屑我以，誘我試寫草。亦思勉自呈，但恐眾絕倒。鼓腹氣盡逆，叉手齒力齩。奈何舊肝腸。不復任誅討，目給捋鬚人，慚我最年少。其心雖欲善，於事寧不弔。秀才此濫劣，飲墨以自療。縮手還納袖，今後須剪爪。深負主人家，置酒使軟飽。生才固不如，分韻又最峭。哀蠶腹已敗，何以復鬥巧。辭歸欲自強，青眼時已眊。向來陳驚座，有舌何由掉。運臂書十行，上口句盡拗。凝看紙上字，粒粒粃糠糙。待𠝹龍頷來，尺幅無邊照。

前題留句　乙酉〔一九四五年〕

入足京華卻曲行，作狂追攬故時情。醃心積墨徐生癢，觸水流雲散有聲。正要一頭從竇出，不辭雙眼向人明。羣公咳唾成秋漲，宛聽奔崩洗甲兵。

祭酒張子春　翟覺羣　能事備，張公攻天文數學、翟公攻政治經濟　曼叔何翁　名篇何可追。抗顏潑墨盛光怪，使我出手生駢枝。梁簡能唐穎坡　後勁發清響，十九古來無此奇。與語主家王逸少，羊裙今日寫詩宜。

重見持生，以此調之　乙酉〔一九四五年〕

蠹蟫久絕塵中事，安得流星去便回。極欲其能重回大夏大學任教也　一旦詩人生客眼，數聲情話爇寒灰。別來風雨不時惡，舊種香紅何處開。持生去夏攜美而去　今日玄都有珍品，劉郎好好賦重來。

再用前韻　乙酉〔一九四五年〕

分坐危臨大江水，與君前挽逆流回。時共坐重慶中央公園，俯瞰長江，殊生勝概。　有如噉日能同世，莫許心光便化灰。舊館遴才一夔足，明時吹律百花開。此歸淨洗塵塵耳，傾聽輪蹄得得來。

來渝越旬，無所可事。信步中央公園，聽禽就樹，苔石坐身，憮然有言　乙酉（一九四五年）

欹阜為園鵲蹋枝，倦撐苔石下臨危。大江橫眼非虛席，冷客看天欲致辭。
有不用情如此水，久難甘味況深巵。口心交謫成何諦，誤我哀顏到幾時。

間日又作　乙酉（一九四五年）

食惡居艱八載過，強張塵眯看山河。詩雖可廢終何忍，人到能狂有足多。
未許少年心便改，奈舒行腳背微駝。傳聞醜虜將歸順，試逆南風浪放歌。

大暑熱甚，重集嘉陵詩社，諸公指令用於字韻

乙酉〔一九四五年〕

驕陽熊熊火灼膚，峻雲覆鳥江浮魚。權門惡犬蜷臥地，屈尾吐舌如馴狐。
有客舉袖斜障日，搜索短影巡簷趨。藏胸水火劇波盪，口鼻相與頻吹噓。
我生海南慣浴暑，似此熱烈從來無。重黎恐未截此地，使眾親炙天烘鑪。
顧我年來心鐵蝕，身手不合為時須。往復沉浮文字海，頫仰魚鳥狂歌呼。
自從黔北閱半載，朝暮賦茅譁眾狙。絕似帝鴻遊赤水，罔爾惝恍遺玄蛛。
以故緣源鼓枻出，腋挾詩卷浮江湖。日昨過從懽覿面，詅癡不悔人揶揄。
固知倕前莫妄斲，奈我久矣深逃虛。且聞久廢思必反，況復脫命於蜂餘。
在上皎皎者白日，照我卓立矜頭顱。卑視靈均跪敷衽，何王門不能曳裾。
登樓揮汗俯江水，色香孕腹心乍蘇。憑詩我自可開國，肯信詭辯求商於。
解散眾體佈奇局，別開生面營一區。從知左癖杜元凱，較勝初日秦羅敷。
能明此意者實少，爾汝每每言言殊。寒鴟但可甘腐鼠，狡童豈足擬子都。

羣公心眼手並勝，盡讀江夏黃童書。夷曠阻險無不歷，謂我所論真何如。

與曼叔論詩，承惠好什，以此報之，並酬其旨

乙酉〔一九四五年〕

累歲趨陪麋鹿羣，誰相知者定吾文。已然物事因時改，正要篇章與古分。側耳傾聽新樂府，施眉慚對老郎君。時曼叔已五十許，猶有新歡也。月明清夜胡牀坐，背客沈吟意屢醺。

黃慶華索詩，賦此歸之

乙酉〔一九四五年〕

不逢叔度兩年餘，天下腥氛未掃除。赤眼鍊殘金鼎火，此心寧戀武江魚。與慶華嘗共居武江濱數年　自憎龍性難堪事，待蓄名姬與掌書。莫信陳蕃

知大體，十年猶此帶經鋤。

三集嘉陵詩社，分韻得須字　乙酉（一九四五年）

風馬雲車各卷舒，掃空殘暑縱歌呼。手揮奇字漫譁俗，時余尚好用許書中字　酒注長懷將化湖。余與少颿最能酒　十日陰晴顛夢寐，一心閑讀立斯須。三登東閣虛言笑，慚負名公禮數殊。是日翟老作東

酒後贈余少颿（一）　乙酉（一九四五年）

四座嘈嘈客莫喧，士衡長柄作鐘言。辭風欲卷席以去，飛唾的如星樣繁。當路雨雲工反覆，望君噓吸中寒温。我猶未免鄉人也，何幸傾心屢過存。

（一）先嚴於〈修竹園詩前集摘句圖〉注云：「假期遊重慶時作，少颿

時任職銓敘部。」

尹石老持余詩夜過行嚴章公，歸成此篇

乙酉（一九四五年）

童時心折今眼見，果有精光能射人。寧惜馬牛蹤石友，開張懷抱對花春。
堆胸文字俱奇貨，下筆風雷掃劫塵。稍接清談勝溫飽，小生從此長精神。

別梁簡能

乙酉（一九四五年）

衝暑昏昏蹋路塵，斂形微睇口含辛。論詩新喜子知我，執手能令心得春。
一往鑿深穿地肺，十分奇事見斯人。明朝便要回舟去，誰與敷華寂寞濱。

回至白沙，赤水在邇而大江秋漲，舟壞停航，鬱鬱書歎　乙酉（一九四五年）

頻年轗軻歌行路，壞盡玄亭問字車。道在眼前猶若此，推於天下更何如。
南人知水奈無楫，他日歸家休讀書。大浸滔滔誰與易，臨流三歎我非魚。

次日折道至合江，聞日寇已降，於爆竹聲中，用前韻急成一律　乙酉（一九四五年）

水窗佳氣拍人面，緩買客途舟或車。適與同事李君議取道返赤水　往日親
朋都在否，吾詩今昨不相如。直將苦惱連根斬，拈起心肝滴血書。即要海
珠橋上坐，笑呼陽畫釣魴魚。

越二日抵赤水，復成八首(一)　乙酉(一九四五年)

日昨傾囊買得癡，歸後囊金淨盡　別開笑面向妻兒。八年飲淚成瘀血，一藥安心作好詩。肯復逢人獻窮狀，預先開抱赴佳期。天涯阿弟將歸矣，為問家兄知不知。家鄉早陷，兄尚留守先人廬墓也。

(一)先嚴於〈修竹園詩前集摘句圖〉注云：「前二日在合江旅舍中，半夜，聞爆竹聲，知日寇已降，急成一律。至此，復快意作八首。」

盡破愁圍喜不勝，疾持神筆掘層冰。同人所樂秋多麗，對客揮毫我亦能。急典裳衣辦豐饍，亂敲盤盞祝中興。年年深斂垂天翼，今日南風似可乘。

游心遠遠入無邊，儘覺長懷可汎船。已忍奇窮十年足，欲陳佳句萬人前。元凶黠鬼客推刃，名世成身早着鞭。舉日扁舟順流下，載將明月看紅棉。

引鏡施容對好秋，年時萬恨落江流。自慚於國無多益，不覺看天稍害羞。
爾日還家身好在，吾邦有道富應求。鄉人若問曾何獲，勝處江山囊底收。

酒闌搔腹坐江干，襟袖層埃一一彈。定返南天管風雅，盡招羣友剖心肝。
花間掉臂春曾識，意氣充身士不寒。歸臥寓樓無犬吠，疊高書枕夢魂安。

八年轉徙入窮冥，世路崎嶇已慣經。藺足立殘楊柳影，餘生真乞美人靈。
流天劫火一時滅，還我當年雙眼青。即日邦家資妙略，遺山野史莫營亭。

吟懷坦蕩靚無痕，羣動喧囂與雪冤。五億人看天落日，二三子聽我微言。
多行不義必自斃，何莫學詩來此門。載汝連車傳食去，尊榮安富鋪天恩。

怪道閑身有底忙，鑄精奇字好開場。冷門逋客因人熱，破桌殘書擁鼻香。

放步衝風殊穩重，有才如此豈尋常。清樽新辨椒漿滿，暫斂顛狂奠國殤。

簡何曼叔重慶　乙酉〔一九四五年〕

遠憶冷官何水部，別來詩思復何如。懸知落日譁人頃，必在抽肝磕腦書。曼叔眼老花兼近視　萬里天香攻喘息，十年心病各平除。山城秋勝神閑後，好把新篇封寄余。

一別又驚三事侵，年來有三憾事。凝神搜詩而山妻呼我抱兒一也；詩成無與言者二也；排夜讀書無茶與煙三也。南冠猶為晉侯琴。目空餘子真能勇，生與同時欲廢吟。劫火全殲處褌蝨，心光新鍊不祥金。而今已定歸期未，莫見羣飛卻入林。

秋朝懷尹石老　乙酉（一九四五年）

逢秋遽念耐寒人，似我平生惡不仁。欲起唐衢對公哭，兼教西子捧心顰。十年坐負縱橫志，一世誰安老病身。即擬同舟下南國，亂栽花竹與為鄰。

石老嘗與余戲言，戰後赴廣州，謀姬侍老云云。

識翟公覺羣陪都，過從甚款，屢欲致意，苦無雅言。來歸不忘，書此代簡　乙酉（一九四五年）

月前識別墨，乃在嘉陵濱。於時諸老集，談讌歡此陳。忽而廣門下，卓立昂藏身。氣雄目閃閃，前至將攫人。如何一就座，再望殊雅馴。有此變化手，天地能彌綸。

寄懷劉持生陪都　乙酉〔一九四五年〕

二旬京國重逢地，茗椀觀心幾費辭。蹋散曉煙歸獨坐，亂鳴風葉猛相思。皮囊水火終銷劫，布袋形骸要自奇。持生甚肥　噓吸天閽非左僻，散樗從長裂雲枝。

新秋歸思　乙酉〔一九四五年〕

剳胸洗棘斬蟠拏，不管巡簷百舌譁。去國多添好兒女，余離家時未婚，今則一男一女，第三者已在母腹數月矣。　還身寧做冷生涯。故人可識我曹面，老圃莫開無主花。顧語山妻休怪責，余搜詩時，山妻每以家事相責。來同商略手頭茶。

幾日山齋生事優，閑廊試腳意綢繆。奔雲吞日影掠地，遠水露沙天始秋。

細數詩篇八百足，待揚輕棹東南浮。坐余修竹萬竿裏，何用牽蘿來蓋頭。

劫餘微命須珍惜，倚壁看天不忍哀。亂葉喧門拒秋入，好風行水勸人回。

漫嘲螻蟻封侯夢，自喜江山有此才。日落放歌閑入市，登樓呼酒欲千杯。

晴窗秋勝，檢校舊稿，快然成詠

乙酉〔一九四五年〕

手編冊葉細端詳，如品名花辨色香。世路豈應窮此士，行間猶在放寒芒。

起人廢疾須好手，探我背囊多驗方。明日移身向空闊，何妨掉臂去堂堂。

坐嚼肥甘數舉杯，勞吾神思取償來。久憐澤底持山力，潛化愁邊賦恨才。

鏟采埋光千日酒，撥天開地一鑪灰。容余追赴年時約，滿耳秋聲清勝媒。

水隈林窟著身輕，落寞潛夫豈避名。修竹便成穿日箭，心鐘時放撼秋聲。
十年燈火烹詩熟，萬里江山照眼明。孫況小疵原不惡，渠能富國與論兵。

秋前　乙酉〔一九四五年〕

秋前摩頂歎頭顱，未識江花笑我無。論骨自知惟瘦硬，逃詩初不着工夫。
欲謀千石須輸粟，安得專城坐捋鬚。猶向西河陳六義，汝商真是小人儒。

吾詩　乙酉〔一九四五年〕

頻來語妙雜諧莊，落字奇橫氣古蒼。自審得年能八十，吾詩定比劍南強。

之江晚眺　乙酉（一九四五年）

萬慮全消失，天心與我同。來帆彫鶴影，真景也　疏竹洩花風。澗草墜煙綠，亂山斜日紅。來歸燈下坐，栖志破書中。

發興　乙酉（一九四五年）

遙煙九點是齊州，天北天南鼓吹秋。老樹藉風生氣勢，閑鷗隨分恣沈浮。居身木石多年所，結契童孩忘輩流。今日劫殘人健在，后山無意賦窮愁。

但取其是吾宗耳，非真慕其作也。

行身　乙酉（一九四五年）

倦客午夢醒，行身雲水中。長虹穿海眼，詩筆挾秋風。食字疑能飽，逢人欲諱窮。聰明天所授，不擬詐盲聾。

簷坐　乙酉（一九四五年）

甕汲靈泉淨洗腸，畫心曾費紙千張。茅簷低坐秋風客，樽酒聊回少日狂。
尚友古人天恐棄，立身激水我何傷。華年莫惜兵中過，鍊得毛錐似劍鋩。

絕句　乙酉（一九四五年）

多時不放少年狂，深墮山圍與水鄉。今日北窗溫好夢，壓檐秋綠送人涼。
忍寒觸熱更驚兵，不意真能死地生。還我南天花更月，安排奇句敵傾城。

高樹蒙茸落月遲，情秋靜穆曉風吹。閑身睡足心情好，細寫經書課我兒。

驕兒雙睡繩牀穩，燒燭新編主客圖。傍坐老妻閑打扇，勝於搔背有麻姑。

懷陳寂園。寂園自去歲粵北陷後，寄聲即闕，不知何往矣　乙酉（一九四五年）

誰使當年汝我分，望衡零雁亂呼羣。果非佛肸難為事，未必臧倉得沮君。

猿臂執弓思醉尉，浮屠留矢待南雲。吾家巨擘今在那，莫託灌園私建軍。

夜讀聞雞　乙酉（一九四五年）

未了塵中惘惘情，敗禪砂石費烹蒸。一鐙望久花無數，萬事重論夜向明。

破屋豈能无悶遯，老雞猶作不平鳴。十年失睡空自苦，明旦起來須再生。

失題　乙酉（一九四五年）

待駕行雲到海涯，等身欲恨最難排。道之云遠思何及，夢縱難憑有亦佳。
望裏秋星都是淚，水心寒月不宜懷。故人正立梧桐影，占卜空拋錦繡鞋。

題《蟄庵詩存》　乙酉（一九四五年）

遺聲變徵兼騷雅，窈窈哀絲不忍聽。舉似梁黃成鼎足，嶺南詩學此儀型。

茶座　乙酉〔一九四五年〕

貪多愛好事全乖，素食何曾心得齋。可惜山寮茶味薄，了無情韻賦秋懷。

秋雨生寒，夜讀忘睡，率成短章

乙酉〔一九四五年〕

發興鈎沈坐夜殘，柳風檐雨不相干。短燈得意花殊大，雖未能香已辟寒。

八月十二夜作　乙酉〔一九四五年〕

文章得失萬鈞重，外此可當塵埃看。我時沈酒旬始返，心欲生香秋竟寒。
隔岸疏燈閑被水，出林霜月勸加餐。仲容自不樂司馬，荀勗寧能多作難。

六言　乙酉（一九四五年）

茶飽歸來露坐，明月抽空相過。秋蟲不解音聲，向我徒呼荷荷。

薄被逢秋少睡，高樓容我重來。炙面此燈是火，恩情莫遣成灰。

亂後惟餘翰墨，珍之傳與佳人。江國山川水石，毫端一一能春。

枕窗噴酒微濛，瓶桂同余酩酊。忽然乘夢歸身，已又霜涯煙艇。

浮世虛名種種，和詩都莫雄誇。菸葉沱茶紬酒，三年如此生涯。

眼底夜江初淨，林頭啼雁呼羣。來歲好花好月，端須有女如雲。

赤水中秋　乙酉〔一九四五年〕

好天良夜柳婆娑，不放清狂奈酒何。月圓生天無骨相，秋心酣水定風波。
將身比膾頻叉手，與客攜壺欲灌河。還與百蟲爭韻勝，有誰賞我醉時歌。

南窗睡起，天月並明，意動得句

乙酉〔一九四五年〕

南窗抛夢中宵起，抹眼噓天一欠伸。得月欲謀秋且住，除詩何許力能陳。
藏胸水鏡無留影，撲面癡蛾解戀人。不是文章愛幽仄，小生廊廟已呈身。

宵行　乙酉〔一九四五年〕

掩卷開關傍水行，咿唔蟲鼠短長更。寒林出月雀驚起，醉眼看天秋有情。

萬顆星辰較肝膽，十年江海見平生。連宵強忍懷歸淚，無奈圖南計未成。

秋來　乙酉〔一九四五年〕

秋來最有閑中興，又對西風把酒杯。世味漸忘排日坐，山禽足食有時來。
不嫌門柳穿簾入，正撰奇文勸菊開。頗喜山妻新解事，爨餘為我讀回回。

短歌　乙酉〔一九四五年〕

閉戶久埋照，不聞來往人。搓眼起搔耳，渾忘秋與春。晴山歷落聳秀骨，
隱約霜林綴佳實。廿年食字今益饞，安得那人來剝柑。

赤水九日　乙酉〔一九四五年〕

四裔流遷過十載，每逢九日愁如海。今年天漢怒洗兵，甚欲隨風東向行。
邇來吮墨詩立出，豁眼恍換新歲月。今晨睡起天未曉，便擬登高賦百一。
此間巖岫穿雲層，伊我疲病何由登。門前雨後泥滑滑，扙竹奔撲如凍蠅。
當年腰馬本殊健，舉譬飛兔流星騰。不謂逃虛溺書翰，爾乃羸弱輸枯僧。
緩過茶社按杯坐，深愧勝事非吾能。斜風摽撇秋潑辣，往事起落愁紛乘。
英雄未老氣則斂，詞賦靡曼將誰矜。明當擲筆奮歸去，師事野叟勤畦塍。

夜坐　乙酉〔一九四五年〕

仰望東南氣味酸，交疏星子欲成欄。聞霜斂影龍縮寸，納手知寒衣甚單。
老屋短燈甘淡薄，冷風長夜鬥殘頑。離懷一往無由釋，強臥繩牀憶古歡。

答何曼叔　乙酉（一九四五年）

銷凝雙柳立閑門，幾日晨窗坐到昏。旨蓄御寒殊未得，幽憂為疾詎能言。
繞心煙霧鬱奇氣，剗地風霜侵酒樽。不是何翁寄真想，狂夫肝膽更誰論。

夜坐　乙酉（一九四五年）

凍坐蕭齋呵欠頻，夜遙心遠氣難伸。巢林鐘采我何忍，枕卷親燈天未晨。
繭足關河忘歲月，夢為魚鳥亦風塵。欲憑袪惑遮愁手，指點江山天地春。

吹夢　乙酉（一九四五年）

久別天南水竹菴，悅人富貴自生貪。江湖濯足龍猶睡，糟粕填胸意豈酣。
入世失時殊未出，北風吹夢不能南。高樓天迥知何若，象罔無因與遠探。

題劉封予〈古磚圖〉　乙酉（一九四五年）

劉子日昨過我來，卷持尺幅令我開。幅中快然古磚在，壓我手肘身欲頹。
棱角貞介玉石骨，鳥蟲詰屈虬龍煤。我性疏脫百不察，眼力淺短心殊駭。
未遑知今況知古，秦歟漢歟何所猜。惟是神物如美女，人無賢愚皆所懷。
吁嗟珍祕世賊視，甚恐懷寶為禍胎。我欲使勁提此物，一擲天地生晴雷。

河漢　乙酉（一九四五年）

盪胸河漢未澄清，剝落危欄亦放聲。滴酒疑堪千日醉，半宵全攬十年情。
稍參史實升沈末，休信人間得失輕。商略輩流工技盡，飯蔬飲水不專城。

雜詩　乙酉（一九四五年）

夜寒中酒意模糊，人籟沈沈風忽呼。月白東山天甚遠，霜黃高柳鳥辭枯。

爬梳蓬鬢思經緯，剪拂鐙花補畫圖。久擬溫柔化剛愎，南強猶此在江湖。

霜林風草對迷離，流水趨東無已時。魯叟割雞真善謔，陶公述酒有微辭。
是周非蝶枕中夢，耐渴忍寒牀下龜。木末疏星明到曉，煩君移照入南陲。

怯隨貞曜賦窮愁，動盪孤懷樂與憂。叔世功名鼎折足，妙年風月錦纏頭。
無人堪食如飴石，有客負趨藏壑舟。手薦鸞刀思膾炙，甚時張目見全牛。

送黃滓伯丈北歸　乙酉〔一九四五年〕

有人秋晚來，小住城西端。俗子但好事，一鬨傾城看。我往不數數，跡墜心欲攀。好仁未能近，忽忽歲易闌。聞謂困低溼，拂袖高步還。塵緣無定向，語笑知何年。井渫而不食，聞善而不遷。警然心問口，此失何可言。

移樽樂頃刻，別至難為歡。支頤自苦憶，心與天俱寒。仁言三錫我，在耳矢弗諼。我亦有一解，願陳長者前。性烈而才儁，思免今誠難。

赤水閑居，覽時即物，遂有歸心

乙酉（一九四五年）

弱齡遭毒害，囊書遠行游。粵桂復滇黔，奔撲懷殷憂。手爪增垢穢，胸抱成壑丘。懸心在南國，揮涕向中州。如何死地生，復此嗟淹留。巖松以濳長，明月非妄投。葉落根自重，歸本塵事休。

凜凜朔風勁，星星繁露零。節物已又換，窮士猶抱經。當曉忽欲夕，攬影傷我形。潮落沙岸白，天豁霜林清。萬殊有興廢，勞生誰醉醒。陰陽劇慘舒，交遞何時停。人在此彀中，往返空視聽。吾思不遠復，港曲歸浮萍。

辨志一首，為王克生作。人貴自適，聊復云云，非牽彼就我也　乙酉〔一九四五年〕

王郎天下士，脫身來抱關。笑談沒時輩，日夕愁煙鬟。友余似宿締，勸將詩盡刪。無為鑽牛角，坐老矜殘頑。歲時難稍留，功業非等閑。知君意良厚，吾志何可姦。多材信患害，邁往終不還。君看西來風，飄飄斷追攀。又看東流水，滔滔淩險艱。平情因物悟，應須起痌瘝。時俗工幻化，崩迫埃壒間。志士甘寂寞，寧趨麞鹿班。相期共水石，結屋臨潺湲。鑿石作棋局，煮茗焚車轘。頽身藉野草，掉頭吟好山。神棲千載上，那管人譏訕。

和答曾紀蔚見貽之什，揭平水韻，見二十五有，遂遍押之。得一百二十二韻，亦劉越石久不屬文，欲其一反意也 乙酉（一九四五年）

曾俠遺我詩一首，櫝藏孰與貼座右。月來諷讀頗自醜，未識善柔抑諍友。
走筆欲報思久久，大鐘乃竟以莛叩。聊答趙瑟擊秦缶，已似烏雛畏鴉舅。
請君暫去耳中黈，聽我所言有無咎。與君同鄉交日厚，各持所學四方走。
君之英語甚利口，我聞不省云某某。如何吟詩與飲酒，亦復令我翹指拇。
我曹顛頓困斗籔，雲鶴在笯魚在笱。君今昂頭試怒吼，如龍躍淵虎出藪。
而我卑棲溽塵垢，牢愁攻心借書手。出入犬竇溺牛溲，舉足尋常生杞枸。
張眼茫然似瞽瞍，捫懷兀爾堆培塿。羨人富貴金滿簍，迴腸歷亂曲於罶。
誰謂揚雄識蝌蚪，自比敬通操井臼。雖能破口讀岣嶁，但冀解慍謝財阜。
自嫌儉陋動失趣，張平子賦「奢不及侈，儉而不陋，規遵王度，動中得趣」云
那用衡門事巡掫。夜寒枯坐戌至丑，治絲益棼事益糾。比來赤水翠

瀏瀏，將安洗棘胸襟剖。將剖胸襟，一洗荊棘，陶淵明語　我家古岡蝦蟆
培，四生松竹圜水湊。服勞固不乏薪槱，涉澤還多取蘚苔。憑恃母愛矜姣
姓，居安食肉飲牛瞉。孔武有力喜鬥毆，野性硬直不任揉。師保嚴訓詎受
羑，幼丁窮罰悲扶軸。無人分宅德似郈，從茲曲卷枕甖甀。或閉敝廬或破
綹，不時慘目哀桷料。入年避胡決踵肘，身在萍梗心隴畝。七月五日歲乙
酉，忽聞窮寇盡解紐。我擬即挈兒與婦，日歸日歸不落後。誰知本無難責
有，太元久已同覆瓿。文字尚不換升斗，何況貨幣與瓊玖。我材自覺樗且
朽，醜女安得吉士誘。只可力田師野叟，敢望腰印結墨綬。君贈我言殊多
負，不待知者而可否。文辭句律亦雜糅，空自閉門珍敝帚。惟其用心重操
守，羞作蠅營或狗苟。錙量寸度不妄受，餘無一二況八九。君常欲作民父
母，四方尚嗟傒我后。厭聞雉鳴求其牡，應有佳人調雪耦。前月厚璞出瑩
琇，一索得男雄抖擻。蘭芷剎那淨洗修，彬彬忽乃變赳赳。乘興搖筆揮采
茆，使我心折口但陡。於時奉觴向君壽，自是貌笑而內忸。恐君得玉我得

珣，來歸醉臥夢蚴蟉。翌日生男亦差劖，曾公子彌月之翌日，余亦於焉再索得男。

稍喜樊籠嚮鸜鵒。怡然起立手結釦，切欲脫身歸舊廍。躬自棲雞豢牛牿，廁腳鳥啼與鹿內。更田甫田除惡莠，減杭添秔多釀酘。糟粕啖餘便製麷，饗客山茶掘竹鼬。或過山梁射白鴝，歸調酸鹹拌王蕒。即使飲水而飯茹，終勝低頭愛械杻。君素思深視復眑，許否同蹤沮溺耦。有時夜雨細剪韭，或招靈風輕入牖。君莫笑我面漆黝，日夜冥搜向幽蔀。編摩柔翰壓印鈕，顧弄魚鳥樂鏄卣。不事王侯以退取，甘效昌谷心肝嘔。不然長歌丐殘糗，寧免權門惡犬嗾。於陵仲子雖遭掊，食苦亦可到黃耇。休過趙李相狎狃，須樂黃農逃桀紂。

連年行役四方，顛頓窮愁，雖賦千詩，難發孤憤。比者小閑，心動欲語，因拈平水韻一屋，依次盡押之。紙墨光怪，聊以自娛

乙酉（一九四五年）

伊人生海角，居賤棲白屋。曠懷納風波，樹德蔭草木。嘯歌激高雲，吐漱澤修竹。醉紅與鍊顏，寒綠供洗目。捫心無世情，彰身好儒服。從來欲寡過，未始求多福。得時當物利，絕口不言祿。但能執一經，何必辨五穀。於事常善忘，惟書頗爛熟。欒巴煞烈火，鄒衍溫寒谷。魯連不受金，曹劌鄙食肉。懷情悅其風，揚言駭豪族。此輩塵汙人，幻夢蕉覆鹿。不堪望髮膚，何況論心腹。難回阮生眼，且薦陶公菊。潛精屬恬倫，高步跡潘陸。長爪剔朱絃，迴腸舒玉軸。無何天地翻，紛爾兵車逐。蕭牆正內鬩，胡馬遽南牧。蘆溝盛烽火，迅雷驚隱伏。翟泉陷起鳥，金精高動宿。無人不自危，有書何由讀。聞鶴知警時，犯夜起穿犢。恐余犬馬軀，委身填溝

瀆。倉皇挈老幼，零落棄篇牘。莫令虎試驢，而成玉毀櫝。潛竄香港去，幸免寇氛黷。慎時保首領，降心忍謗讟。但悲人換世，無煩客推轂。甚時收廣州，掉臂入光復。余寓廣州光復南路　可憐秦淮海，家貧常食粥。水蒸孤島昏，陰凝萬物肅。風寒翻夢寐，天地失化育。志事寧萬一，疾首丁百六。如何鵬翼張，忽作蝟毛縮。慚為晉侯琴，未效秦庭哭。斂情思立言，潑墨不成幅。愁生山萬疊，淚迸珠幾斛。雖云血方剛，無乃心已戮。鎩翮遠如滇，己卯春初　辭親復無僕。賃廡旁牛欄，生事同老畜。就陰懷苦心，御冬無旨蓄。迢遙憶母兄，崩迫遭伯叔。我辰果安在，所遇胡不淑。典職輸皁隸，奉視闕蔬菽。纔念母恩深，重嗟我行獨。倏聞萱堂病，虔乞龜靈卜。焚香首亂叩，按策著不馥。崩心接家書，呼天失雨沐。窮矣生可無，哀哉禍何速。淚盡身來還，庚辰春回香港　痛絕髮欲祝。沈陸滅性情，削跡埋林麓。孤根隔重泉，一心穿萬鏃。兄時進苦言，聲酸額頻蹙。毋辜父母志，須共堂構築。盡孝汝莫然，持志氣應穆。慎將廬墓

守，敦令彝倫睦。我聞稍黽勉，自始稍飲啄。回車役古滇，庚辰初夏　取
類譬野鶩。憑誰澆塊壘，刳胸塞糟麴。闔門慎潛發，含筆毫屢禿。平生
玉谿子，行間撤綺縠。余時最喜玉谿生詩　徒下五車讀，重上三釜覆。翌
年徙粵北，辛巳初春　蹇駑苦鞭扑。持心拙數術，所事動撓衄。散木不是
材，奇文豈易鬻。聞樂只益悲，惱寒而懊燠。每常心答口，無異轂脫輻。
迷邦非懷寶，盪胸恍決瀑。鼓懸屢欲擊，水深傷獨漉。古謠：「梁下有懸
鼓，我欲擊之丞卿怒。」又「獨漉獨漉，水深泥濁，泥濁尚可，水深殺我。」
渴甚疲斧冰，飢驅行摘藪。氣盛孰能降，顏厚豈不恧。枯坐疑化櫟，冥行
易隨伏。肺葉暗生塵，坐隅幸無鵩。慕藺子寧如，問稷帝何竺。抽身攜
婦子，驅車西入筑。癸未秋　衝暑過層巖，揮手批亂簇。晨征追鳥影，暮
宿臥蠶蔟。慣嘗飢蚊刺，又被驕陽暴。山城既至止，受玉待以搠。惟時
兵馬流，男兒率腰箙。舉世無樂土，南明非濠濮。大夏大學在南明河畔，
余寓雪渥路，瀕河。　泠泠此詩囚，其情實推鞫。於文空勤劬，有子艱育

鞠。食梅屢酸鼻，采綠不盈匊。已成行踽踽，休誇文郁郁。形渥鼎足折，衣敝鳶肩矗。家遠夢亦零，山重水更複。坐夜燈四花，食字日幾籠。與鶩分稻粱，向馬乞苜蓿。賦芧譁眾狙，執楚坐東塾。本來慕粲鑿，敢云作棫樸。袂履幸見嗟，簞豆俯屑蹴。去年夏秋交，火雲劇煊煜。胡塵漫全縣，元戎誅馬謖。鐵鳥摧風雲，驍騎夷礹硦。棘枳啼孩嬰，牆壁橫婢娽。畦畹殘芝蕙，岡阜焦瓊琭。郊牧奔牛羊，溝瀆漂奩盝。轘轅雜推挨，騾馬互蹴踘。樓臺墮榱桷，缾罍翻醞醭。我時激忠義，便擬運韜韣。自許身手強，不負天地毓。上馬能控弦，入水善駕舳。堅銳堪披執，帷幄工杼柚。無奈路多歧，飛走輸蝙蝠。舉足馬絆索，礪角牛服楅。某夜雪方喧，向晨日不昱。嘶聲呼婦兒，飲水飯蘆菔。奪門急遠竄，心膽兀轣轆。巒巖森岨峿，蹊徑殊縮朒。抱爨更誰餴，惟天不我慉。危心望嶕嶢，繭足傷踖踧。涉澤撥淤泥，入林披樸樕。為門奮文章，何如事穜稑。不日復不月，載震且載夙。茅簷託止息，霜風迫拳縮。殊恐此皮囊，乘昧來毒蝮。晨宵呼荷荷，黍稷空彧彧。何時致廊廟，鼎食飽公餗。大呂應黃鐘，戞敔兼擊柷。迢迢入赤水，卻曲行匍匐。黃帝莫遺珠，漢軍須破淯。思痛轉蒼茫，無言增觳觫。租宅粗渡年，適館丐臊鱐。重寒侵破衲，益之以霢霂。蕪穢掩芳菲，氛侵生犴狢。怪有李侯彥師賢，卻喜我癡僇。揮金又遺藥，次男庶免殰。情重恐非報，交善當慎俶。韓伯多活人，高風亮摵摵。憑此足醫國，追士追秦繆。已成鶴鳴陰，定卜輿脫輹。將與涉大川，駕浪刺舲艒。無為守窮城，韜精侶蜾蠃。今秋陪都還，中遠響罝麗。東南日杲杲，高下草蓼蓼。俄聞醜虜降，心眼雙閃倏。恍借萬丈泉，一忽洗炎熇。歸來整容儀，心結似秸鶹。拈筆似有神，揚眉頦不顣。譬如風扶搖，又若波洄澓。轉喉歌楊柳，醉談倚楓槲。壯心殊熊熊，笑口開蹜蹜。心戰道可肥，生重養莫觳《管子》注云：「薄也。」餐飯直須加，窮愁要盡劚。射隼無不利，漉酒重似莤。緣源待買舟，行野罷采蓫。即擬歸鄉閭，息機樂苑囿。發蠹理簡編，伐竹補椽楝。三冬足文史，六月食李薁。及時勤隴畝，種秫除葑菑。遺榮甘粗疏，返樸謝純罣。代勞買一刀，緩步輕五桒。竹箭貫鹿鴇，杯酒薦胃腴。簣篭上捎雲，鳳凰下覓葭。霸子任蓬頭，鴻妻安布纀。漫嗟澗底松，且進盤中苜。入谷收紫芝，鋪階砌立礵。款賓對劇棋，聚兒與踢毱。如何洎今茲，此志竟忽儵。永懷心懞憕，寐言口嗚蹴。霜雪交紛披，草木全凋槭。觀顏屢怯鏡，駐景欲餌茯。懷歸徒費辭，紀聞豈追諫。飛鱗望漸沈，羈羽那能翮。短袖籠風寒，修眉非曼醁。衣塵漸益緇，褌蝨喙生瘯。吟故猶是越，師竟久於偪。欲閉無關鍵，習勞似碌碡。適齊終飯牛，之楚恐見髑。存心懷耿介，於此困詆謔。臨水冀有妃，解纕待結慮。隱几時噓天，折節難附扰。猶矜衝冠髮，未是禿頂鵚。日月既重明，符竹庶可幅。曠覽山河壯，思得腰呂勁。恭己以及人，非我更由孰。攝履迎春去，披衣高處摝。汲井歡入廚，漉酒笑淘簸。及時整塵襟，長年佩迷穀。此從木穀聲，與從禾穀異。《山海經》：「招搖之山，有木名迷穀，佩之不迷。」

江頭小立　乙酉〔一九四五年〕

村村人影稀，山山嵐氣昏。旦暮多風雨，江湖相吐吞。山竹生伏筍，寒蕪護其根。草木有本性，物我難具論。口快理或屈，意得神自完。恬然絕膠擾，豁眼臨清樽。

睡起即事　乙酉〔一九四五年〕

臥讀倦入寐，短夢千里通。沈酣豈易得，俄頃情盡空。曉光射板隙，羣雞啼屋東。畏此聲光惡，納被將頭蒙。榻旁稚女癡且誕，探手入被摸爺面。實甚憎渠不暇呵，此時心在歸飛燕。

離恨　乙酉〔一九四五年〕

離恨一再積，亂山千萬層。江風吹水月，人影拂林鐙。夜色好如許，歸心淒欲凝。問程春尚遠，臨酒力難勝。

感事　乙酉〔一九四五年〕

就桌趨炎燈一支，辟寒惟此試憑危。稽天大浸人將盡，習苦蓼蟲心自知。來日尋山與行水，和詩履險要如夷。東陵大盜今逾橫，飾惡文非更有辭。

赤水歲闌，得讀香港華僑日報，見有葉先生者和余詩。(二)余離鄉十年，去港亦且五載，四方流播，梗泛萍飄，日以詩篇為食飲，使療其狂疾。積墨既多，率爾遺落。讀後即檢校舊稿，似未嘗有此。不知葉公所謂湛銓，果是此韓翃否耳！心癢難耐，因即韻奉答九章。庶無乖葉公應聲之望，重為我在港交親陳其苦懷也　乙酉〔一九四五年〕

鏟迹逃詩苦費聲，欲東劉季未成行。南天星氣忽生眼，昨夜山齋吟到明。

撲袖風霜摧字滅，盪胸河漢帶愁橫。何時海角因依見，與叟同歌死地生。

留閱興亡有正聲，聞風思與比肩行。巢禽失樹啼難了，霜月經天晚更明。

短筆觸愁雙眼決，深燈無語一琴橫。十年身世誰曾料，倦枕殘書愧此生。

東平振絕吐奇聲，奈此迷陽卻曲行。漫世風波拋夢過，隨時肝膽向人明。

目空前路獨不見，心與落潮相對橫。裁剪詩篇存本色，了非頑豔玉谿生。

軋機冰繭斷腸聲，袖手籠寒繞室行。捉足欲騰天外去，扶燈留向夢中明。
驚風零雁飛難起，上酒吟頭掉更橫。五載陳思違白馬，悠悠千里念同生。

幼安遼海思高蹈，那管三台舉獨行。此世應難水勝火，寒灰坐撥夜連明。
南雲慷慨人誰惜，東野窮愁氣莫橫。聊試憑高披悶去，雪林風草可憐生。

頗覺病狂猶越聲，斷無人解御風行。味回酸辣牙全動，聽入微茫耳暫明。
羈鳥屢思花外集，寒山層向眼邊橫。彌年疢疾須兼藥，肯信莊周一死生。

待撥鳴琴寄此聲，勞歌不是少年行。癡雲忽沒風怒掃，醉眼若迷心甚明。
水腳山腰殊偪側，行間字裏得縱橫。累年烽火幾存沒，頹倚閑門悲友生。

零葉呼天每失聲，適途吾欲事冥行。鳴陰宿鶴連林警，運手霜斤徹夜明。

隱有流民煩鄭俠，極須孤島起田橫。何因窮髮抽身出，及看江南春草生。

寒江層波無住聲，客身且緩東南行。塵上有生皆用佞，握中懸璧焉投明。

聊支永夕短燈共，安得歸船長笛橫。憑此九章傳海國，虔誠多謝葉先生。

（一）編者按：《華僑日報》一九四五年十一月十九日載孔教學院副院長葉次周（佩瑜，一八七五——一九五二）〈和湛銓君「野行」原韻〉

呂生詩　乙酉（一九四五年）

生姓呂氏名孫謙，家桂柳陸鄰高廉。身長貌瘦面雙尖，少染詩癖守律嚴。

自謂得少須多添，廿四篇學行遊黔。將求師友相磨礲，我時在筑棲茅簷。

日以文字為米鹽，粒粒辛辣心始甜。生過我門密測覘，知我肝腎曾深醃。

於是委質意甚忺，我謂此道汝莫漸。其中每每有魔潛，鋸牙鉤爪舌譫譫。

人入身手將遭箝，吞噬心血從無厭。終古詩客多滯淹，禍福不必著龜占。

勸汝速自歸鍼砭，無為舉體臨危阽。生聽我言起猜嫌，以謂人生貴自恬。
從吾所好今古僉，師殆意我才力纖。點墨不許苟濡沾，不然魔雖甚蝮蚺。
吾當視之若鰜鶼，實為先生馬首瞻。肯悔祿利功名殲，我聞生論殊不懕。
姑復淖滓同膠黏，與觸霜刃分鈍銛。與臨機杼別素縑，與登樓閣穿幙簾。
與適衢戶揖閭閻，與事軍旅操符鈐。與辨朱紫開匣匳，與度寸尺裁數襜。
與論體用看樗枏，歸坐破屋撤帷幨。閑搖瘦膝撚髭鬑，天地事物徐冥撏。
心誦手劃筆緩拈，言或詹詹或炎炎。生從我久看便暹，乃每負手吟喁噞。
有得趨歸即題籤，山泉折出流瀸瀸。英秀挺拔標蕲蕲，詩筆清卓生蒼薕。
冒寒中暑困瘧痁，不惜懷抱兀炙燅。生於詩海亦既霑，用心恐已成鉤鐮。
真防其如是也　處事慎勿同其憸，快養真質離豎閹。便翹初日升東崦，或
回青眼親涼蟾。

除夕　乙酉〔一九四五年〕

觸熱驚寒赤水邊，端須文字與流傳。將身用世今何日，放眼昂頭自有天。
巧得長生原大夢，笑拈花筆入中年。畢郎高致吾寧負，浮拍湯匙當酒船。

寄答何曼叔重慶　丙戌〔一九四六年〕　時年三十一

月來食力身苦疲，失時抱智將安施。夜夜燈下細書字，眼穿睫脫睡無時。
自言病胃殊不惡，每能食少常不飢。猛吸濃茶暖中氣，將身與世同安危。
八年驚兵苦奔突，那料至今心異鬱。安得飛越山萬層，歸去不厭棲鼠窟。
天狼狺狺東北隅，誰發萬弩行天誅。我欲削竹為勁矢，引滿一發使不起。
遙呼曼叔嘉陵濱，知我果是何如人。

失睡　丙戌〔一九四六年〕

用情書事不成題，蠢蠢愁心東復西。深坐忽驚山月墮，微吟低逗曉鶯啼。
橫江凍霧遮窗密，獨樹風巢斂翼棲。薄被留春安反側，亂紅千里夢都迷。

遊法王寺，同賈中宇、賈權復、蒲繼能、穆德諸生　丙戌〔一九四六年〕

連旬多物累，勝事良已蕪。侵晨集諸子，涉水登前途。日晴天濯濯，聯遊過村墟。春半氣苦暖，萬花落無餘。高樹抽嫩葉，陰陰自扶疏。細草洩山氣，搖搖各吹噓。澗泉溢四瀆，松風時一呼。流雲走萬岫，隨意為卷舒。沒爾塵中客，積悶俱平除。賞心不必花，年來如此無。陂陀三十里，高蹈堪凌虛。誰云士積弱，請認風頭吾。是役余先到寺

山行既至止，古寺在林窟。山木皆陰森，彼佛殊密勿。不似吾道大，欲伸動每屈。登殿禮法王，便欲釋飢渴。款賓沙彌誠，入口山茶劣。惟淡易見性，味與萬類別。僧鄰虎豹穴，未嘗損膚髮。嗟我墮泥塗，塵事難寂滅。雖能發深省，皈依計則拙。且與諸子棋，佛法那得說。明旦早來還，莫妄肆口舌。禪房可安睡，一夢到明發。

壽曾儒彬丈　丙戌（一九四六年）

南梅傲冬花滿梢，花外舞鶴矜翎毛。曾君紀蔚我同曹，日昨招飲羅酒肴。知渠萬里尚親壽，不惜行廚多破鈔。我材樗散性澶漫，文字鉤棘世所嘲。熟知成此譬貢曝，須復鼓舞聲嘈嗷。文翁化俗天下樂，令子積學人中豪。貞松閱世受命厚，老幹生菌孫枝高。曾丈與紀蔚兄俱得子也　三命當能以次進，不必方朔供蟠桃。

蒲穆兩生詩　丙戌〔一九四六年〕

蒲生於為人，好學志欲溺。蜾蠃祝螟蛉，類我無乃亟。貌怯而膽壯，幽險奮攀陟。肝腸生冷熱，水火相噴激。冀子日飲槽，頗蓄千里力。穆生好少年，持志甚閑寂。韜精自閉關，口不論黑白。文心巧雕琢，詩筆卓標格。淮海非女郎，元凱有左癖。吾知益以學，疑可探地脈。兩生從我遊，今無古難得。奈何天地否，復此江湖窄。崖巖相傾欹，列缺轟霹靂。人謂抱殘篇，無異躬自賊。誰信君子儒，實具安邦策。讀書貴通達，推一可釋百。有此詩賦才，善用當活國。相期赤水涯，共舉青冥翮。

妙悟　丙戌〔一九四六年〕

好書須讀竟，深更殊未眠。餘韻遶胸臆，萬慮隨之蠲。山月落欲緩，窺我塵外仙。夜燈亦明靜，大似無言禪。妙悟不恆有，剎那便推遷。佳兒睡方熟，吾意將誰傳。

青年節賽球傷脚　丙戌〔一九四六年〕

丈夫氣猛志鬱律，從來萬里能驍騰。陰陽歙吸劇噴薄，可蹈赤炭淩層冰。
昨徇儕輩邀擊鞠，慣技未展心生稜。誰知雄武有不競，踊躑已復如凍蠅。
方場往返不數匝，髀肉酸痛心顛燈。横心鼓勇奮一躍，右脚騍蹶難再興。
青筋拳縮肉赤腫，兀兀歸去行扶籐。夜來欹坐萬感集，但抱瘦影愁春燈。
吁嗟吾今齒適壯，胡自惻愴慚形相。宜懲小挫釁大仗，待開生面出花樣。
況今國步益艱難，江山表裏誰屏障。莫沈章句損精神，狐鼠狼豺須掃蕩。
近來國賊恣邪淫，中風狂走心盡喪。鴟梟力搏啄母腦，瘋狗反噬忘主養。
志士於茲有苦懷，痛雖徹骨神全旺。何時霜刃任揮洒，搓摩病脚頭北向。

因病得閑，又肆詩酒，賦此遣興

丙戌〔一九四六年〕

沈飲氣得壯，溺詩身已災。二者皆吾事，禍福無暇猜。仗氣可輕身，謀篇復謀杯。劉伶頗達道，江淹真恨才。

腳傷稍愈，江頭小立　丙戌〔一九四六年〕

世路依微夢裏煙，物情撩亂枕中棉。一春花事美無度，萬戶垂楊君那邊。
乘病偷閑渾可事，烘簾過影更何年。平波綠淨鳧鷗嫩，莫放行舟妄涉川。

睡起即事　丙戌〔一九四六年〕

檐柳清曉梳春風，百鳥吱嘲喧耳聾。癡人睡起眼未醒，臉鼻垢膩首飛蓬。
手擬寒水刷膚髮，支策蹬蹀牆西東。驕兒呼爺磐石坐，稚女投懷交帖妥。
無奈元規塵汙人，不便表聖壺買春。情天何日更作好，縱我萬里雙飛鱗。

夜讀　丙戌〔一九四六年〕

遙夜燈熒熒，寒蛙聲閣閣。幽人倦不寢，安心服上藥。治書如治盜，入手須牢縛。豈能紙面飛，隻字不得捉。山妻惜我勤，起為操鑪鑊。欲問馬相如，曾否有此樂。

傍水　丙戌〔一九四六年〕

傍水身不競，無花春亦佳。萬緣殊欲寂，羣動莫相猜。飛燕斜剪鬢，暖風潛入懷。不知顏氏子，何以得心齋。

雜言　丙戌〔一九四六年〕

狂風四散吹柳絲，山禽啣蟲飛哺兒。柳能柔媚不肯斷，彼鳥奮飛身甚危。

物類同時有否泰，人事每每亦如斯。寸有所長尺或短，善約不結誰解之。劍門萬古仗一戟，餘子碌碌多奚為。奮身開拓非我力，施工慎勿乖所宜。肝腸雖耐冷熱攪，貧病不遣交親知。時乘幻化外虛實，可以日月同驅馳。割雲補被夢應好，使酒廢書心始奇。君不見，天風與流水，任運去來無定止。我欲鍊取天風流水為神丸，隨時隨地探囊應手起人死。

久不為詩，夜坐成句　丙戌〔一九四六年〕

萬緣寂滅無餘跡，瘦骨堅心更出塵。十歲深逃詩與酒，一燈危照夜難晨。意多默少情知誤，世棄天留最可珍。縱浪化中今亦好，升沈由我不由人。

陪都重遇黎葛民，感極有贈，並送其入昆

明 葛民，畫人也　丙戌（一九四六年）

而今終遇葛天民，執手同珍見在身。萬里江山供作繪，六年塵土欲埋人。
火雲炙手詩逾熟，烈士排山力要陳。莫聽麻姑說東海，且傾沈濁換清新。

滯渝不歸，朋好離散，憤悶成詩

丙戌（一九四六年）

鬧市重來已改觀，樽前花月興都闌。頑軀但覺皮包骨，詩味多添卒與酸。
故國得歸仍是夢，危心冒暑豈忘寒。時國事將有變也　汝曹莫著名公眼，
都與蟲沙一例看。

留別梁大簡能　丙戌（一九四六年）

重逢不是向時情，愁聽黃流激盪聲。口易盡言心欲默，天雖能亮眼難明。
蟲魚之技真成累，皮骨關河怕避兵。憂國憂生了無極，待隨屠狗密埋名。

艱危何意重離羣，難把情懷說與君。調古義深時所詬，風呼雷激耳無聞。
去來燕雁知節氣，早晚山川生雨雲。我輩真為天下惜，文辭而外可能軍。

中秋前夕，將欲往滬，維舟不發作

丙戌（一九四六年）

欲發舟仍滯，無眠夜獨吟。心隨江浪轉，秋入亂山深。不忍見閑月，生妨思舊林。從來摩盪手，於此恨難禁。

過心飛樓夜話　丙戌（一九四六年）

星辰肝膽愛齊觀，每每山樓坐夜闌。盡攬十年江海氣，似嘗千種女兒酸。
夢空豈被風力奪，情熱不甘秋雨寒。明日午窗應睡起，畫心休與俗人看。

與簡能夜談過五鼓後，不復能寐　丙戌（一九四六年）

懷秋一往意難量，耿耿誰施養睡方。密霧遮燈疑世滅，西風吹水到心涼。
濁流收腳仍三顧，小處藏身卻百忙。時向大夏請假半年，留渝中某校兼任祕書長訓導長，急切間不能去。老女癡頑雖不售，忍將奇服換時裝。

九月十六日，入居修竹山莊永夜觀，心慨然今昔，試調一律　丙戌〔一九四六年〕

卜宅聽名驚欲呼，余詩以修竹園名集　故園貞玉比何如。塵沙未礙看秋眼，人物終同落溷豬。叔夜豈真甘草野，陳蕃曾不掃庭除。奇心那有巧工織，且伴深燈多讀書。

夜感　丙戌〔一九四六年〕

十年都已忍千艱，末世狂名只等閑。吐氣疑能沸江水，探囊誰許買秋山。

喧林吹葉亂未定，撲眼流螢來又還。自覺吟哦輸博奕，詩篇盈尺欲全刪。

將歸粵，與穆翁濟波夜話南温泉，賦此為別

（一）　丙戌（一九四六年）

累夜繩牀夢廣州，按心強忍十年愁。深更燈火欲誰語，老馬風沙如此秋。應響來禽已知處，去絃鳴鏑更難留。名儒自有千秋業，古調孤彈慎莫收。

（一）先嚴於〈修竹園詩前集摘句圖〉注云：「穆翁挽余在渠所辦草堂國專任教詩學，奈歸意已決何。」

酒悲茶苦話尤酸，執手因依那忍看。秋士豈甘千里別，溫泉無補一心寒。戀林冷月驚風起，刻意新詩落字難。他日天南高處望，樓危寧惜更憑闌。

流議咿啞知厭聽，逢翁思放撼秋聲。癡聾閱世寧非幸，穆翁已聾　巖岳堆胸自不平。人事略隨秋剝落，士心終似石堅貞。蘭筋久作圖南想，容我培風自在行。

重慶朝天門夜泊　丙戌〔一九四六年〕

久客還鄉意可知，歸哉猶及趁花時。頹心倦眼仍支夜，飄雨斜風欲劫詩。
寒雀喧林歌別調，鐙船行水佈危棋。解圍自始仗好手，曲逆於茲須用奇。

明發渝州，夜泊忠縣　丙戌〔一九四六年〕以下歸粵

途中作

江上兩夕眠，反側疑病瘧。凌晨步船闌，身懶心起落。濃霧挾霜氣，觸處似劍鍔。天昏雲壓頂，鷹隼欲我攫。忽然響笛號，重陰歸寥廓。峯腳吐樓臺，腦後行隱約。廿里馬蹄灘，日出光閃鑠。此殆天馬遺，送我出鎖鑰。或稱銅鑼峽為重慶鎖鑰　遙遙望涪州，攬景殊欲泊。空餘江山秀，涪翁久不作。無何過酆都，風色佳自若。冥心禮閻王，休被羣鬼謔。日斜泊忠縣，選勝苦力弱。陸白曾此留，其事難即索。入市買雞還，發瓶深夜酌。

明日下巫峽，得句須細嚼。

舟泊荒岸，雪夜無寐　丙戌〔一九四六年〕

萍梗騾牛笑此傖，得歸猶覺路難行。未遑天岸跨神馬，深怨沙邊聽水聲。

浪激雪飛喧急鼓，夜遙心遠坐平明。扶船撼醒舟人問，此去長沙幾日程。

澧江夜宿　丙戌〔一九四六年〕

屢禱歸舟快，江天冷落同。冬心霜月裏，時論水聲中。情急多憐物，林寒

更起風。平生仙俠骨，何意技今窮。

任懶能兼飯，連日日進十數碗　浮家又一宵。江湖流斷夢，胸抱入寒潮。

注腳星全動，聞霜氣益驕。累年塵事迫，於此暫逍遙。

過洞庭湖舟中作[一]　丙戌（一九四六年）

葉脫霜飛過洞庭，凌虛得句易生矜。舟衝狂浪無窮疊，心入寒雲最上層。

近岸人家收鴨隊，夾江林影閃風燈。灣沄沅水迴腸似，自是懷歸畏友朋。

[一] 先嚴於〈修竹園詩前集摘句圖〉注云：「自宜昌入洞庭時，前望波濤洶湧，無有涯涘。將近長沙時，則縈洄於沙洲間，始知屈子『嫋嫋兮秋風，洞庭波兮木葉下』之工。」

沅江曉發　丙戌（一九四六年）

飢妻弱子坐因依，重感山人道力微。霧密天低疑欲墮，水寒鷗落忽驚飛。

遙看飲雪草盡槁，誰信食貧人得肥。來日閭閻見耆舊，松篁深坐漫歔欷。

將至長沙作　丙戌〔一九四六年〕

吟頭南仰白雲平，旁有天風好寄聲。曲岸斷橋迴望失，高帆鼓腹盡情行。
去家日邇心頻動，盡物堪親鷗莫驚。準過長沙歸竹屋，揮琴撾鼓待春生。

次韻无盦師賦贈二律

丙戌〔一九四六年〕以下回粵作

酒甘茶滑笑言宜，扶夢來還覺可詩。一往蟲躍終此滅，平生風力更誰知。
鬱心雲霧資吞吐，刻骨悲酸自歲時。懶與情春通好約，寒梅遲放向南枝。

余尚須往滬也

放脚經行路幾千，耐寒霜鶴閱堯年。入神精義誰真探，譁世狂名只浪傳。
捫額暗驚生卦象，舉身寧不重山川。阮生清曠甘淪跡，難得何曾恕此賢。

越秀山重游，偕伍宗法　丙戌（一九四六年）

物情那不辨興亡，疏落寒花尚斂香。山氣徒傾三面秀，天風吹散十年狂。感深今昨艱行坐，人與榕棉各老蒼。志士苦心誰解得，固應文字日荒唐。

香夢　丙戌（一九四六年）

膽瓶水暖孤花活，起我年時已墜心。角枕鐙明香夢警，月樓天遠曉星沈。微雲初日徐生眼，凍指危絃空復音。挑盡寒灰無隻字，為君情極只淒吟。

寂園犯夜招飲，談次多及詩事。賦此自解，並酬其見贈之作　丙戌（一九四六年）

轉側看君屢改容，一樽聊與消殘冬。清新謝客池草句，休管追蠡神禹鐘。

塞鼻知香法斯妙，謂人勝天吾不從。瘦籐脫手坐亦穩，定是跛僧詩思濃。

寂園新跋

連日談詩，微有倦意，賦視寂園

丙戌〔一九四六年〕

爾日孤懷漸向冥，懶推奇算罷觀星。潛虛水鏡思埋照，曉事泉明莫問形。

物變豈瞞心上白，劫光曾避眼中青。郎君得道兩塵隔，仙藥難回人不靈。

焦冥飛亂依稀覺，強試棲心入酒杯。千日看雲開眼盡，萬流歸海放懷來。

已抛金彈忘機了，可笑驚禽側目猜。寄語諸君快欣賞，南風昨夜破寒梅。

一事而今似可誇，吾能忍渴不須茶。詩兼坡谷得奇妙，辨到陰陽偏錯差。

說與山花休露眼，自珍神物欲藏牙。桓伊三弄真多事，意外逢之我亦譁。

歸客　丙戌〔一九四六年〕

頑冬歸久客，癡坐意無涯。暗室養明眼，新花輝舊枝。清言思鄭重，淺處見雄奇。自有千秋計，旁人那得知。

吾女筑生，溘然棄抱，旬日以內，剜肉崩心。寓樓淒臥，鬱鬱不瞑。萬感集於孤燈，再胎期其重至。使精爽不昧，神鬼有徵，則換水移花，舊枝何嘗不可加麗也。癡父極

情，皇天必格，忍痛書此，知復云何

丙戌〔一九四六年〕

舌敝脣焦語亦瘖，頑年殘夜夢全沈。血凝嫩臉永印指，余女氣絕於光華醫院候診室，余躬抱其入殮房，尚顫指撫拍其面也。巢壞顛蜂爭領心。阿母安胎誠以待，遊魂到日要來尋。忍哀瞞恨斯為念，靜冀嬌鶯唱好音。

止足　丙戌〔一九四六年〕

止足憶行路，勞生安有涯。風前抛淚盡，花外着身佳。頑懶不滋事，江山殊在懷。跡心雙寂否，羨汝壁縫蝸。

除夜過花市　丙戌（一九四六年）

積雨層陰歲且新，側身天地此何人。紅梅應怯心頭火，白酒微妍眼角春。
花市喧年聊入足，佳人從古不同塵。夜闌肺腑私相語，欲聽云云更未真。

元日陰雨，懶不出門。酣睡過午，起坐成句

丁亥（一九四七年）　時年三十二

陰雨開年首戒途，寓樓成日夢遽遽。放閑身手天豈忍，欲肆語言風乍呼。
花避殘寒殊未害，士矜奇字一何愚。敬通老被文誤了，葛亮不華時所須。
貪眠甚喜夢能諧，倚檻頻將倦眼揩。時論是非隨爆竹，情春風韻在童孩。
高天厚地蓄奇氣，白酒黃柑生好懷。勞思取償須肉食，詩心今日豈宜齋。

俗習元旦例須素食，我今良不奈矣。

雨歇獨行　丁亥（一九四七年）

雨歇春開氣一伸，須誰簷瓦蔭吾身。丈夫豈作娉婷態，眸子難留過往人。
當路衣冠多出色，入時雞犬亦工顰。獨行自有英風在，萬怪撐胸取次新。

初四夜大雨　丁亥（一九四七年）

寒窩密坐意惺忪，潛覺孤懷氣逆衝。此雨分明陰有助，今人那謂世無龍。
欲呼天乙神雷起，大破侯門春夢濃。連日眾生爭媚佛，某誰真聽六榕鐘。

寓樓距六榕寺甚邇

香江探舊不遇　丁亥（一九四七年）

道左層樓夕照明，呼門深待激春聲。昂頭未許簪花得，袖手真疑抱夢行。

海市沸騰天欲裂，壯心飛動氣全橫。無窮無盡人間累，信守殘經了此生。

方寸　丁亥（一九四七年）

方寸微茫孰得知，悠悠談口每傳疑。難諧大夢偏貪睡，足見平生只有詩。
一世風埃遮好眼，十年歌哭豈前期。芳菲南國勞吟望，咫尺春陰正陸離。

題无盦師所得戴文節畫竹　丁亥（一九四七年）

勞人萬里脫命還，塵猶披面來趨班。宗師喜我業力勝，不責口快心彌頑。
談餘指示壁間幅，上下題詞中畫竹。其人其畫寧須論，諸公好句亦爛熟。
八年四裔萬歷碌，亟欲雙瞳洗寒綠。子猷清興那不屬，今日對此勝啖肉。
我園有物千參差，文節冥想先得之。眼明心爽看久久，此圖理應歸我有。

奈何師不我與還要詩，使我倉卒落筆雙攢眉。

初春風雨，西園雅集，同无盦師作

丁亥（一九四七年）

語笑頻來甚不經，欲抽詩膽賽銀屏。花光射眼燈為怯，冷客傷春酒易醒。
刻意逕尋愁日樂，餘生還乞美人靈。陶公所懼君知否，敢撥危絃與眾聽。
神駒負軛可千鈞，肯把雙肩借與人。萬事不關仍欲論，一身須懶豈無因。
逢花何吝春全買，使酒驚知性未馴。遙夜追歡風又雨，明燈高照更難晨。

痔病發作甚劇，左手支牀，右手持筆，此卷置被面，忍痛題句　丁亥（一九四七年）

客來或疑我着魔，連日呻吟替嘯歌。呼天叫地當奈何，盈腸滓穢不敢出。
長此創痛焉用活，恨不鼓刀拼一割。廿年讀書殊可嗟，坐臥不得還眼花，
虧汝偷自矜才華。余眼力素佳，年來且感近視矣。

寓樓即事　丁亥（一九四七年）

寒重風高日易曛，狂夫無酒醉三分。佳人可惜難同世，俠骨何妨稍不文。
欲築肝腸成壁壘，奮揮文字戰風雲。王孫輕視攻堅手，宋義空疏竟冠軍。

某夕睡起　丁亥（一九四七年）

南冠幽縶得來歸，斂氣沈眠暫息機。明水觀身虛自賞，瓶花孕子那能肥。

忍窮之技終當盡，入夢人天未許非。檐月晶清寒故好，何方閑氣用重圍。

是夜月有暈

上海春寒（一） 丁亥（一九四七年）

曠浪東南轉自歎，世間何事與卿干。近來英氣看終減，漸老情春更做寒。

鬧市行身疑墜溷，羣書上口只吞酸。閉門且復謀甘睡，被底神龍密屈蟠。

（一）先嚴於〈修竹園詩前集摘句圖〉注云：「時由廣州至滬，仍任教大夏大學，居梵王渡該校校園中。」

月來潛虛守默，諷籀自娛，有東方生朝隱之概。而人世益亂，所事益非，坐對明燈，不能無歎（一）　丁亥（一九四七年）

傾身營志總無能，慚對空軒雪亮燈。誤覺清狂勝柔媚，不辭奔撲當飛騰。

藏胸書卷多何益，入夢佳人冷似冰。斷送無邊功利了，幽憂僻癖日相乘。

（一）先嚴於〈修竹園詩前集摘句圖〉注云：「時除授課外，非讀書則靜坐。」

連句塵事煎迫，諸妄惶惑。屢欲造作，了無長思。冥諷舊文，忽有所屬。殪逢蜾蠃，寧便類之。我南強温柔之教，成北鄙焦枯之音久

矣。今復為此鯢鯢，人豈聞之調調乎

丁亥（一九四七年）

戔戔溝裏蓮，披披風中柳。異物偶同時，相看不相就。白日為誰明，蓮生柳漸醜。柔媚焉可保，忽忽易衰朽。棘身育佳實，將同貞玉售。沈冥廬中人，於此知所守。

耳厭絲竹聲，目惡車馬塵。無妨通而蔽，曹子建謂君子而不好音樂，古之達論，謂之通而蔽。聊能坐忘貧。兀傲平生心，自始非常身。饞饞咽殘字，悠悠生好春。十年體物情，一世寡所親。金鑽非白堊，灼爍誰能磷。

殘夜　丁亥（一九四七年）

鳴蛙通夜訴春寒，未抵先生拍枕歎。別夢人禽千萬轉，遙天星火兩三殘。

此身莫測輕還重，往事冥尋辣更酸。漸掃嚴陵狂態盡，待呼侯霸與吹彈。

得葉翁元龍自蕪湖來書，卻寄　丁亥（一九四七年）

萬里人來傍水居，此非濠濮鎮愁余。大夏校景，亦頗具水木之勝。長風生籟時方鬧，尺水潛蛟計已疎。世味攻心增惋惻，君情今日定何如。殺機軋軋渾難斷，只管清陰臥讀書。

小民　丁亥（一九四七年）

鬧市居然隱小民，睡餘搓眼看殘春。俗緣似梗喉中骨，名器何如指甲塵。濁水未澄休索月，餓鴟難飽欲謀人。并忘美醜非真達，今佛應須用愛嗔。

平居不樂，憂患層至，遂有歸心

丁亥（一九四七年）

邀遮患害隨時積，偶碰飛蚊也自驚。習氣坐教身屢廢，靈泉難洗眼雙明。斷橋語影行偕隱，密柳無鶯空用情。敗局終誰推巨手，天心似負一人生。

雨夜

丁亥（一九四七年）

劈拍飛蟲密打窗，奔崩危夜噤嗚尨。十年苦味摧長喙，萬古沉冤塞大江。短筆淒涼將發菌，美人風雨出無幢。誦《詩》三百言偏拙，待向吳娃學口腔。

彌月不舉酒，王克生忽復招飲，不覺放狂，歸作此篇

丁亥（一九四七年）

可恨囊金負酒杯，閑門不鍵待誰來。入旬除睡餘何味，積水無聲久忍哀。發義激昂生有自，取人卿相恐非才。何方盡吐儒酸氣，合鑄洪鑪鼓死灰。

午夢既圓，寓樓雨歇。當風送目，遂生奇趣

丁亥（一九四七年）

一雨收物塵，爽氣徹心髓。方瞳射精光，閃倏瞬千里。層層凝綠浮，紛紛野禽戲。熾炭澆寒泉，煩慮從電逝。疑吾精悍身，所在非鬧市。風入胸欲剖，理解仙可擬。情知奔逐非，益悟幽棲理。待結同心人，雙雙宿煙水。

坐夜　丁亥（一九四七年）

籟滅窗虛坐五更，論量今古語咿嚶。壯懷頗覺潮來往，吾道其如月晦明。
幾夜手批塵夢斷，一時神迫曉風清。眉間光氣崢嶸甚，不信丹青畫得成。

凝陰　丁亥（一九四七年）

待放心光徹九州，凝陰厚陣放還收。一鷹怒起風吹墜，舉世同沈我忍浮。
煮茗作膏疑可藥，築書成壁與遮羞。時窗前真築書成壁也　閑閑又是天將暮，未必雲衢可夜遊。

寶劍　丁亥（一九四七年）

寶劍篇成大可哀，孰云元振佀詩才。困魚吹沫頻舒歎，老樹空中已換胎。

此間溪溝羣魚，每日將夕，多浮嘴水面。樹老皆空中。物論只堪雙塞耳，蟄龍應想一聞雷。白駒場藿終安託，慎爾優遊定不該。

讀陶絕句八首　丁亥（一九四七年）

解道沈冥一世豪，涪翁五字識何高。堂堂傲令詩心在，好事諸君莫厭勞。

陶公《形影神篇・自序》：「好事君子，共取其心焉。」山谷老人〈宿舊彭澤懷陶令〉一詩，最得陶公實情。其發端曰：「潛魚願深眇，淵明無由逃。彭澤當此時，沈冥一世豪。」

精衞刑天託怨多，莫將沈勇當平和。北窗萬古孤臣淚，誰謂陶公樂澗阿。

細讀陶公〈讀山海經〉諸作，幾於篇篇寄有微言，精衞刑天一首特其著焉者耳！東坡謂其中七首皆仙語，失之。李公煥、何孟春、湯東澗、陶澍，各家注，皆未察也。

結廬人境心誠遠，種豆南山願恐違。與較徧人楊子幼，嗚嗚撫缶計殊非。

「結廬在人境」及「種豆南山下」兩詩，頗出楊子幼，然意趣神識，相去胡越矣。采菊東籬二句，實即景寓情，豈特眼前語哉！

粟里饑驅世所哀，百年鼎鼎謝韓才。運傾更沒英雄主，須信奇懷未稍開。

〈乞食〉一詩，全是託辭，非真有其事也。歸趣大體與〈詠荊軻〉一首相類。重在「愧我非韓才」句，彭澤一官，非漂母惠乎！東坡熱愛淵明，深致哀惋，未細察耳！公詩「鼎鼎百年內，持此欲何成。」又「良辰入奇懷，挈杖還西廬。」陶公〈乞食〉一詩，宜與〈飲酒〉第十首「在昔曾燕遊」及第十九首「疇昔苦長飢」參讀，則所謂饑驅者自明。

鬼神天道誠幽昧，履運存生只慨然。八表同昏奇翼斂，庭柯閑止信為賢。

陶詩「天道幽且遠，鬼神茫昧然。」又「撫己有深懷，履運增慨然。」又「存生不可言，衛生每苦拙。」又「八表同昏，平陸成江。」又「雲鶴有奇翼，八表須臾還。」又「翩翩飛鳥，息我庭柯。斂翮閑止，好聲相和。」又「慷慨獨悲歌，鍾期信為賢。」

明以為名亮為字，南陽諸葛此知音。無絃解識琴中趣，胸次交鳴梁父吟。

山谷老人詩：「晚歲以字行，更始號元亮。淒其望諸葛，骯髒猶漢相。」昭明〈陶淵明傳〉：「陶淵明，字元亮。」

混茫元氣入無邊，未害先生醉欲眠。柔外剛中同坎水，流行靜止任推遷。

陶公剛亮果直，跡其平生，感激慷慨過其文。殆深戒明哲，得老阮之慎，未克肆耳！

強舉吾頭終用低，紛紛餘子但蟬嘶。同時顏謝輩實如是也　分明詩國鴻溝劃，陶杜雙尊孰敢齊。

唐前栗里，有唐少陵。萬古千秋，莫之與京。

竟至　丁亥（一九四七年）

竟至長飢坐夜寒，自與山妻違後，宵飯不進久矣。可憐鐙我默相看。奉書如佛靈何在，進國於夷世共安。欲咒星辰成粟粒，並陳絲竹盛吹彈。遙聞大道輪蹄密，馬快休教背上翻。

偃仰　丁亥（一九四七年）

偃仰天仍在，沈酣神向冥。苦心棲石月，危淚落溪星。兵氣多添壯，勞歌漸欲停。無人資短策，深夜鎖殘經。

微悟　丁亥（一九四七年）

賢愚謀己誰優劣，鐘鼎山林各自便。風給江帆從引滿，心先雲翼入無邊。

人天一夢微生悟，日月雙飛頓不前。度外萬流趨短軌，臥廬捫蝨定非偏。

昌黎詩：「浮生雖多塗，趨死惟一軌。」

初夏晨興，雲物入眼。較量今昔，內省知非

丁亥〔一九四七年〕

徘徊天岸雲，飄灑畦中蔬。長風收曉霧，微陽起徐徐。物色佳自若，幽人顏未舒。來茲兩閱月，處己譬填淤。分粟梟雁餘，反心天地初。捲舌希默解，懷情甘索居。行趨動失道，昏旦頹臥廬。形踪日退密，朋曹漸無書。屠龍技只費，獻雉計益疏。人生論得失，王侯讓樵漁。神物抱精爽，萬古逃空虛。市朝近多穽，翻馬還墜驢。達官嚴出入，慎莫思軒車。吾生足狂逆，蓬茅從此除。快刀入快手，後效當何如。

酣歌助感，待旦如歲。強自解慰，勉成二律

丁亥（一九四七年）

日暮酣歌意莫傳，佳人天末久相捐。別無神趣消遙夜，強作風情夢往年。
曲學略難資世用，論才猶可奪詩權。浮生但要安心了，酒盞茶鐺自一天。

長年茫寞掩孤標，就熱趨明不自聊。蛙鼓風琴愁裏曲，燈圍星網眼中宵。
尋常淺夢能滋淚，咫尺清溪欲起潮。兒女情多君莫恨，茂先才調信超超。

鍾記室品張茂先詩，謂恨其兒女情多，風雲氣少。

遣懷

丁亥（一九四七年）

眷人輕燕去還留，曠士於茲煎百憂。坐困行疲俱不耐，天高地廣欲何求。
垢衣未免譁時俗，真氣知堪鬥勁秋。漠漠野塵風後盛，只今何處舉吾頭。

大風雨中作　丁亥（一九四七年）

永夕聽風眠，向晨起呵欠。塵穢廓然清，蕭艾紛已斬。窮簷赫怒號，餓鴟危自斂。叱咤聲愈宏，行趨孰不險。向來馳驟客，及此應落膽。人情終悔禍，天威誰敢犯。小子生南國，風雲壯聞覽。自從落窮僻，震裂無復念。耳目今再新，物我好同撿。人天理或得，治亂情可驗。坐我玻璃窗，恍彼冰雪鑑。處靜以觀動，神意甚清湛。稍待風勢停，萬殊納軌範。溪池轉澄明，俯檻看跳劍。

道源　丁亥（一九四七年）

心微涼處是靈根，屢誤天遊探道源。國計身謀時與舛，物情風鑒舌須吞。懷賢樂聖聊安夢，塞戶關窗謹避煩。限外聲光無復念，新能合眼坐朝昏。

自諷　丁亥（一九四七年）

自沈豈達道，未進非善退。無從入冥微，安得滅嗔愛。斂身避葵堇，校書愁馬隊。天欲試吾智，未向先使背。雷霆風雨交，浸旱兵劫再。文字為粟粒，朱墨替粉黛。五行巧顛倒，萬怪相逮代。看汝於此中，是否能強耐。吾癡不可言，靈因幸未昧。急賢動擬聖，懷海起袖岱。生民莽流離，安忍獨自在。閉關道固宜，施濟理亦對。用舍還諸天，忙閑了無礙。朋交用諷託，日月有明曖。方寸納塵芥，客卿知幾輩。善慎去來今，無庸自怨艾。

難題　丁亥（一九四七年）

鄰屋雛雞已學啼，而今老筆竟難題。夜全無夢人彌遠，燈不能花月又西。潑墨有時成浪湧，種桃何日與鬟齊。婆娑柳底歌誰答，只有涼風助喘嘶。

漫興　丁亥（一九四七年）

頌德貧無酒，開關縱卻春。風雲天下士，花月眼邊塵。夢恐能傷性，名難啖飽人。皮膚殊未病，痂落欲生鱗。時皮膚病新愈

雜言　丁亥（一九四七年）

震風纔靜又騰鸇，何物幽深伏不前。獨抱苦心悲日月，久無佳句報山川。
我情種種將安說，人語紛紛恐未然。茶榻因依晨夕了，頑筋鈍骨欲千鞭。
縱意狂吟自覺賢，華丹敷抹定非妍。世懸巧手金針末，身在閑溪浴鴨邊。
萬態低昂供感悟，百年舒卷足回旋。神仙未必真忘世，抱朴於焉著〈外篇〉。《抱朴子・外篇》足資治國平天下

微行　丁亥（一九四七年）

枯坐心將墜，微行氣且舒。驚禽還測我，飄柳欲叉魚。靜賞塵中趣，全忘腹裏書。弘羊休自喜，天算有乘除。

夜永　丁亥（一九四七年）

寂寂苦夜永，悠悠思歲華。魚吞星作飯，夢向月謀家。萬事堪涕唾，一心攢鏌鋣。何時歌慷慨，棄置冷生涯。

過雨生寒，月暗星隱。寓樓夜課，念亂傷時，強成短句，言無詮次矣　丁亥（一九四七年）

總是身難賣，非無祿可干。時危雙淚熱，風割眾星殘。好女悲明鏡，書生欠素餐。重為貧賤別，蔬菽憶團圞。

遠客憎遙夜，長懷訴短竿。奇文妨妒月，盛氣欲衝寒。逃世良非計，輕身好犯難。何當三尺水，揮取萬龍肝。

長歌一解，寄呈无盦師　丁亥（一九四七年）

先生高情準天地，金印斗大不可勸。煙花霜葉空自華，敢望行間星爛爛。
門寬苟容拏擲客，乞取精光鍊貞魄。十年心鐵重轟錘，至竟奇懷聳戈戟。
人生勇銳徒折磨，癡漢頗已悔風波。燈闌揮涕投星河，長天頓盪雲婆娑。
血浪沸熱當奈何，安得歸來換胎骨。神堯復起不趨謁，永伴先生超日月。

舒憤 丁亥〔一九四七年〕

閑身坐穩心栗六，隱聽千家萬家哭。近來定靜得國情，那入邯鄲妄奔逐。
百圍大具根轇轕，勢欲摩天巢鶴鵠。哀哉國賊毒吾民，捕捉生人填蟒腹。
烽煙又舉西北隅，竟引天狼噬其族。壯士途窮事乃已，不則排風旋地軸。
連宵燈外萬象搖，即有好書何由讀。握中五寸黃枯竹，能削徑尺堅貞玉。
何況平生無盡奇，自可震凌為夏屋。君知湯武雖人傑，無百里地功安暴。
寓樓偃仰才難效，但對詩騷命奴僕。終信天日有明時，不使斯人老濛濮。

次韻孫亢曾丈京市寄懷之什 丁亥〔一九四七年〕

龍蝦窩聚各浮沉，誰入波根問此心。崖岸傾欹遮起勢，雷風衝激鬥狂吟。
茶香惹恨才無賴，劍氣侵星寇又深。欲乞雲間針線手，縮將河嶽繡吾襟。

市朝官貴逐時新，坐怯千車萬馬塵。漸識國情思更苦，偶尋春夢醒疑真。
儒疏於事天方蹶，我獨喜公官亦貧。認字癡蛾都遠引，近來只有一燈親。

自題近詩　丁亥（一九四七年）

金源封張劉，諸儒訟孔孟。夷狄可父母，仁義徒贅瘿。大哉前進郎，優敗劣使勝。國步踐鋒尖，天網漏梟獍。閑情久撥置，世路增急警。撫事幾勃塞，抖筆掃畦徑。魯連矢待發，辛毗鉞巍秉。余豈騖怪奇，握中有把柄。

夜讀申旦　丁亥（一九四七年）

星沒燈闌點綴頻，古人恨不見吾勤。掩書神釋興衰理，閱劫天留磊落身。
招引曉風初解慍，鼓吹英氣並忘貧。靈虛一墮今三十，那有閑言賦感甄。

書感（一） 丁亥（一九四七年）

塵裏物紛更，端知世可輕。焚香深氣息，堅坐到平明。語燕空勞問，禪心戒用情。閉門風滿室，抱膝謝蒼生。

（一）先嚴於〈修竹園詩前集摘句圖〉注云：「時在上海，見天下事已無可為。初事禪定，已能堅坐。從茲以往，將以學術終老矣。」

佳人（一） 丁亥（一九四七年）

角枕香紅念未捐，佳人心緒太沈緜。脂車載美思成病，漆室希光夜似年。撩恨江山終在眼，展才文字豈非天。禪關久坐癡難斷，且亮銀燈照夜眠。

（一）題出次句，亦猶陶公之賦閑情爾。

金丹　丁亥（一九四七年）

潛泉泂洑茁玄荄，敗壁依稀長綠苔。兩月酣眠寧有夢，十年飛逐只生哀。
門開白日思關住，鳥喜新詩與唱來。報誌而今都懶看，世間成敗盡塵埃。

睡起有作　丁亥（一九四七年）

何事攘頭觸不周，有時捉鼻詠洪流。平原盡處樹蓄勢，短寐醒來風撲樓。
壞壁詩書憐局促，勞生心眼可甘休。多年未備安心藥，小待還山與婦謀。

論詩　丁亥（一九四七年）

枉乞騷人賜耳提，費尋練實飽羣雞。陳編難協生天夢，餘子空教索乳啼。
莫把胭脂染豪傑，或移板架當階梯。本初輿服終須斂，聲色高張意易迷。

感事　丁亥（一九四七年）

撫心未覺片時恬，爬背端須十指尖。小室聲光寒後好，美人顏色夢中嚴。
掃空塵濁風定可，望入微茫星始添。天象從來堪取用，君看高處掛霜鐮。

時有新月

柳根溪漲魚遷宅，簾外風高鳥失聲。辯士著書終寡要，小生罵世足風情。
潛鱗飛羽隨升降，隻字千金孰重輕。仁不能逢智斯可，儀秦何必事縱橫。

述衷　丁亥（一九四七年）

謀遠福國厚，世衰行道難。恩讎呈眼底，生殺起憂端。諫草書民本，燈花落夜闌。雖然雲水暗，終覺海天寬。

燎毛非玩火，彼美枉含辛。堅石矜奇骨，清波有墜塵。情高難取友，詩好拙謀身。養性羣經裏，聊為寂寞民。

苦待　丁亥（一九四七年）　以下歸粵後作

雲裏霜蹄不易乘，世間兒女定難勝。可憐乾鵲時欺我，久似寒蛛苦待蠅。水墨濃愁箋上字，風簾敧影夜深鐙。年年刻厲安尊命，此意天公察未曾。

感興　丁亥（一九四七年）

捎雲礙日誰家屋，民事遼遼未盡勞。漫指終南嘲捷徑，古以隱遯為仕宦捷徑，今之大學教授似之。欲尋有北試霜刀。山中貞白謀難定，牀上元龍氣自豪。慷慨平生非得已，少游款段意空高。

同旡盦師登六榕寺塔最高層　丁亥（一九四七年）

絕頂浮屠高可攀，飄風忽忽破禪關。望中是物皆何相，亂裏矜身不耐閑。
日逐野塵非面目，天留吾手寫江山。人間功果須真了，舊境靈虛未暇還。

靜慮　丁亥（一九四七年）

滔滔皆是汝安行，執甚邊端可用情。深坐不為塵內想，百憂還在夢中生。
閑雲忙水誰優劣，闔目開心任晦明。堅坐頓超無上境，聞根那入市門聲。

孥空　丁亥（一九四七年）

孥空未遂埋輪志，組句猶應勝甲兵。跨世孤踪閑處傲，聲詩餘韻住心鳴。
一人袖手才無賴，萬葉啼秋夢屢驚。待息諸緣填盡漏，試窺天鏡鑒平生。

守默　丁亥（一九四七年）

守默潛幽舌且苔，陸沈天浸更誰哀。人禽嬉戲逾工變，爾汝勞叨未是才。
真氣漸凝疑可佛，積陰彌厲欲騰雷。圜中物物紛生滅，曾有何人作主來。

遷寓東山（珠海大學），彌覺恬退，閑臥成此

丁亥（一九四七年）

為人勇邁欲誰先，細究中邊理未圓。掩口罷談平世略，制心優作在家禪。
振奇自惜多傷性，退密時還一仰天。布被胡牀生事足，會情星月伴閑眠。

棘枳　丁亥（一九四七年）

棘枳離披幕道周，蹐天跼地欲何求。何慚國士身今退，未犯霜風氣已秋。

褏璧自沈寧不惜，將心誅滅那無愁。嘈嘈眾口爭便給，王豹河西空善謳。

師儒　丁亥（一九四七年）

懽隨魚鳥共江湖，無意昌言辨紫朱。遮眼世紛成鬼趣，堆胸王略作師儒。
情閑易可生禪慧，機熟何須數念珠。憎愛漸忘伸腳臥，是人能此總非愚。

丁亥歲闌，答寂園紹弼見貽之作

丁亥（一九四七年）

分明道勝意還疑，想入無生更有悲。壁縫着蝸居豈穩，杯心呼影此為誰。
瓶花忍凍開難媚，霜月驚風行故遲。虧汝兵餘世間客，資糧擺落只謀詩。

自我入禪，不復經意於文久矣。寓樓閑寂，心氣交平，人生無常，物論何極？明燈忽滅，

坐以待旦　戊子〔一九四八年〕　時年三十三

世位浮埃得失輕，并銷勝解滅詩名。鐙花未障枯禪眼，物論何如齧鼠聲。
十指無鋒羣賊迫，九州全墨一心明。誰人會我沈冥趣，暗室看看慧日生。

荔枝灣重遊偕諸生二首　戊子〔一九四八年〕

趁閑來步水之湄，春後尋芳自笑癡。魚鳥親人仍有屬，江湖飄夢去何之。
懸胸星斗捫終在，余胸部有痣，近年愈益脹大。繞指風雷放恐遲。試與諸君排浪去，天提地負許誰羈。

柔波初日荔灣頭，佳士明妝相對優。英物坐妨驚俗眼，雅懷真擬納江流。

搓將心鐵如丸弄，還結兒郎與道謀。稍待身根粗解縛，五湖春好入輕舟。

香港仔太白仙舫宴張子春先生，諸君子要余作詩(一)　戊子（一九四八年）

藕孔逃身豈易安，波根疑有蟄龍蟠。濁醪恐惹千憂起，狂態何妨百輩看。且以文章輝草木，並招風雨助波瀾。明朝分手東西路，莫遣羣生起異端。

(一) 先嚴於〈修竹園詩前集摘句圖〉注云：「時偶來港。」

聞鐘　戊子（一九四八年）

故國人歸燕得逢，樓臺煙雨望惺忪。天無顏色春安託，手執花枝意竟慵。推月不招閑夜夢，騰身猶是故時龍。坡仙瘴海沈酣甚，佛子高敲欲曙鐘。

秋朝對茗　戊子〔一九四八年〕

吁嗟誰廢臥龍才，累夜寒風刺骨哀。一紙怨詩情悔熱，十年秋被夢休回。
心光徹照無餘物，世味深嘗有此杯。埽破澄清如未可，蒼蒼不合放吾來。

此娃　戊子〔一九四八年〕

玉顏比比皆皮相，英氣超超獨此娃。語重耳根盤大岳，夢深心水茁靈花。
香紅癡賞偏生覺，天海昂行自有涯。可惜少年狂事少，未須毀跡入煙霞。

冬深省家，歸至外海鄉松園里作

戊子〔一九四八年〕

八年鄉國夢悠哉，脫劫歸身重可哀。誰寫微名通父母，冤呼餘恨偃蒿萊。

萬重書就天應察，百里人攜春共回。松竹盡枯非所望，三更清淚落深杯。

林園已春，與靜君深談　己丑（一九四九年）

時年三十四

明珠水玉了無塵，癡小因依最可親。百樂匯為心上語，萬花齊怯眼中人。
從來追電奔雲想，漸變文龍繡虎馴。日月並明天蕩蕩，請君涵泳一家春。

對客（一）　己丑（一九四九年）　以下違難香港後詩

對客無言意苦多，乞靈今只向彌陀。詩終是蠻休饒舌，夜已難晨負枕戈。
罵世可容成絕響，忍窮曾不日如何。好收霸氣澄深抱，輕點霜毫寫豔歌。

（一）先嚴於〈修竹園詩前集摘句圖〉注云：「自此起是違難來港以後

詩矣。到港時是六月八日，此詩是偕曾希穎過周懷璋醫生家即席之作，無人賞音也。」

絜餘等招余同靜君登太平山絕頂作

己丑（一九四九年）

凌虛高蹈意微醺，海抱山環日向曛。跨腳恐傷千穴蟻，昂頭疑觸萬重雲。

天門咫尺寧無鑰，石陣縱橫欲建軍。不有好詩生腕底，只今何以報諸君。

出定[一]

己丑（一九四九年）

市鬧濤喧出定初，牢癡堅癖兩難除。背人私賞杯中我，無意重觀天下書。

驟雨打頭驚棒喝，袖刀臨海索龍屠。瀨流風馬歌同病，宰嚭從教結伍胥。

（一）先嚴於〈修竹園詩前集摘句圖〉注云：「此詩寄廣州後，聞傳誦。翌年佟紹弼來港，尚稱之。」

己丑生朝[一]　己丑（一九四九年）

日月無停軌，今朝三十三。驊騮須少壯，風浪警沈酣。理得言欲寡，才橫閑不甘。堂堂天鏡在，一為發深慚。

[一] 先嚴於〈修竹園詩前集摘句圖〉注云：「此詩起云：『日月無停軌，今朝三十三。』蓋足齡也。時何曼叔來港，謂已許久不見此種好詩矣。」

海樓夜寐[一]　己丑（一九四九年）

誰看羽扇出隆中，可惜蛾眉愛姣童。冷客同塵師世故，驚濤譁枕鼓詩風。亢龍有悔終神物，猛虎從渠說大蟲。滿眼滔滔胡此極，星河真要一槎通。

（一）先嚴於〈修竹園詩前集摘句圖〉注云：「時寓西營盤海旁先兄湛燊處，曾希穎已常相往來矣。」

夜臥銷凝，詩以自解　己丑（一九四九年）

幼安浮海更何尤，窮狀終為婦稚羞。覆國人材猶聚訟，經天河漢亦橫流。騰騰兵氣逾光怪，密密心謀且罷休。閑味范書〈方術傳〉，今宵有夢莫深愁。

遣褱　己丑（一九四九年）

老女施容只自羞，丈夫還作稻粱謀。臨淵直擬量深抱，合眼何須有九州。追夢裏春休失足，論天下事欲從頭。沈沈煩暑將銷歇，早晚闌干入好秋。

怨詩　己丑（一九四九年）

掩抑琴絲自怨嗔，東鄰何事妒深顰。玉顏不字身將老，月地難妍夜向晨。
枕上如聞慈母歎，世間安見有情春。河陽一縣花無主，多謝潘郎拜路塵。

感秋　己丑（一九四九年）

仰首何妨久看天，小生磨厲過年年。驚風戕物孤根在，敗榻安禪萬慮煎。
秋故不情仍結想，夢今多警勝無眠。鐘鳴落葉知哀楚，古調高彈欲自專。

聽鐘鳴悲落葉，梁蕭綜樂府也。

寄答伍宗法廣州，並示黃麟佑　己丑（一九四九年）

高墉射隼無不利，寶器藏深非活埋。讒口交關憐鬼話，寒窗堅坐得心齋。

金針準給名姝巧，鼠輩焉知曠士懷。何日安車同二子，風雲呼擁過天街。

送春霖春發赴英深造　庚寅（一九五零年）

時年三十五

故國槐根競帝秦，魯連標格世誰遵。乾坤不壞生吾輩，風雨同歌有此辰。

一去應成天下士，重來與補劫餘春。潛夫只有心聲好，贈汝真詩鎮伏鱗。

渡海授課，宵飯未謀，對月成詠

庚寅（一九五零年）

謀道悲生久忍哀，乘波蹋陸客何來。淡回書味從忘肉，潛起心香不肯灰。

一月依微還照影，萬頭騷動欲逢才。遙天自有青青眼，虎鼠淵雲莫浪猜。

為李鳳坡題王香石〈散書記〉手卷

庚寅（一九五零年）

十萬牙牌擬六軍，豈無劉徹用吾文。是貧非病隨年積，急雪喧風坐夜分。
識字已多真鬼擊，及身揮去勝秦焚。聊賢博奕休繾綣，糟魄更張何足云。

夜起

庚寅（一九五零年）

心畫千張欲自燒，人間可語且寥寥。斷無太乙私中壘，殊恨周郎誤小喬。
古往今來歸一枕，月沉鐙在待明朝。銀屏昨夜孤飛燕，短翼差池莫度遼。

海旁獨行

庚寅（一九五零年）

難起夷齊共海濱，側身天地定誰親。莫教懸壁輕離握，梁有懸黎，楚有和壁。　未信圓顱盡是人。獨醉自憐書甲子，一竿時欲釣乾坤。借一韻　長風高浪光天在，滿眼旌旗那見秦。

送別佟紹弼　庚寅（一九五零年）

逃墨逃楊孰重輕，詩書功罪更難明。胸中冰炭殊恩怨，度外風波一死生。
宛聽中丞喝南八，亟須孤島起田橫。王孫自有歸燕策，善事荊卿與報嬴。

驚夢　庚寅（一九五零年）

三十功名我誤卿，可堪顏色夢分明。牢牽始覺衣裾遠，強忍難禁涕淚傾。
何日沈眠真不醒，他生成佛豈忘情。斷腸小范歌芳草，顛倒胸中萬甲兵。

書與　庚寅（一九五零年）

留身強自勸加餐，欲斷朱絃那忍彈。刻意椒梅通味外，美人心眼在雲端。
憶悲可恨忘無計，生苦誰知死亦難。細字斜行聊百一，殷勤書與再三看。

尋覓　庚寅（一九五零年）

海外潛魚霧裏煙，靜中尋覓到無邊。藏愁入骨初知味，合眼看花更覺妍。
鳳醉鸞酣迴別夢，月明星爛好誰天。黃金鍊出相思句，試託靈風與密傳。

禪關　庚寅（一九五零年）

禪關何計得輕安，惻惻微生意獨寒。門外更無羅雀地，世間還見沐猴冠。
文章正脈看將斷，風雨危絃苦自彈。說與故交應太息，食梅今竟不知酸。

謝馮康侯贈章　庚寅（一九五零年）

手把羊脂壓卷忙，姓名鼎鼎有輝光。未知良史千秋筆，早借先生半寸章。
奉世固應資殺賊，安陵何自更為郎。英雄老去真精在，小試金刀石敢當。

演易感興　辛卯（一九五一年）　時年三十六

日月交飛去那邊，黃裳素履亦通玄。十年不字貞其罪，幾輩擡頭見有天。
錦瑟朱絃誰續斷，秋風神馬欲無前。綿綿未是安心法，又奏聲詩唱一先。

失題　辛卯（一九五一年）

誅心伐骨奏刀頻，出死從今愛此身。噓氣待成天下雨，余龍年出生　留鐙
明照夢中人。三年竟閱無窮世，一室閒回自在春。爾日先生眠食足，及門

花鳥盡精神。

往事　辛卯（一九五一年）

往事悠悠一夢過，後車誰解邈山河。壑舟石火纔經眼，烈酒冰腸又起波。
萬古人天終有隔，相看鷗我各如何。閉門聊發金針用，繡得平原似什麼。

昨夜　辛卯（一九五一年）

昨夜於焉奏綠章，天公應不易評量。觸山填海將何益，捫蝨屠龍只是狂。
短舌豈知心上味，殘書時放定中香。秀才未盡厭厭者，最有毛錐甚劍鋩。

至夜　辛卯（一九五一年）

果核稱仁理孰尋，生機藏此即天心。寒窩抱影如是住，落月滿窗何處今。鄰囈傾聽知有漢，隋珠拚擲更無禽。龍蛇起陸機焉息，待此微陽散積陰。

感事(一)　辛卯（一九五一年）

待借扶搖上太空，夕陽西下水流東。秦哀曷不歌袍澤，美國不肯出兵也　結影固盟情自篤，頂天孤往路殊通。明妃嫁與胡兒了，聽得琵琶耳欲聾。

新莽徒知辨鳥蟲。毛共但知製簡體字也

(一) 承認外蒙獨立時作。

酒醒　辛卯（一九五一年）

投李還瓊義或宜，移基改井竟絣贏。可憐斷蚓成甘餌，準化寒蛛吐苦絲。
犬吠不知春到未，酒醒無奈夜闌時。小生那解歌桃葉，此調煩君問獻之。

夜起獨行　辛卯（一九五一年）

短寐居然別夢回，恩情無奈已寒灰。明星朗月成今古，厚地高天獨往來。
神劍固應屠鬼魅，瓊花何以異蒿萊。他年脫劫相逢哭，宜信黃金是禍胎。

歲除　辛卯（一九五一年）

飲恨吞酸哀復哀，情春知往可知回。裝緜端綺渾無暖，換水瓶花也不開。
有眼但看天日在，是人寧為斗升來。歲除未遣閑愁盡，留伴清詞與酒杯。

壬辰試筆　壬辰（一九五二年）　時年三十七

難得情春浩蕩歸，此來須汝處重闈。山河夢夢從生滅，爆竹聲聲有是非。
萬態低昂空望遠，一身收放極知微。陳王應識相思苦，莫枉明璫結伏妃。

渡海探舊　壬辰（一九五二年）

畢竟南柯路可通，廿年塵夢試教同。風柔如水人閒渡，天闊無雲日正中。
春色也應輸酒面，佛身何必是貞童。靈根一任絲絲縛，儘有金刀與劈空。

孤館　壬辰（一九五二年）

三年孤館了哀呻，礪齒端知好食貧。纔治牙疾　敗壁疎籬容敵劫，疾風狂雨欲危春。扶花上屋效奇節，耐熱忍寒如主人。語與雲陰師友道，多應珍重法輪身。

待曉　壬辰（一九五二年）

劬古懷情遠，幽棲見道真。沈冥非溺酒，英霸自難臣。殘夜人間世，驚波夢裏身。吹燈（時居衙前圍村，未有電燈，只用火水燈，故云。）待天曉，無意望星辰。

夏夜風雨無寐作　壬辰（一九五二年）

坐夜每至曉，處身殊覺寬。文辭有枝葉，風雨助波瀾。未借名增重，徒知性所安。蒼生今輾轉，天眼可曾看。

翌夜無雨有風　壬辰〔一九五二年〕

奮飛容積力，思過愛閑居。敗節休芽蘖，尖風與削除。未秋神自肅，無女月相疏。燈火明將曉，精光各有餘。

孤懷須洞，經歲無詩。長夏放閑，一廬自縱。星月滿天，胡牀仰臥，疑自太清人也

癸巳〔一九五三年〕　時年三十八

海國濤聲在耳邊，無妨長夏放閑眠。偶然伸手摩星斗，未盡埋頭向簡編。夢裏飛花如可拾，胸中真想定誰傳。退藏別有安身策，方寸時開不漏天。

天轉[一] 癸巳（一九五三年）

天轉疎星沒，風翻宿鳥危。近聞長樂老，也作〈七哀詩〉。亡國寧無責，偷生竟有辭。《春秋》嚴斧鉞，爾汝欲何之。

（一）先嚴於〈修竹園詩前集摘句圖〉注云：「姑錄全章矣。」

用短 癸巳（一九五三年）

用短栖卑豈道孤，天高海廣有龍無。暗縫姑讀平聲定跡寒蝸穩，活水通根病葉蘇。冷眼觀時得真解，深杯謀夢是良圖。東陵大盜甘人肉，只敢尼山捋虎鬚。

夜望　癸巳（一九五三年）

燈火交加雀鼠譁，樓臺疏密各誰家。香車騷動羣爭夕，星漢橫流那見涯。
善道晦明天上月，傾城榮悴雨中花。吾生自有無窮在，錦瑟何曾怨歲華。

答賓　癸巳（一九五三年）

宵深賓至且相酬，夢話何當說不休。朱首如堪久南面，黃河寧信忽西流。
點裝廊廟須卿輩，函蓋乾坤有酒甌。去去容吾酣短睡，明朝風雨要登樓。

尖沙咀夜渡(一)　癸巳（一九五三年）

星火難分山上天，頑冬長夜對茫然。驚濤恍在胸中湧，缺月留看劫後圓。
默乞情春酬宿約，欲揮風馬入無邊。如何錯蹋人間路，更坐黃牛上水船。

黃牛，峽名。〈古歌〉：「朝見黃牛，暮見黃牛，三朝三暮，黃牛如故。」

（二）先嚴於〈修竹園詩前集摘句圖〉注云：「此首警語在結句，故錄全章。」

迴向　癸巳（一九五三年）

枉讀〈楞嚴咒〉，昏沉已六年。佳人非女子，英氣換寒煙。未解紅鴛劫，將傾白足禪。從今迴向也，消息報春先。

歲暮書懷　癸巳（一九五三年）

佛地行多阻，潮音聽易訛。林疏風更緊，天遠水空波。庚戌稱年恥，詩書奈汝何。明當殺賊去，抛卷奮金戈。

胡牀好夢空，清夜坐詩窮。結想千行下，回天一默中。霜風批月白，心火迫燈紅。曲逆多奇策，何因起沛公。

惘惘　癸巳（一九五三年）

惘惘罷清斟，悠悠起獨吟。有身當活國，無日不觀心。道氣生殘夜，晨雞報好音。明年祖龍死，春色到遙岑。

骨肉離絕三年矣，皇天幸格極情，使重逢劫外。歲暮鐙前，食貧自樂，率筆成此，不假作意也（二）　癸巳（一九五三年）

肥甘易厭慣糠糟，兒女喧紛日幾遭。一別心肝時欲裂，今生牛馬豈辭勞。

但須理趣隨年長，何必文章比父高。歲暮燈前教夜讀，失驚醉眼辨秋毫。

（一）先嚴於〈修竹園詩前集摘句圖〉注云：「自此章作後，至丙申冬始見一首。蓋惟專力於太易，雖平生積好亦廢也。」

曉寒（一）　丙申（一九五六年）　時年四十一

舉頭還見舊時天，鏡裏青霜老少年。一榻未能安反側，眾賓休許是神僊。北風吹急巢禽徙，短袖寒多納手賢。語與烘簾趨熱客，這回容汝得春先。

（一）先嚴於〈修竹園詩前集摘句圖〉注云：「已移居大磡村，任教聯合書院。」

題周士心畫　丁酉（一九五七年）　時年四十二

海隅若跼蹐，戚戚寡所欽。風月不解慍，閉門聊獨吟。周子工繪事，落筆何古今。萬殊任揮灑，尺幅誰登臨。寫得江南好，目極傷春心。

南極島夜飲，同水心、潤桐、簡能

丁酉〔一九五七年〕

指月曾何見，觀心了不休。蛟龍無好夢，人物自高流。食古從知味，悲生易得秋。八年鄉國淚，還此付悠悠。

白日無聲去，滄波照影來。高風宣道氣，明月在深杯。活國真餘事，昌詩又一回。漫矜旋轉力，容易老書堆。

暴風雨徹晨夕，讀書不寐作　丁酉〔一九五七年〕

萬竅喧囂白日翻，尺波崩迫起危瀾。深燈明滅心俱蕩，獨客沈冥世亦殘。
一往身名文字老，九霄風雨躍飛難。讀書種子無多了，莫作牆根紙簏看。

歲闌　丁酉〔一九五七年〕

長夜懨懨夢不成，高燈清徹為誰明。歲闌竊喜生春意，謗入聊當聽鼓聲。
漸瘁花枝須活水，幾人夫壻得專城。精光沈抑休相笑，甘墮書圍作老兵。

風雨交加，夜讀徹曉　戊戌〔一九五八年〕

時年四十三

不必靈著與決疑，一春無夢了深悲。傾城顏色都拋卻，叔世功名奚以為。

風雨退藏非惜命，乾坤將毀密謀醫。丹心炳炳舒青眼，失笑潛龍起睡遲。

六月十七日攬揆，繼五兄作[一]　戊戌（一九五八年）

深密居藏四十年，漸須晴日住中天。名高易與身相左，人好何煩月定圓。寸策觀生知可大，策，著也。《易》：「觀我生，君子無咎。」又：「可大則賢人之業。」習彥威〈與桓祕書〉：「命世而作佐者，必垂可大之餘風。」一肩擔道到無邊。炎風未礙薑花發，百盞真香已盛傳。

[一] 陳湛銓〈七弟湛銓生朝喜成〉：「擲地鏗然金石聲，詩篇天重豈時名。瓊延今夕歡初度，大度何人與老成。修竹干雲撐勁節，青萍出匣掣長鯨。握中自有荊山璧，寧作書圍一老兵。」

新秋雜詩　戊戌〔一九五八年〕

故山猿鶴漫相譏，未改秋風爛布衣。別館重尋憐繭足，真文三食老書圍。
來雲作好聯緜淨，去水無聲獨自歸。頗怪流邊蘇玉局，茹辛何以得癡肥。

地迥方知得月多，秋邊閑着意如何。漸無昌谷平原想，並廢曹瞞〈碣石歌〉。幾日看花銷霸氣，寸心凝白足禪那。君看無極滄浪水，水底龍馴已不波。

戊戌十一月十一日，偕潤桐、簡能、水心，攜聯大詩社諸子薄遊荃灣，憶故國立中山大學校長張子春先生。荃灣，先生之廬墓在焉

並序　戊戌〔一九五八年〕

子春先生，南州犀照，天際真人，久掌文衡，式矜石室。踵義和之欽若，序次星辰；分稷契之憂勤，贊襄化育。生材備九府之美，下觀協顒若之孚。其貞志動容，積中發外，德業所就，一二能詳歟？今秋壞朽山崩，桐枯竹敗，瞻烏爰止，神翼不還。雖迴長風以助號，盪層波而化淚，何可以起貞魄於重泉，來旻天之一老哉？百身無贖，重可哀已！吾以弱才，猥居門下，受教君子，垂二十年。許神駿於支硎，伸長鳴於中坂，龍媒息跡，款段前驅。其為多幸，尋想徒慚。至於中郎倒屣於仲宣，吏部稱文於叔起，君游把臂以貽話言，子壽改容而呼小友，浹於肌髓，何日忘之！頃者道側過車，風中回首，見靈和之楊柳，想祭酒之生平；問精爽於何歸？哭風流之頓盡！又何止過衞人之舊館，遇一哀而出涕乎？嗟夫！余四十無聞，五更煮字；書圍坐老，箕口方張。青萍無割雞之功，赤舌逞燒城之酷。雖風霜節厲，艱危氣增，傳宿火於孫枝，炳丹心於子夜；而神鐘沈於德水，龍光沒於延平，河東無解祟之方，吳門有辨亡之論。言念君子，永從此辭，人遠山空，斜陽獨在。悲風起於將夕，鄰笛助其淒吟；不瞻南斗之輝，恐甚西臺之慟。昔何揚州酸嘶於庾亮，曹孟德激感於橋玄，申意比方，未為非類。今茲發詠，非長歌之哀，甚於痛哭耶！

正學高文一脈通，殷憂無奈老黃童。十年天日風波外，滿眼山川涕淚中。
埋玉幾人悲庾令，過車無酒酹橋公。乃心淒斷年時路，愁見斜陽減舊紅。

己亥人日　己亥〔一九五九年〕　時年四十四

水碧山青地道光，眼明心活且知方。幾家風柳饒春色，萬頃煙波浴夕陽。
性氣不隨千劫壞，詩書全勝百花香。海隅十度過人日，未要沈吟說斷腸。

獨行　己亥（一九五九年）

振衣拂袖撥車塵，掉臂昂頭氣得伸。天日初無明暗面，朝昏終盡往來人。
隨身有影寧非偶，舉眼觀空識此春。九萬里風生趾踵，下民何必羨飛鱗。

夜起　己亥（一九五九年）

蕭蕭人外老詩囚，漠漠天西下玉鉤。真氣略能消積夢，閒門休與入新愁。
當機未了前三旨，行世寧論第幾流。端要虞翻傳絕學，望中燈火失齊州。

春望用前韻　己亥（一九五九年）

未除結習花終著，見《維摩詰經》偶竊時名筆一鉤。紅雨春邊欺淚眼，白
雲天末鬱鄉愁。燕來不誤東西屋，水靜渾忘上下流。誰識盧家老行者，嚴

闗堅坐在南州。

春望三用前韻　己亥（一九五九年）

暗縫（讀平聲）蝸伏自甘囚，深水鱗沈不上鉤。散蟻追甜漸成陣，寒蛛設卦獨占愁。蟲魚無識寧非計，歲月空過要倒流。未用構亭傳史筆，吞聲掩淚集中州。

春望四用前韻　己亥（一九五九年）

側陋相看是楚囚，闌干百遍拍吳鉤。未嗟筆禿難成字，正要峯尖與割愁。天意果真妨直道，星河誰信不橫流。十年師友今餘幾，淚濕春風望廣州。

次韻熊潤桐見贈(一)　己亥(一九五九年)

北固量才重使君，東阿何礙定吾文。閒愁漸喜隨年減，詩國初甘與子分。業淨休尋千日酒，風高從埽九天雲。孫弘曲學今開閣，相望呵呵意屢醺。

(一)先嚴於〈修竹園詩前集摘句圖〉注云：「時尚共在聯合書院，鄭水心兄見之，謂魯柯兄遠不競矣。今檢熊兄遺集，原作已删去，何必哉！」

四月廿八日，聯大詩社燕集沙田馬氏園亭。分韻得鹽字，即視水心、潤桐、簡能

己亥(一九五九年)

詩律年時苦鬥嚴，枯腸今日欲分甜。春空失喜花仍好，意銳何妨筆退尖。俯鏡清池殊未老，取珠飛瀑不傷廉。抽蕉剪柳尋思遍，火急先成十四鹽。

翌日有作，再用前韻　己亥（一九五九年）

歌殘紅豆氣遒嚴，釀得黃連蜜豈甜。本草有苦蜜，蓋蜂採黃連為之。東坡云：「蜂鬧黃連採蜜花」。自似江流時一曲，周伯仁云：「吾若萬里長江，何能不千里一曲。」不須頭角出雙尖。人行明鏡真堪賞，風過頑夫未易廉。誰為叩閽教雨粟，且看煮海盡成鹽。劉彥和云：「若稟經以製式，酌雅以富言，是仰山而鑄銅，煮海而為鹽也。」

哭最小女祐生，用愁字韻　己亥（一九五九年）

喪面高顴首復囚，芒鍼誤失欲何鉤。百年孽重思三恕。孔子曰：「君子有三恕：有君不能事，有臣而求其使，非恕也；有親不能孝，有子而求其報，非恕也；有兄不能敬，有弟而求其順，非恕也。」一夢珠沉續四愁。月來興寄，凡四疊愁韻成篇。臂枕已空疑尚在，淚河橫決未停流。夜殘癡父知奚若，亂擊心鐘徹九州。

夜讀申旦，殘月挂牖，齧鼠宵征，寒風撲面。昔子夏有言，雖退而巖居深山之中，作壞室，編蓬户，尚彈琴其中，則亦可以發憤忼慨，忘己貧賤。余策身行世，百不如人，而抗心希古，未肯誰讓。知我有天，安在其不樂也(一)　己亥（一九五九年）

壞室編蓬也自安，乾坤全向此中寬。百圍大木材堪哂，一片靈臺狀亦難。月在且知天有眼，宵征誰謂鼠無肝。殺機已斷由他了，却鬥重寒坐夜殘。

(一) 先嚴於〈修竹園詩前集摘句圖〉注云：「原題甚長，此但取首四字矣。時余已與曾君如柏、馮君康侯、謝君文龍、梁君簡能同離聯合書院，熊潤桐君則前去，惟鄭君水心獨留耳。緬想舊遊，宛然心目也。」

閒窗春晝，初得午睡，覺來成此

庚子（一九六零年）　時年四十五

注脚書眉三十年，排愁何地見何天。花光不補朱顏減，酒醆初尋午夢圓。

五子同歌聲豈惡，萬牛游刃意誰傳。東風未促斜陽下，猶戀先生破屋邊。

時寓居大磡村沙磚屋中

題劉秉衡〈盟鷗圖〉

庚子（一九六零年）

盟鷗誓水我何堪，袖手風前似不甘。擾擾乾坤休結想，綠波煙雨老江南。

白菊為何安東弟題

庚子（一九六零年）

姑射丰姿粗可攀，知誰真意在南山。凡紅敢試西風力，白露青霜與鍊顏。

為朱朗星題九江先生手卷　庚子（一九六零年）

牢落去聖遠，簡冊多荊榛。穹蒼斡末運，寒盡回好春。南州貞榦士，磊落知何人。禮山揭正學，萬古為一津。化行日有御，聲激風吹塵。道從履踐顯，書於灰末真。惟其極不極，茲謂涫乎涫。余生殊已晚，火宿傳何薪。叢殘日周章，發義安所陳。披卷得深默，悠悠瞻北辰。

題徐虹磯手卷　辛丑（一九六一年）　時年四十六

誰呼神物與耕煙，瑤圖崑岡第幾阡。來日塵勞須擺落，萬花圍裏過年年。

題蔣法賢校長受勳手冊　辛丑（一九六一年）

分畦抱甕亦勤哉，千樹玄都手自栽。剗地東風初過後，定巢語燕解飛迴。

同人師克知安位，百桌聲酣數舉杯。豈但何戡舊人在，貞元朝士各重來。

哭李研山　辛丑〔一九六一年〕

效技才難盡，悲天意共消。江湖從此逝，風雨不曾饒。俗敗亙萬古，痛心非一朝。海涯三月暮，可語更寥寥。

入夢驚前夕，傷心劇此春。黃壚猶咫尺，青眼隔天人。落落身難合，非非想不真。楞嚴雖爛熟，何以淨根塵。

苔岑非異氣，松竹更成林。範水模山手，經天緯地心。桐枯孤鳳沒，風急一龍吟。激感平生事，蕭騷涕不禁。

重陽後四日，經緯文社同人雅集藍地偉園，各賦

辛丑（一九六一年）

張弛隨宜輒自謀，堂堂行列往來遊。高風未易資凡鳥，真氣知堪戰勁秋。

日月有明千劫在，江山和夢十年休。林園是處開生面，一為添詩故故留。

題岑伯桀丈〈貞松壽石圖〉李研山所製也

壬寅（一九六二年）時年四十七

海濱傳大老，風末顯孤尊。四壁多珍賞，無言有目存。礱磨饒本性，霜雪鍊深根。偃仰吾廬好，羣生各望門。

中華文化事業社，刊行美洲華僑文選，何棟同學棣乞題，感賦　壬寅（一九六二年）

禮失人猶在，時危責豈輕。長風兩洲動，清夜一燈明。歲序非前日，文章有正聲。知音應共賞，還與結茲盟。

經緯書院第二屆畢業同學錄題耑

甲辰（一九六四年）　時年四十九

乾坤存斯文，如縷今未絕。窮海非舊鄉，義聲士則悅。羣聖去我遠，豈不見遺烈。千轉道不窮，諸經粲然列。異耑滿天下，喧聒肆誣蠛。荊榛塞夷塗，誅鉏待英傑。自知微眇身，未具廣長舌。惟心日熊熊，履霜顯奇熱。同道非无人，我校乃開設。弦歌閱四春，所業今再結。諸君類通達，去去寧異轍。請步海之厓，海水清且絜。漭瀁本無垠，灣汯有回折。无何長風來，一往遂決決。惟學亦無涯，退息休稍輟。彊立而不反，忠肝蔑貞鐵。文不在茲乎，斯言最誠切。

壽莫培遠甲子初周　乙巳（一九六五年）　時年五十

羣賢揮翰助稱觴，喜氣清詞滿畫堂。卷帙年光周甲子，庭階蘭玉挺諸郎。持身自以文為富，去國真堪醉是鄉。義問昭宣多士在，盛歌天保頗殊常。

為何蒙夫題李研山繪〈錦巖陳忠愍公墓圖〉

丙午（一九六六年）　時年五十一

皇天凝貞陽，風末有激厲。吾宗秉乾剛，時危氣殊銳。赫赫南方強，堅剛到無例。披圖緬忠烈，忼慨難自制。惟公書生耳，辨義顯精諦。奮舉日月懸，仗鉞山河繫。取義與成仁，宗風見連袂。公及文忠公子壯　一死泰山重，逆流溯洄詣，張許不睽孤，文史得善繼。正氣塞兩儀，耿光照無外。蒙夫義烈人，崇賢有成計。掇拾灰燼餘，指點星霜際。網羅及毫髮，沈吟積年歲。增城與錦巖，攷證了無滯。研翁點丹青，草木開新霽。簡能憶鄉國，鑄句結佳製。諸賢各揮翰，餘波動海裔。烈日嚴霜存，貞風豈云替。我詩成遲遲，並題覺疣贅。不見寫圖人，腹痛三雪涕。

初復冬令時間之日，與諸生進新界感賦（二）

丙午（一九六六年）

南國惟冬夏，時港中只有冬令夏令時間，然則是無春秋矣。天公失主張。隨身嫌側影，無地不斜陽。道喪人奚適，花開今不香。神州如北望，容易發吾狂。

（一）先嚴於〈修竹園詩前集摘句圖〉注云：「時年五十一，惟溺於國故，不事吟詠者已數年矣。」

題馮漸逵丈遺集　丁未（一九六七年）　時年五十二

堅坐叢殘閱劫身，當年憔悴惜斯人。芳華終古俱成幻，德業於今看愈新。

聲淚損心非日月，江山供眼幾風塵。中郎有女知無恨，遺集之成皆影仙終始其事　示我遺編送好春。

生朝無寐，落落試筆　己酉（一九六九年）

時年五十四

萬象參差日以新，從吾遊者豈猶人。酒酣未續春前夢，子在知多席上珍。

心醉六經云等道，眼高四海樂長貧。曉來誰識曾無寐，康濟休教老此身。

塵累嬰心，新秋獨行，快然占此(一)

庚戌（一九七零年）　時年五十五

五十無聞氣漸平，如何詩骨尚堅貞。途殊人鬼真知道，節厲風霜卻避名。
住世天教傳絕學，奇窮吾不厭餘生。萬流仰鏡清空在，掉臂昂頭且獨行。

(一) 先嚴於〈修竹園詩前集摘句圖〉注云：「已移居今之寓樓者兩年矣。」

誰識(一)

庚戌（一九七零年）

誰識臣精　田光先生語也　非盛壯，拂衣初喜得投閑。頂天時怯侵神座，
俯首徐圖改舊頑。歲月不居朋好少，江山依舊夢魂慳。從來直幹防摧折，
爾許駢枝待力刪。

(一) 先嚴於〈修竹園詩前集摘句圖〉注云：「惟取篇首二字為題耳。」

喜簡能至，出視新詩，謂不改。故吾快意何似，走筆疾書，聊贈知音　庚戌（一九七零年）

吾門多客至，是日如此　老話獨君通。初服從今好，新詩與舊同。貧增真士氣，聲激古人風。市上悠悠口，評量恐未公。

失題　庚戌（一九七零年）

萬鈞長在壓雙肩，正學酸辛久力傳。落落吾甘藏屋漏，《爾雅・釋宮》：「西北隅謂之屋漏。」　卑卑汝且立牆邊。余律詩中四句向少用疊字者　聖功理合全為主，惡物驚看總有權。大漢天民哀不幸，未教神棍換千鞭。

諸生迭訴妄人譏彈蘇詩　庚戌（一九七零年）

頻聞詩妖妄彈蘇，後學初程惑正途。鼠輩乘虛登講席，腹空惟有力譁呼。

連宵禪定，起坐惻然　庚戌（一九七零年）

平生奇傑迹難徵，無力回天欲作僧。舉國昏沈天不屬，一人酸楚氣殊騰。
江山在夢寧真到，歲月潛移似未增。累夜入禪添境界，潛升何許汝渠能。

不寐　庚戌（一九七零年）

無殊少日意紛乘，世與相違益自矜。涼夜獨醒生內熱，九州人裏某誰曾。

年來傳无盦師下世，吾未之信也。頃得余少颿寄《粵詞蒐逸》，則吾師果真已矣！何痛如之(一)　庚戌(一九七零年)

百世無吾師弟情，疑非疑幻淚長傾。倩誰刀劈千秋恨，從此天難一日明。

早識渠魁張羿彀，並催神咒勅心兵。他年夢夢歸閭里，惘惘如何遣此生。

(一) 先嚴於〈修竹園詩前集摘句圖〉注云：「今歲得閱吳辛老書，始確知本師謝世於丁未歲。三年後余始作此也。」

自无盦師下世後，欲從此廢詩不作，並擬今秋罷講席，杜門養拙矣。而四月八日，故中山大學校長鄒海濱先生來入我夢，萬緒紛纏，詩以紀之　乙卯(一九七五年)　時年六十

及門不識一顏回，夢中謂「生前未嘗一見余」與我冥通話至哀。百劫人天

非妄道，此行寧為子孫來。

憂國悲生覺不支，海濱大老許期頤。年登耄耋談猶健，誰向山中問本師。

年登耄耋時，理當林泉息影，不與人間事矣，尚復有向此中求者耶？

丙辰生朝，花甲再經（一） 丙辰（一九七六年）

時年六十一

又是神龍飛在天，南州今此好山川。炎風只益薑花壯，醉眼還欣夜月妍。

未許蕭郎嗟百六，已知佳士越三千。兒孫長我無窮樂，待寫羣經絡續傳。

（一）先嚴於〈修竹園詩前集摘句圖〉注云：「不為詩者且六年，蓋師逝有餘痛也。」

感事　丙辰〔一九七六年〕

陸沈前此笑斯人，舉世曾誰識北辰。風末道衰良有以，天傾地震豈無因。
聲詩不似當年好，物論從教即日新。國計身謀空自苦，樗蒲匿跡且頻頻。

立秋夕作，示乃文　丙辰〔一九七六年〕

伏櫪駑駘不受鞭，秋風神馬要無前。乾坤獨挽隨長夏，師友相忘易十年。
經緯書院停辦已九年矣
壓絕虛驚接來日，起將沈恨塞遙天。吾儒亦有安
心法，豈必禪家汝獨賢。

中秋後兩日寫事　丙辰〔一九七六年〕

二十餘年咒祖龍，豈知今是殪毛蟲。曾聞嬴政開新局，謬比劉邦唱大風。

有子於今思盡孝，殺人從古得無同。嘗自稱約六千萬人死其手中　千秋史筆誰當秉，爾汝勞叨恐未公。

深秋風雨，寓樓酣睡，感而賦此[一]

丙辰（一九七六年）

夢話生憎說不休，分明鉅海一鴻溝。櫪中誰惜驊騮老，限外同歸鳥鼠秋。百歲功名歸一枕，九霄風雨失層樓。冬郎漫訴芳時恨，那比吾生斷續愁。

[一] 先嚴於〈修竹園詩前集摘句圖〉注云：「自己亥賦〈四愁詩〉後，直至今歲生朝，余自知詩文壓絕不進者首尾十八年，故惟溺於學。近歲且事樗蒲，發殺機以驅陰障，已盡除矣。」

立春夕作，時猶丙辰臘月也　丙辰〔一九七六年〕

天翻時不與，春在冷如冰。夜寂龍猶警，風高氣共騰。百年何止泊，一室獨凌兢。未達天民事，如何浪自承。

曾希穎〈《修竹園近詩》序〉

己丑歲。余獲交陳子湛銓於其令兄湛燊海旁寓樓。時湛銓方違難來港。觀其眉宇間。雖有風塵之色。然未掩其英發之姿。況其精光銳氣。積中形外。迥異乎常人。吾於是乎斷其為魁奇之士也。因念數年前。有自穗垣迭寄國民日報於余者。報耑多詩章之刊布。觸余平生積好。歡然覽之。餘篇雖皆過目。要未足以動人。惟於湛銓之作。輒獨異之。蓋其落想奇高。骨力開張。動破餘地。而波瀾壯闊。警句動魄驚心。私意畏之。欲友其人。然雲海蒼茫。無緣一聚。不意竟於海外得相逢。而其人又與余似有宿契。深情款款。若延陵季子之於東里子產當年者。則余之喜為何如哉。自是往來頻數。煮酒論詩。聯床夜話。語古今治亂興亡之迹。及賢豪俊傑之行誼與其成敗事。酒酣以往。輒悲歌忼慨。幾於淚下。其意氣之相得。又私計即李、杜、嵇、阮之聲概情懷。或無逾於此也。湛銓昆仲。並精武技。豪俠有氣義。而湛銓更抗心希古。具古聖賢人之用心。張橫渠有言。為天地立心。為生民立命。為往聖繼絕學。為萬世開太平。湛銓有其意。行其事。至今垂三十年。顛沛艱虞不稍懈。則余又不獨為詩事喜。益為吾道賀矣。夫天地既挺生異材。則當得其位。俾澤被乎生民。而垂之於無疆之休。然後其人與世。斯皆無所憾。奈之何才德有若人。而生不逢辰。懷寶迷邦。使之惟溺於學而徒宣之乎其詩與文。此余所以每為湛銓悲。亦重為天下悲者也。然湛銓未嘗以貧困自苦。惟從其所好。肆力於叢殘國故者日益篤。其積學既厚。真氣彌充。乃轉欲以學術振救斯世。與梁君簡能、馮君康侯。創辦經緯書院。側重中國文學系。設中國文學研究所。主之長之。授課時間倍人。而白不支薪。梁馮二君首應之。黎傑君亦以類從。相與乎宣揚國故。恢開義路。嘉惠來士。力迴狂瀾。海隅學子。有志於吾道者。已望影星奔。期沐教澤。惜時地未便。七年而止耳。然今港中後輩治國學之真能拔乎其萃者。多出其門下。斯亦足以自豪矣。湛銓既儒且俠。故平生多行負氣仗義之事。視己所當為。恆不顧人之是非。尤恨偽學。輒痛斥之。以為閑邪存誠。著在太易。何畏乎孔王。世或憚其疾惡而言厲。陽敬而陰損之。然余獨嘉其能疾之若仇。惟恐其稍餒。則鄉愿得肆其辭。元憝大張其勢。而斯文汲汲殆矣。若世無湛銓。則偽學已充牣於塗。將誰待而摧陷廓清之耶。湛銓之文。下筆萬言。廉礪剽悍。銛於干莫。彼竄伏於穹穴之內者。寧不慄慄然懼哉。以是推之。惟天昭昭。當使其享百年之遐期。為吾國正宗學術延不絕之一脈。可無疑也。湛銓去月嘗得誦其師詹无盦先生遺作。竟流涕再三。且數數表彰其學行。於師門恩義。未嘗一日去懷。又二十一年前。嘗主聯合書院中文系。受知於蔣法賢校長。後蔣氏去職。湛銓激於義憤。亦從而辭焉。於時湛銓兒女成行。家累奇重。倉卒離校。實朝不謀夕者也。而惟義是行。一切不之計。其高風亮節。足以振末世而厚人倫。若斯人者。固當求之於古耳。滔滔天下。誰堪比擬乎。其篤於師友之誼有如是。孰謂湛銓徒仗盛氣而不重人情也哉。今既知其為人。斯可以論其詩矣。湛銓雖淹貫墳典。人駭其學。然其平生。惟詩實所篤好。沈浸五十餘年。本無所不學。無所不涉。備悉古今天下之體勢者。然頗取徑於陶淵明、鮑明遠、杜少陵、韓昌黎、蘇東坡、黃山谷、陸放翁、元遺山諸大家。而師其意不師其辭。能獨闢蹊徑。不受前人羈絆。幾使人不知其所自出。出則兀傲不羣。真風揚溢。讀其詩也。真如一鶴唳空。凡鳥皆寂者。大抵其早歲之作。於諸家中。尤於山谷、遺山為近。至其新制。則薑桂之性。老而愈辣。既學積而氣雄。人豪而材大。激而後發。故橫絕不可當。信筆揮灑。自然高妙。約在東坡、遺山之間而悉可以敵其優長。豈不以能上友乎古之人。鬱積於中者久。則噴薄於外也疾。咳唾之間。莫非詩歟。又湛銓自謂廿許歲時。嘗醉心於李玉溪。觀其少作。誠備其致。然近詩鏜鞳。玉振金聲。則信乎廣東豪傑。遠謝燕支矣。夫雖云詩有別材。然非多讀書多窮理則不能極其至。湛銓夙具詩骨。天分既高。復飽學以廣才。高節以昌氣。羣書堆胸。淵渟左右。是以揮斥前籍。凌越無前。浩浩乎不可一世也。及今而論。以豪雄奇橫四字品其詩。庶幾吾友可以相視而笑。莫逆於心矣乎。此絕不易到之境。而湛銓獨能造乎其極。何其神勇也。竊嘗謂詩有寫與作之別。東坡之詩。寫之者也。山谷之詩。作之者也。寫與作之間。猶飛走之不相類。故余謂東坡天才。山谷人才。遺山則在乎天才人才之間。若湛銓之詩。已臻天才之境。固睥睨近代。且可以高視前修矣。今余老且病。退藏自廢。杜門埋情。於時流之詩文。已不復措意矣。然於湛銓之作。獨不能不奮筆既和其詩。又復力為之序者。蓋於此世衰道微。斯文將墜之日。余與湛銓。聲氣激感。能不愈警痛相愛。應同桴鼓乎。重念吾粵。僻處嶺表。地遠中原。其間雖作家代出。無慚北人。而能見稱於中原者。以張子壽為第一人。湛銓平生所遭際。世位與子壽霄壤。然深論其詩文。固當過之。蓋嗇於人者厚於天。余又轉為湛銓喜。而湛銓亦正以此自娛悅。不肯以文繡換布衣也。今其修竹園詩諸集將出。出則必傳。足以邁步中原。雄霸一代。更傳之乎萬世。而與杜陵、東坡相頡頏。與日月乎齊其光明。為我粵讀書人一伸千數百年積氣也。歲在強圉大荒落十一月初四夜番禺老廢翁曾希穎拜撰。

原載《修竹園近詩》（香港問學社，一九七八年）

傅子餘〈《修竹園近詩》序〉

溯自光復以還。承陳寂園之介。始識饒平詹祝南先生。居相近。過從稍密。一日。詣先生寓廬。見其呫嗶吟哦。意態甚自得也。叩所誦詩。則為其高弟陳子湛銓之作。問其年。曰。三十許耳。余因得讀其一二作。則光氣騰騰。若不可逼視者。既而於杯酒之間。得晤湛銓。其嶔崎磊落之氣。溢於言貌。因悟向者所見之瑰詞傑句。稱其為人。洎以避地南來。暇日輒為茗飲。聽其議論。上下古今。又足以起頑振懦。令人邁往。其後湛銓劬於治學授課。余亦為生事折磨。不獲相近者。殆又十七八年。今秋重晤於小山草堂。則勇於為詩。三月之內。成詩百餘首。蒼鬱奇橫。巍然稱霸海隅。而追配古之作者矣。余維詩之所至。必如其量。東野之才。不逮昌黎十一。然昌黎視東野如龍。低頭拜之。聖俞之才。規規然不若盧陵。然盧陵敬禮不衰。推崇贊佩之。惟恐未至。山谷之才。亦遜東坡之大。然東坡數效其體。恆若不及者然。此其人其量。足以百代。

則其詩亦必為百代之詩也。湛銓讀書十萬卷。遠過古人。而其詩則根柢山谷。兼有昌黎、東坡之所長。顧視當代。已可掉臂橫行。無與抗手。然人亦以此畏之避之。以為狂傲也。抑知其胸次坦蕩。能從善納諫。許人攻瑕。每有規益。其是者欣然從之。其非者亦必反覆為之譬解。務使公輸般之攻械盡。子墨子之守圉有餘。則其量尤不可及。嗚呼。韓、蘇之量。能推崇不若己者。愛之好之。又從而揄揚之。湛銓則坦然受不若己者之攻。曾不以為忤。此其為量一也。必也有韓、蘇之量。然後可以成其為韓、蘇之詩也歟。近以半歲新作二百餘篇裒為一集。先行問世。索序於余。湛銓素知余之不能文。其言又不足為世輕重。而拳拳以詩序相屬者。亦以誌其久要之道而已。丁巳歲暮靜庵傅子餘拜撰。

原載《修竹園近詩》（香港問學社，一九七八年）

吳天任〈《修竹園近詩》序〉

往歲戊子。余旅食金陵。已聞陳子湛銓之名。從其弟子伍宗法。讀其修竹園詩。己丑歸廣州。時陳丈顒庵。方輯吾二人詩。入黃梅花屋詩話。而湛銓方北上教授大夏大學。湛銓案：戊子。應是丙戌。余是年冬自渝歸粵。再北上復任教大夏時是丁亥春。天任兄一時誤記。不敢變易大文。謹附注其下。戎馬倉皇。南北殊轍。差池不得相見。是年夏秋間。兵警寖急。先後避地南來。乃承梁子簡能之介。與湛銓識面於島上。各出近詩相視。余即席贈詩云。南來識面早相聞。雲夢真堪八九吞。歛手詩權看汝奪。原注：大句有云。論才猶可奪詩權。棲心人海欲誰論。千靈筆底騰光怪。一雁兵間警夢魂。各抱離騷同逐客。沈吟與答暮濤喧。自此。雖不常把晤。而漸知湛銓之為人。蓋真率而略帶狂霸氣。其為詩治學。則與荀卿子所謂真積力久則入者。殊無愧也。時海角流人。避兵謀食。生事栖栖。假日夜間。始聚晤於港島中環之高陞茶樓。

余排夕必至。瀹茗獨坐。諸友來談藝者。深夜始散。每月復為「碩果社」集。與伍憲子等前輩為詩酒之會。而湛銓舊交。亦多余之所善者。嗣雖羈困域內。或流離海外。頻年喪亂。存者無幾。黃壚之感。山陽之悲。古今一慨。良用痛悼。而士君子雖抱奇節大略。一旦撒手長往。身名俱化。與草木共凋。如夫子所云沒世而名不稱者。尤足哀耳。若是人者。今於湛銓近詩或注腳中見之。而湛銓之詩必傳。勃勃乎巽以揚之。軼歸鴻於碣石。則吾又重為我故人幸。而推知湛銓之用心。情深而氣辛。宜其殊絕於人也。湛銓在港行事。略與余同。為學海書樓主講多年。任教各上庠。又執聯合書院中文系政。以事辭去。轉設經緯書院。自主掌之。悉力從事。欲以學術救世。時余方掌葛量洪師院講席。亦以餘暇。兼在經緯授課。自經緯停辦。與湛銓相見遂疏。比承約晤市樓。謂旅港垂三十年。劬於治學。甚鮮為詩。今秋忽發興大作。數月之間。凡得古今體詩二百五十餘首。徇羣弟子請。將以付梓。為修竹園近詩。而舊作逾千首。取為前詩摘句圖。附刊於後。督余為之序。余觀其近作。雖已邁過前詩。然猶未許其遠勝。而筆力重大。辭氣深摯。驅策羣籍。議論縱橫。大抵五古五律。直逼少陵。七古出入李、杜、韓、蘇。七律七絕。則劘壘遺山。間近坡、谷。此只就其胎息風格言之耳。若以時代閱歷言。則今人之詩。儘應突過前賢。不獨湛銓為然也。夫詩之道。天事半。人事半。嚴滄浪所謂詩有別才別趣者。如天事之說也。謂非多讀書多窮理。則不能極其至者。即人事之說也。世之淺學。只知別才別趣之說。而略其讀書窮理之言。斷章取義。其誤滋甚。不知讀書之於為詩。老杜早有萬卷如神之論。而趙甌北乃謂元遺山書少，不如東坡、劍南之才大書多。此直瞽說。金史本傳及郝經遺山墓志。稱其淹貫經傳百家。以文章獨步三十年。詩則上薄風雅。中規李、杜。直配蘇、黃氏。杜仁傑云。必欲努力追配。當復積學數世。然後再議。甌北何所據而謂其才不大書不多耶。湛銓案：天任兄知余七言近體。最重遺山。故不覺言之稍長耳。　湛銓稟賦既異尋常。於書又無所不窺。故其發之於詩。實大聲閎。思力沈厚。而余乃謂其近作不能遠勝前詩者。則以劉彥和所謂詩人篇什。為情而造文。又云。感物吟志。莫非自然。湛銓前詩。奔走亂離。竄身兵火。皆從實事實感。體驗吟成。故情必真而語必摯。幾已臻極。較之近半歲閉門積憤傾吐之作。豈遑多讓。而僅以摘句附見。寧非大可惜耶。余與湛銓同年生。今皆六十二矣。深欲見其修竹園詩之前後集合版。而有以窺其全也。丁巳歲除。吳天任荔莊序於香港寓樓。

原載《修竹園近詩》（香港問學社，一九七八年）

何乃文〈《修竹園近詩》序〉

吾師新會陳先生。以其近詩授乃文而命為之序。乃文惟先生之學。世知者多矣。先生之詩。或不及知也。至先生之志。則喻者寡矣。乃文聞先生自為童子時。即以詩鳴鄉里。弱歲負笈廣州中山大學。藏修佔畢之暇。益銳志作為詩歌。奇思傑句。層見疊出。遠追唐宋諸大家。詩老橋舌閣筆。詫為奇才。年未三十。成詩逾千矣。先生自違難居港。早夜孜孜。沈潛乎經傳考據之學。都講各上庠外。復主學海書樓及商業電臺國學講座。三十年間。港人言及國故。咸推先生為大師。然先生忙於講貫。不暇肆力吟詠如曩昔。後生小子。有不知先生少日詩名壓廣州者矣。今歲六月。輒動高興。作為詩歌。為時三月。得詩凡百三十八首。大率援筆立就。暢意所之。人謂其以遺山之筆力。出東坡之風神。視少作之豐華矜鍊。別成一體。於是門生故舊。益服其神勇。而歎其才力之不可幾及也。然乃文以謂世之以學人詩人目先生者。非真知先生者也。自昔聖哲豪傑孰不有用世志。彼其悲天閔人出於性天。其視國事猶家事也。以謂國之傾危非無術以拯之。特不在其位。莫由施為。鬱積於中。有不可忍。則第有發為詩文以舒其憤。思講學著書。正人心闢邪說。傳先王之道以詔後之學者。斯無可奈何之事。非其所願樂者。而世徒以學人詩人目之。豈為得其真際也哉。此自孟子、荀卿、楊子雲、杜少陵、韓昌黎之倫所共由之轍。先生得無類之乎。乃文聞之先生曰。自五四而還。邪說大行。偽學日滋。三數不學賤儒妖人。妄得虛聲。高踞壇坫。詆訶聖教。蔑棄倫常。目典策高文為偽書。視修己治人之大經大法為無用。思一切摧燒滅絕之而後快。亂臣賊子因得陰乘其機而神州之禍熾矣。我今欲正人心息邪說。振興國故。將興辦雜誌逞吾筆舌。舉五四以還賤儒妖人之詭論囈語。蕩滌而廓清之。然其事至難。人稱韓退之氏起八代之衰。為其排斥偽體倡導古文云爾。以其時而從事於此。猶為易也。然當時助之者獨一柳子厚耳。聽信其言而奉行之者。獨籍、湜輩耳。閱二百年至有宋歐陽氏出。而後其道大行。其難如此。矧今舉世崇信曲學邪說。作為市井俚語之文之日。以一老儒隻手思與之抗。勢孤力薄。所望助我者惟若輩二三子而已。然吾將行吾志。成敗聽之天耳。又曰。詩須有為而作。必其人有聖賢用心。豪傑氣慨。其詩乃造極。若無悲天閔人之抱。徒吟弄風月。其詩不足存也。又曰。當擾攘傾危之秋。常有大詩家者出。東晉之亡。而有陶公。安史之亂。厥生杜老。南宋偏安。放翁倔起。金元易代。遺山勃興。自遺山而後七百年間。未見有能繼者。今當萬古無前之變。可憤可悲可詫可紀之事。不知其幾千萬也。以時考之。宜有陶、杜、陸、元之才生於今。安知不在我輩哉。夫先生所志高遠若是。則其詩之迴邁流俗遠紹前哲又復奚疑。是則欲學先生詩者。不當徒學其詩。尤當師其人。必積學不懈而志行高遠。乃為有得也。不然者。徒知揣摩於格律聲色之間。得其形似而無一己之真情偉抱。斯流於偽體。學之彌篤。而去之彌遠矣。乃文固欲學詩而未至者。於先生之詩之工詎敢有所論列。既承命為斯序。妥就所聞。闡發先生之志以告讀先生詩者。且用自勉焉。中華民國六十六年丁巳孟冬。門人何乃文謹撰於九龍省軒雙硯齋。

原載《修竹園近詩》(香港問學社,一九七八年)

劉士瑩〈陳湛銓《修竹園詩集》序〉

曩余嘗從事於廣州。維時初光復。粵中文士之扈從行都。或流徙大後方者。均絡繹言旋。於是白雲珠海間。風雅復振。其明年。陳子湛銓。始鼓枻載書。自巴渝穿巫峽。泛洞庭而歸。當其於漂泊之餘。宴衎之頃。陸續由篋中出其積稿。以示吟朋。胥皆其於聖戰時。酣歌高詠。聲裂坪石。氣騰赤水之什。觀者莫不為之驚心動魄焉。尋復以新篇刊諸嶺雅。則又爭相傳誦。時陳子僅年在而立耳。乃壓倒一時老宿。咸視為異軍突起。許其雄踞壇坫。蓋儼然既成大家矣。余得閱其偉構。聆其英聲。心竊亦慕之。然猶恨未能一識其面也。已而穗垣易手。士各逃秦。乃不期而遇於海外。一見恍如夙世素交。嗣是時相過從。高樓佳日。輒瀹茗論詩。觀其意氣慷慨。議論縱橫。且驚其記誦淹博。似於書無所不讀。讀又無所不精熟者。覺其殊不類今之士。殆古之豪傑人也。其時陳子方僦寓荒村。余嘗訪之。相見於老屋之中。目睹藏書。盈室充棟。叩之。蓋不下十餘萬卷。陳子日則都講上庠。夜則埋首墳典。恆徹宵不寐。達旦乃寢。至午而興。數十年如一日。未嘗廢一夕之功。彼慧業既得諸天授。又幼年好習武。長懷絕技。體質迥異乎常人。故歷窮乏凍餒而氣益振。極勤劬勞瘁而神彌王。愈攻苦則道愈尊。業愈精。遂能納四部於腹笥。萃三學於一身。偉矣。若夫世之士子。雖亦有好學者。強而效之。恐不免於累月而疲。積歲且病矣。其後陳子益復屏世務。罷吟事。而專心於周易。並以餘力旁及其他經史考據。而余是時方蟄居新界。罕入城市。又困於功課。漸止唱酬。與陳子不相見者竟十餘年。及戊午歲春。余退休移家九龍。與陳子所居密邇。乃復往還。通電過呼。頃刻可聚。而吾二人適又後先復吟。逸驥長嘶。振鬣斯應。短褐素交。垂老彌真。幾於日必一見。見則必道學問。論詩文。或各出所作以相娛。滋樂也。既而語及天下事。則又往往憤慨激昂。形於辭色。再相顧歔欷。恨不能同舒雙臂。共拯元元。忽復一似重有憂者。知不惟憂故國。亦復為吾道憂也。是則吾二人又豈但如韓、孟之相許。且如琨、逖之同風矣。若夫陳子之論詩也。余嘗於茗敘之間。聞其誨諸弟子。輒曰。凡欲成大詩人。必先有聖賢用心。益以豪傑氣概。夫如是所為詩。乃有足觀。少陵之竊比稷契。裕之之尚志西山。或遭胡塵之擾擾。或痛南牧之騃騃。其對身世之感懷。家國之眷念。一皆寓於詩。是以能動天地泣鬼神也。吾人生於今日。固屬一至亂之世。實亦一大時代也。視彼唐天寶之亂為尤烈。吾人歌哭之不暇。亦復何心於光景之流連。若徒托風月。範水模山。雖累萬篇。果何益哉。又曰。詩所以言志也。宜以吾手寫吾心。以吾言見吾志也。是故有高氣深懷者。可不假彫飾。而自成佳構。又曰。詩之最上乘者。必其人雄節邁倫。其詩乃可生氣遠出。而驚心動魄也。又其論作詩之法。則曰。必須文從字順。又曰。須言在耳目之內。乃可情寄八荒之表。又謂學而為詩。師傳必真。立志必高。讀書必多。用力必勤。四者不備。不可以為詩。凡諸所言。間或有采自前人之說者。非必盡出陳子一己之私意。然其論詩之旨。則深契吾心。毫無異詞矣。所謂同風者。其因素殆居於最主要者也。陳子又嘗曰。吾人必須先行全部接受前人之文學遺產。然後就一己之遭際。自抒性情懷抱。自闢蹊徑。而後可以自成面目。詩自三百篇、楚騷。以迄漢魏晉人之作。浩如煙海。又自唐宋以還。逮及近代。作品之豐富。窮目力之所難遍。

然於諸家之中。先擇唐之李、杜、韓。宋金之蘇、黃、元。六家詩讀之。倘能擷其精華。棄其秕糠。則亦必有成也。晉以前且不具論。大抵詩之最精者。千古惟一陶公。至此以降。悉難自掩其瑕。陳子蓋已洞悉天下文章之利病。明察古今人之醇疵。故發為斯論。非存心厚誣他人。立異鳴高者比也。彼時摘杜詩之劣者。一一指其瑕。聞者多深以為然。是以古人亦未必盡善也。今之人宜善讀之也。又云。第一等詩。乃拙樸厚重大。及具有英烈之氣者乃是。謂陶詩拙樸。而英烈之氣特多。工部、遺山皆重大。而山谷可藥凡俗。東坡遂至於神妙云。以余觀陳子之詩。其少作風華矜鍊。始以義山為胎息。復就山谷、放翁而成其風骨。寖假於精壯之年。直入杜、韓之堂奧。逕摩龜堂、遺山之壁壘。中歲而後。則躡笠屐於東坡。而其神妙處。殆又往往有過之者。陳子中歲時詩。昔尹石公、葉元龍兩先生。在渝已許其高絕古今矣。再陳子之詩。雖亦出於其個人之學力。然能極其詣。實亦受諸天也。蓋稟間氣。抱慧根。故能以一陳子。而成億萬化身。欲為某則某。有不求其似而自似者。亦有遺其貌。居然得其神者。及夫耆年。則曩之億萬化身。又一旦合而為一。則亦一陳子耳。此時之詩。

非杜非韓。非蘇非元。乃陳子之詩也。識者或以陳子晚年之詩。已一變而源出於易。余於易茫無所得。故不敢從而為之說。然陳子固精於易者也。方其年屆不惑。則已著乾坤文言講疏。都十餘萬言。梓而行於世矣。陳子嘗語余曰。易自唐以來。易之理遂失其本真。奮起而著茲篇。殆如獺髓鸞膠。既醫病頗。亦足以續千餘年之斷弦矣。余知夫易之文交互綜錯。易之象變動不居。而演化無窮。觀陳子之詩。時而風華。時而拙樸。時而重大。時而神妙。豈非變化無窮乎。抑其又鎔鑄經史。奴僕命騷。一若宇宙萬物。莫不供其驅遣。群經百籍。罔不入其洪鑪。風虎雲龍。皆一一聽其揮斥。亦可謂變化無方。宜其能驚心動魄也。陳子耆年以後之作。恆直攄懷抱。漸多用賦筆。其言曰。古之時。君主之權大威尊。故譏刺時政。詩用比興。屈子之美人香草。人所共喻。陶公之東籬南山。亦非盡隱約。若夫阮嗣宗之詠懷。陳子昂之感遇。則千載以下。解者無幾。今吾人何幸處於自由之天地。何必作其謎語類之詩耶。故比興之用。吾所不取云云。亦的論也。陳子之詩諸體粲然皆備。其五古蒼勁古樸。高視魏晉。七言古奇横沈雄。直逼杜、韓。五七言律絕。皆數千首。美不勝收。又其深通格律。對拗體詩之拗句。於詩眼之佈置。平仄聲音之調整救援。獨得於心。世已失傳久矣。他如四言。亦深得周人遺風。多至數千首。特闢坦途。昭示來學。使不必棄古雅而從劣俗。用心良善也。又創為五言四韻詩。以八句為限。不講對仗平仄。但求音節自然。使來學易作。亦昌詩中之一大功德也。又其援經用事。信手拈來。不著痕跡。了無滯機。知出處者。固歎其運用神奇。昧來歷者。亦覺其表達佳妙。至於律中之屬對。則有極工整而又極靈活者。有極疏宕而又極神采者。九門八陣。變化莫測。萬馬千軍。飄忽無定。然皆一掃障礙。心手相應。終始如一。一篇之中。英烈之氣。且時時可見。其自謂等閒著筆便千鈞者。洵非虛語也。至其出諸嘻笑怒罵之作。亦輒成絕唱。此則陳詩之別開生面者。宜置之外集者也。陳子自丁巳〔一九七七〕生朝復吟。至戊午〔一九七八〕。未匝歲而成詩逾二千首。既梓行。又自戊午冬至。至己未〔一九七九〕除夕。一週年。復得詩三千三百餘首。其吟興之高。創作力之驚人。非今之作者可及。雖求諸古人。亦無有也。若非氣魄雄偉。焉能恢恢乎騁八駿而遊於四極哉。良由陳子下帷數十年。歷覽千載書。所蓄既豐。遂如長河大江。秋水時至。乃澎湃而不可遏止。浩浩乎一瀉千里。又如天馬神龍。排空馭氣。一任其天矯騰踔。靡有所極。則又孰能羈勒之耶。今陳子將以戊己兩年所得詩。梓為二集。屬序於余。因序吾二人遇合之迹。及凡有所契於心者。與關乎陳子治學論詩之所知所見。與余有相同者。雜書之以序其詩。吾知夫讀陳子之詩者。將必嘉其能鼓芳風而扇遊塵。以為可以觀。可以群。可以興也。庚申〔一九八零〕六月朔日。

中山劉士瑩拜撰。

余序陳子之詩既竟。陳子旋以其高徒所著陳子昂感遇詩箋見貽。顯微闡幽。且併力為之平反。真伯玉千載知己矣。陳子近復語余。其辛〔一九八一〕王〔一九八二〕兩年。又共得詩一萬五千首。至今甲子〔一九八四〕十月。凡所得詩。竟增至二萬三千餘首。一日可得一百八十八首。殊堪驚絕。以此推之。明歲乙丑〔一九八五〕。將有三萬篇無疑。不徒質佳。其量亦過放翁遠甚。至哉極矣。此國之寶也。甲子十月既望補敘。

原載劉士瑩《壁照樓詩鈔》（香港：大同印務公司承印，二零零一年）

何文匯〈憶國學大師陳湛銓教授〉

我生平遇到教學最動聽的老師恐怕要數國學大師陳湛銓教授，我初聽陳老師講學時約十八、九歲。當時陳老師已經有很多弟子、很多聽眾，而我在讀大學預科一年級前，竟然連他的大名都沒聽過，可見我當時的見聞多麼狹窄。有一天，我經過大會堂高座，看見一張由學海書樓張貼的小告示，寫着星期天下午由陳湛銓教授主講《莊子．秋水》，我立刻被那張告示吸引住，吸引我的不是講者的姓名，而是講者要講的篇章——〈秋水〉，因為那是香港大學入學試（高級程度會考）中國文學卷的範文。

不過到了聽講的時候，我就被陳老師吸引住。但見他說話生動有力，對讀音十分講究，加以內容充實，可謂文質兼備。陳老師又寫得一手雄渾蒼勁的「粉筆字」，記憶力又特強，在黑板上旁徵博引，都靠記憶，不用一書在手。他無疑在把國學講演推向化境。

與此同時，我看《星島日報》和《華僑日報》，竟然發現商業電台（當時還沒分一台、二台）每個星期舉辦一次「對聯徵求」活動，由陳湛銓教授主持。陳老師出七言律句聯首，參賽者郵寄聯尾到商業電台，陳老師每次選取十名給予獎金，賽果於星期日在《星島》及《華僑》公佈，同時公佈新一會聯首。當天晚上（好像是晚上十時），陳老師就會在商台介紹和點評優勝作品。我覺得這活動很有意義，於是有空就參加比賽，也拿過幾次獎金。中選固然開心，縱使落選，在收音機旁邊聽陳老師點評優勝作品，就能洞悉做對聯的竅門。

一九六六年進入香港大學讀本科，因為要適應新的學習環境和宿舍生活，雖然也會在周末到大會堂聽講，卻一直沒再參加對聯徵求比賽。過了好幾個月，有一天突然「心血來潮」，拿起報紙找比賽資料，才知道那比賽只餘兩會便完結。我心裏想：這兩次絕對不可錯過。我還記得最後第二會的聯首是「同林各樹榮枯異」，我對以「一榜多材取捨難」得季軍；最後一會的聯首是「美景良辰非向日」，我對以「小舟滄海寄餘生」得第六名，算是對自己有所交代了。

在大學的時候，我如常去大會堂聽學海書樓講座，陳湛銓老師的講座我更不會錯過；也去陳老師開辦的經緯書院聽過一陣子課，但和陳老師沒有交談過，他的家人、學生我都不認識。正式交談要在本科畢業後，在港大做碩士研究時。事緣我報讀了一個在星光行舉辦、由陳教授講《莊子》的短期校外課程，開課當晚，我出發遲了，於是連走帶跑，及時趕到，衝進星光行一部未關門的升降機，然後抬頭一看，整部升降機內除了我之外，只有一個人——陳湛銓教授。我登時手足無措，唯有硬着頭皮自我介紹。誰知陳老師氣定神閑地說：「我認得你，你就是做對聯那個。」我感到十分迷惘，為甚麼這位陳教授如此神通廣大？就在那時，升降機的門開了，於是各就各位，他講我聽。不過，自從在升降機內碰頭後，我們的關係就越來越密切。

後來，陳老師告訴我，因為我以前常參加對聯比賽，他留意到我的名字，但一直以為何文匯是一個中年人。有一次我去經緯書院上課，陳老師唱名派講義，才發覺原來何文匯只是一個十來二十歲的小伙子，吃了一驚，所以印象就變得深刻。

我於一九七一年離港遠赴英國倫敦，一九七六年自美國威斯康辛州回來。回來不久，就約陳老師出來吃晚飯，同時問學，以後就習以為常。陳老師的學問深不見底，總歸聖賢之道。更難得的是他十分健談，說話又動聽，吃一頓飯就如坐春風之中。而我與陳老師的家人也熟落起來了。

陳老師個性剛強，行事講原則，少妥協，自稱「霸儒」。他在一九七七年寫了〈霸儒〉七律一首，有序：「余以為在今日橫流中，如出周、程、張、朱之醇儒，實不足以興絕學。要弘吾道，都須霸儒，蓋遏惡戡姦，似非天地溫厚之仁氣所能勝也。」他的〈霸儒〉七律更是劇力萬鈞：

修竹園空夢也無，雙鐙朗照亦何須。
舊鄉人已成生客，窮海天教出霸儒。
星爛月明聊一望，風吹雨打待前驅。

虛窗又見微微白，猶執餘篇當虎符。

這種氣魄真足以傲視古今。

陳老師的舊鄉故居名「修竹園」，其後不論喬遷到哪裏，居所都自然叫「修竹園」，但〈霸儒〉詩中的「修竹園」則指故里無疑。

我一兩星期就去九龍，和陳老師在勝利道附近的酒家吃晚飯。其後陳老師舉家遷往太古城，我住在香港島，找他吃飯更方便。我們從他住的隋宮閣走路到太古城第二期商場的酒家吃晚飯，只五分鐘左右路程，這是當陳老師身體好的時候。陳老師一向十分健碩，又常打坐，大家都期望他壽過期頤，為學術和教育多作貢獻。殊不知七十歲不到，他便患了重病，手術後身體漸見虛弱。縱使如此，陳老師仍然熱愛講學，仍然喜歡和學生在一起。那時候，我和他從隋宮閣步行到商場，他已不像以前般「大踏步便出去」，而是拄着手杖，一步改為半步，非常謹慎地、緩慢地向前移動，全程超過十五分鐘。其後病情惡化，更不能外出。終於在一九八六年十二月二十日星期六下午，陳老師的長公子樂生打電話來，說老師於清晨病逝了。當時陳老師才七十一歲。

陳老師留下很多文稿。二零一四年，陳老師的少公子達生聯同兄妹，下了很大苦功，把文稿整理成電子檔，打算陸續出版。香港商務印書館對這個計劃甚表支持，於是同年同時出版了陳老師三份遺作：《周易講疏》、《蘇東坡編年詩選講疏》、《元遺山論詩絶句講疏》，可謂當年學術界的一件盛事。我有幸為《周易講疏》寫序，得以再三表示我對陳老師崇高的敬意。

原載於網上雜誌《灼見名家》（二零一六年八月六日）

陳湛銓〈大嶼山寶蓮禪寺碑記〉㈠

孔子曰：「天下何思何慮？天下同歸而殊塗，一致而百慮。天下何思何慮？」遠公云：「如來之與周、孔，發致雖殊，潛相影響，出處成異，終期必同，故雖曰道殊，所歸一也。」㈡ 文中子之偁〔稱〕佛曰：「聖人也。」又曰：「齋戒修而梁國亡，非釋迦之辠〔罪〕也。《易》不云乎：『苟非其人，道不虛行』？」夫儒佛異偁〔稱〕，歸趣同致。斯陸象山所以謂：「東西南北海，有聖人出，此心同，此理同也。」而腐儒詆諆意相，枘鑿分途，而訟戾為觸蠻，何哉？中土禪宗，傳自菩提達磨，昌於六祖惠能。教外別傳，如手指月，直透人心，初不立文字也。然自內學西來，累宋歷清，其間翻譯藏經傳錄、佛門掌故暨公案語錄者，胥以文字為筌蹄。故成道由人，傳道者要不離文字也。昔維摩詰雖曰：「一切言說，不離是相。至於智者，不著文字。」然答舍利弗云：「言說文字，皆解脫相，無離文字說解挩〔脫〕相也。」大嶼山寶蓮禪寺者，原地拔海三千尺，本狐狸窟穴，蓬蒿沒人，藏身者雖不厭深眇，知之者不堪其憂〔憂〕矣。於遜清宣統間，為大悅、頓修兩禪和，開山冓〔構〕小靜室，深閟修持，堅坐禪關，退藏密勿，聲塵索莫，世不渠知。艸〔草〕刱〔創〕茫昧，斯倫類歟！至民國十二年，有紀修老和尚者，自鎮江金山來，眾推為第一代住持。破衲蕭疏，藜羹粗飯，攘剔灌栵，以啟山林。於斯初結大茅篷，介左鳳凰、右彌勒兩峯間，與青山顯奇、羅浮妙參、鹿湖觀清，竝〔並〕世同時，人偁〔稱〕四老。開堂接眾，坐香參禪，雲水安居，宗風丕振。繼〔繼〕募建大雄寶殿及木寮僧舍齋堂，火宅生涼，伽藍粗具。宏施博濟，上悳〔德〕無偁〔稱〕。屆民國十九年退席，羣推筏可大和尚接掌之。於是有眾欣忭，檀越將維。須達布金、希文捨宅，遂乃梵宮煥若，鈴鐸鏘如。名勝斯宗，郊遊來萃，觀慧日，聽潮音。來禽親人，停雲補衲。剖胸以洗棘，冥心而迻〔移〕情。邀陶令於溪邊，思子春於海上。參差萬象，適我俱欣，而智熟刃遊，日新月故，性融道勝，虛往實歸。茲非乘一如以俱往，納大千於無內者乎！逮夫庚子，傳戒海外，若檀香山、菲、泰、星、馬諸善信，不期而集者，至千五百餘人。猗那瀆業，窠羅密庥，踵接肩摩，迴旋無地，僉議恢張茲殿，俾道大有容，朝宗胥適。交促筏可大和尚，肩荷巍重，無得辝〔辭〕焉。自經始以抵於成，迭更棘艱，凡十載矣。此中祏〔拓〕地二萬尺，仿佛敦煌伽藍，四簷滴水，高低層分。上奉金佛三尊，法相莊嚴；下供羅漢五百，一堂比敍。風從雲集，水到渠成，氣茂三明，情超六入。復雞園之勝蹟，表靈鷲之遺型。世逾積而功宣，道在邇而德遠矣。余寢饋儒書，兼耽禪悅，世塵未淨，結習難空。聆寶鐸而心傾，仰法雲而目想，拊膺神越，願言意消。比承筏可大和尚以碑文見託，欣然拜命焉。夫世有推迻〔移〕，界有方位，道有隱顯，事有廢興，而道在人弘，事因文著。既光前而昭後，續慧命以傳燈，敢不澡身浴悳〔德〕，怡然染乾〔翰〕乎！

歲在屠維作噩㊂ 如月㊃ 新會 陳湛銓撰文竝〔並〕書 番禺 馮康侯篆頟〔額〕

㈠ 此石碑現置於香港 大嶼山 寶蓮禪寺大雄寶殿外碑亭，原文無標點及附注。

㈡ 句出梁 釋慧皎《高僧傳・初集・卷三義解・盧山釋慧遠傳》內〈沙門不敬王者論〉。又《釋氏通鑑》卷三，壬寅元興元年一條，「成」作「或」。

㊂ 同己酉歲，即一九六九年。

㊃ 即陰曆二月。

附錄八

陳湛銓〈追紀聯合書院故校長蔣法賢先生〉

頃接聽何得雲君傳語，知將編印故聯合書院校長《蔣法賢博士紀念冊》，流行於世，着湛銓撰文紀敘之。余於二十一年前，忝承法賢先生特達之知，感恩浹髓，懷德無忘。於先生之長逝，嘗撰聯哭之，「非掘井九仞以及泉耶？彈指三生，此水真源知者幾？　慟夫人百身無可贖矣！傾心一哭，貞元朝士見何希！」心聲稍吐，然恨未痛快也。至今已閱歲年，渴冀有哀思追思之錄可見，而久久未覯，私意怪之，不圖今日得聞好音，何快如之！

余與先生雖同鄉，然在聯合書院開辦前，未嘗有晤言之好，且我新會人多承白沙先生之遺風，大都畧鄉情而重大義也。既入校門，鄉音兩未啟於口，即加恩託，使主理中國文學系，得行其所欲行。於是焉廣聘名儒碩學，日夕過從，相與乎商量國故，昭宣大道，提挈來學，藉藝椠材。雖李景康、劉伯端兩高賢，以耆老體弱，不能俯就教職，亦例必每年踵門拜求，禮聘未闕也。獨伍憲子先生，以八十高齡，猶來講唐、虞、三代之書，使後生得仰瞻丰範，想見先王之風，實近代之所希有；然猶恨未能盡友天下之士，尚論古人而策後起也。而來學者肩摩踵接，道路傳聲，色舉翔集，此國幾興矣。

於斯時也，雖未逮管幼安講學遼東，旬月成邑；而植義三秋，真風揚若，使復假之以年時，即無大力者負之而走，而先王之道已勝，卜子夏老安於西河，不亦可以編蓬壞室，傳薪無窮乎？何期散蟻追甜，俄成厚陣；新基改築，貞石潛移。先生既被迫告退，吾輩亦何顏留位？枉拋心力，誰詠五君？此事之不可不紀者一也。

今春閱《聯合書院創校廿周年紀念》特刊，開篇即見「校史綱要圖解」，注腳云：「本校接受政府補助之前，無可用資料，因而本綱要只能由一九六零年二月開始。」此何等語耶？聯合書院之得政府資助，全賴蔣法賢先生；而聯合書院之樹聲，則賴中國文學系。校長有法賢先生，國學有陳某；陳某雖附法賢先生之駔驥髦端，然普天率土，於國故詩文，有逾於陳某者耶？老夫技癢，思得較量，如聞其人，敢陳餘力。嗚呼！無蔣法賢先生，遂使吾國真學不能大興於海外，重可哀也夫！特刊校史，而竟視此等為無可用之資料，豈獨盲瞽，亦欺人欺天矣！亭林先生曰：「士大夫之無恥，是謂國恥。」烈日嚴霜，究將誰責？莊生云：「哀莫大於心死，」「無所逃於天地之間。」宵深走筆，憤氣乘胸，不有此作，愧對神靈。昭昭在上，去顏尺咫，可不畏哉！此不可不紀者二也。

今之中文大學，是由當年新亞、崇基、聯合三校合組之「專上書院聯合會」而生，西文約是「君等傻」，該會之主席即蔣法賢先生，陳某亦嘗參預會議。在未得政府資助前，梗阻橫生，諸多困擾，法賢先生力排眾議，邁往而前，重疊往來於英倫之駁辯書函，皆先生親手打字而成，恆至宵深或明發而不寐，然後乃有今日。有人獨力成此九仞而後及泉之井，俾爾輩得寒泉之食，飲其水而不知其源者，已不可恕，況知其源而不言者耶？孟子曰：「言無實不祥，不祥之實，蔽賢者當之。」不祥之人，夫何多也！事實既如是矣，故先生嘗於某夕學生婚娶會宴中，廣語儕輩曰：「無聯合書院，則無中文大學；聯合書院無陳先生，則不能為中文大學成員。聯合書院對外賴蔣某，對內賴陳先生。」今先生人雖無身，聲猶滿耳。先生於湛銓之恩遇若此，激感曷勝？不覺腹痛鼻酸，涕流之被面也。聆聽偉論而未死者，至今不止陳某，當年聲概，聞見者尚有他人，非余一人私言之所可欺。此不可不紀者三也。

其他可敘者尚多，無人周爰咨諏，嫌於屑瑣，不欲錄矣。余近觸發宿癖，詩章狂作，本欲以七言長句詠歎其事，適與馮翁康侯通話，承謂賦詩不如行文之快意悉達，故援筆絡續寫之。憶想當年，話須傾吐，頃刻終篇，不欲多覩；故於文辭之聲音氣味，消息短長之間，都無意細加調繹矣。丁巳九月重陽前三日凌晨三時，前聯合書院中國文學系主任新會陳湛銓拜撰。

原載於香港《明報月刊》（一九七七年十一月號總第一四三期）

陳湛銓《修竹園近詩》五首詩手鈔本

自生朝前數日起，至今宵止，恰滿三月，成詩百三十八首，可出一新集矣。余於二十四歲時，嘗稍印詩集，幸止數十本，未流行，今沙汰幾盡。生小好名，幺麼幼稚，似此輿服，豈可令許子將見之，而爾時祝南先師護短，已謂「可令百輩卷旗降」也。今更閱三十八年，益以千章，曾傳人口。然自四十五歲始，深自抑壓，惟埋頭於經史諸子百家及說文攷據之學，杜門冥尋，遐思前世，吟事幾欲盡廢矣。不意為梁育之老先生一蹴，李鴻烈弟鑑之引發，詩潮竟怒起而不可止遏，狂作空前。非大君有命而無老開國，不亦顛乎？雖然，連日來反復細視近作，似可先以新面目出現於世也。且復賦五章殿其後，名之曰「修竹園近詩」，以後多作少作或不作，總未能定，即復賡作不休，當以二集三集等綴其下。至以前千首，始於虛齡二十三時抗戰勝利初，年方三十，嘗稍刪定，今都不欲有所削改，擬名之為「修竹園詩前集」，諸作皆編年，已得常宗豪賢弟勇諾，將代寫定影印面世，俾衆知我在若干歲時之工力造詣落想等，原只如何，既可留真，並作家乘，美刺從他，自吟情性，老夫樂矣，餘何想乎。十八年來已無意將詩集行世，不意近乃傾吐至此也。九月十四深夜

研經餘臏力，詩集九旬成。天海饒間（平聲）氣，風波老小生（初到港時年未足三十三也）。拈花憐袖手，抱影謝傾城。秋月無端好，悠悠想舊京（世局已不欲沾手矣，而猿鶴蟲沙殊可憫也）。

往事寫不盡，先推三百篇（前嘗有三次以數十首坿於刊物內面世，約共百六七十首）。元人成宋史，桀犬頌堯天。比興休輕用，癡聾豈謂然。只今惟賦筆，略可到無邊。

枕被消香豔，紅鴛不作雙。涼風吹斷雁，深夜起鳴尨。後學推先覺，新詩換舊腔。故應憐百輩，不用若旗降。

紫水黃雲好，依稀五百年（唐一行禪師南來至江門外海間，謂此地黃雲紫水，自今五百年後，當代出聖賢。後果出白沙先生，至今又五百年，而無有乎爾。然而白沙先生本是詩人，配享孔廟，非其意也）。佳人參奶廟（吾舊家先人撥出屋前右角地作「奶廟」，故鄉婦女皆於九月九日臨廟參拜，香火極盛。廟門聯云「九日奶娘逢壽誕，千家婦女結良緣」，當時細事並皆記首靈巢之政耶），老屋養天仙。風竹雙榕下，沙瀾外海邊（屋後是修竹園，兩數百年古榕樹如高幢夾擁之。余家在新會縣外海鄉沙瀾坊松園里，沙瀾在鄉之東北隅大海邊）。山川羣物美，何待問誰賢。

三學窮其竟，千秋不必云。高名非有地，至貴自無君。身老將安放，音沈未易聞。散兵皆練極，稍集便能軍。

原載於香港《修竹園近詩》（香港問學社，一九七八年）

編後語

先嚴陳湛銓教授遺著《修竹園詩前集》一書得以順利付梓，實蒙何文匯教授鼎力玉成，深表銘感。

先嚴詩作數量達三萬六千餘首，集中於早年及晚年兩期。先嚴早年即以詩名（請參閱本書附錄各篇修竹園詩序所言）。壯年違難來港後，作品不多，蓋以講習上庠為職志，沈溺於學術故也。至晚年詩興復熾，年逾數千首。有關資料，可參閱本書附錄所載劉士瑩世伯〈陳湛銓《修竹園詩集》序〉。先嚴丁巳（一九七七年）六十一歲後詩作，曾於香港刊行，計有戊午（一九七八年）《修竹園近詩》、癸亥（一九八三年）《修竹園近詩二集》及乙丑（一九八五年）《修竹園近詩三集》。近十餘年，學界研究先嚴詩及詩論，只集中談論晚年之詩，對於早年詩作鮮有詳究，皆因早年詩集尚未刊行，只於《修竹園近詩》附錄〈修竹園詩前集摘句圖〉而已。

先嚴早年詩集手稿共四冊，是先嚴自戊寅（一九三八年）二十三歲至丙辰（一九七六年）六十一歲期間作品。主要為五、七言律詩，而五、七言長古亦不少，其中乙酉（一九四五年）一首五古，拈一屋韻順其次第而盡押之，共三百六十句。四冊手稿詩作共一千八十三首，其中九百八十首是違難來港（一九四九年）前作品。違難來港後，作品不多，僅得一百零三首。蓋先嚴自四十五歲始，深自抑壓，惟埋首於經史諸子百家及說文考據之學，吟事幾盡廢矣。至以前千首，先嚴於抗戰勝利初，年方三十，嘗稍刪定，後不欲有所削改，而名之為《修竹園詩前集》。諸作皆編年，俾眾知先嚴在若干歲時之工力造詣落想等原只如何，既可留真，並作家乘。

乙未（二零一五年）《修竹園詩選》出版，眾詩皆選自《修竹園詩前集》。出版後，回應紛至，各方友好均欲睹《修竹園詩前集》全貌。余兄弟姊妹有見及此，擬將其整理成書，刊行天下。余乃將《修竹園詩前集》四冊手稿轉為電子文稿，檢視校正，並冠以新式標點。所有打字、編輯、訂正、校對等工作均由余承擔，長兄樂生書名題籤。承何文匯教授協助，聯絡香港商務印書館出版詩稿，復聯絡伍步謙博士主持之「伍福慈善基金」贊助出版，謹表謝忱。洪肇平教授惠賜序文，何文匯教授允予轉載原刊於網上雜誌《灼見名家》之〈憶國學大師陳湛銓教授〉一文，謹致衷心謝意。惟編校過程疏漏在所難免，大雅君子，祈為見諒。

二零一八年，歲次戊戌，仲秋八月，編者謹誌。